은퇴,
불량한 *반란*

얌전히 살기엔 인생이 너무 짧다

은퇴, 불량한 반란

얌전히 살기엔 인생이 너무 짧다

성상용 지음

작가와비평

券頭言

'불량한 반란' 무슨 도발적인 말인가?
인간은 수행을 하며 균형을 잡는다.
은퇴 이후의 삶은 찬스다.
마지막 승부를 향하여 내딛는 걸음
오류를 범하지 않는 잔잔한 회오리로
그대는 인생을 승리로 장식하고 싶지 않은가?
얌전한 삶을 살기엔 인생이 너무 짧다.
나를 던져 참 나를 찾는다.
후회 없는 멋진 마무리를 위해….

불량기는 행복을 준다

은퇴 후, 당신은 멋있게 살고 싶은가? 그냥 흐르는 대로 살고 싶은가?

즐겁고 재미있는 인생을 살고 싶다면 조금 불량기가 있어야 한다. 여기서 '불량'이란 어휘는 윤리적으로 쓰이는 부정적 언어만은 아니다. 보다 활달하고 젊게 살자는 뜻을 강조하기 위함이다. 착실한 삶만으로 인생이 행복해지지 않는다.

은퇴 이후의 삶을 축구에 비하면 후반전이 아닌 연장전이다. 흔히 인생을 3등분한다. 30까지가 전반전이라면 60까지는 후반전이다. 그럼 60 이후는 연장전이 아닌가. 한 골 먹으면 치명적이다. 은퇴 후의 삶도 마지막 찬스로 절박함이 있다.

성공한 인생으로 마감하기 위해서는 연장전에 골을 넣어야 한다. 축구에서 태클이나 반칙 하나 없이 이길 수 있겠는가. 얌전한 삶만으로는 후회 없는 인생을 보장할 수 없다. 인생에도 때론 태클이 필요하고 역발상이 있어야 한다.

일본의 유명 정신과 의사인 와다 히데키 씨가 수많은 뇌 사진을 관찰했더니, 나이가 들어도 젊은 행동에 젊은 마음을 가진 사람이 뇌가 젊어 장수하더라는 것이다. 당연한 결과다. 즐겁게 생활하면 몸과 마음이 젊어진다. 행복한 삶을 살려면 축구에 전략이 있듯 마음과 몸에도 즐거움을 불어넣는 지혜가 있어야 한다.

내 친구는 70이 훌쩍 넘은 나이에 모 백화점에서 벌이는 패션쇼에 참가했다. K-pop 스타처럼 힐링한 옷에다 찢어진 홍대 청바지를 입고 머리엔 무스를 바르고 20대의 멋스러운 청년 차림으로 무대를 누볐다. 나중 사회자가 이분의 나이가 얼마이겠느냐고 청중에게 묻자 30, 40대라는 대답이 나왔다. 또 90대의 할아버지가 마라톤을 완주했다는 뉴스도 가끔 접한다. 참으로 젊게 사는 분들이다.

우리 범인들이야 흉내 내기도 힘들지만 은퇴 후에는 이런 용기와 끼도 있어야 한다. 나이를 마음에 얽매여 두면 자유가 없다. 결코 즐거운 노후를 살 수 없다. 요즘 세끼 밥 못 먹는 사람은 거의 없다. 돈을 많이 번 부자보다는 아름다운 추억과 멋지게 살아온 스토리를 많이 가진 사람이 진정한 부자다. 은퇴 후는 돈부자 아닌 마음부자가 되는 길을 걷자.

필자는 평생 월급쟁이로 회사 안에만 살았다. 은퇴하여 바깥 세계에 나와 10년쯤 지나니 어렴풋이 깨닫는 것이 있었다. 그간 앞만 보고 착실한 직장생활을 했는데 은퇴 후에도 그 연장선에 있어 보니 뭔가 부족하고 인생의 채우지 못한 아쉬운 점이 있었다. 그 느낌은 곧 초조와 불안감이었다. 이 불안함에 도전했고 그걸 극복하고자 노력했다. 그 경험으로 얻은 교훈이 있다.

착실한 삶을 살아야 하지만 얽매이는 삶을 살아서는 안 된다.
점잖고 근엄함도 좋지만 유쾌하고 재밌는 사람이 되어야 한다.
이해심이 많아야 하지만 때론 괴팍함도 장난기도 있어야 한다.
존경받아야 하지만 남을 의식하지 않는 내 의지대로 살아야 한다.
정도正道의 삶이 옳지만 굴곡진 삶도 의미가 있음을 알아야 한다.

위의 삶이 결코 쉽지는 않다. '불량한 반란'이 뒷받침되어야 한다. 도덕과 윤리에 젖어 있는 한 실행이 어렵다. '불량한 반란'은 자칫 건방지고 품위를 잃는 경박함이 있기에 여간 주저하지 않았다. '불량不良'의 반대말이 뭔가 사전을 봤더니 '선량善良'이다. '행실이 착하고 선함'으로 되어 있다. 선량하게 살까? 착실하고 선함만으로 인생 연장전을 살기엔 억울한 생각이 드는 건 비단 나만의 생각일까. 멋있는 삶으로 마감하고 싶다면 때론 반칙의 용기도 필요하다.

이제는 모든 게 빠르고 편하게 사는 AI 시대다. 세상에는 변하지 않는 것이 없다. 누군가 '변하지 않는 것은 변한다는 사실뿐'이라고 했다. 가치관도 변하고 전통과 윤리도 변한다. 불량한 삶을 살아서는 안 되지만 선량한 삶도 싫다면 한량閒良의 삶도 있다. 불량 아닌 한량은 되어보자.

한량은 곧 즐거운 삶이다. 은퇴하면 여유와 유유자적, 게으름도 피워 보자. 마음 내키는 대로 발걸음 닿는 대로 살아보면 인생의 진정한 낙樂을 알게 된다. 달을 보고 술 한잔하며 풍월을 읊는 김삿갓 같은 삶도 여생의 중요한 가치가 아닐까.

이 글에는 필자의 경험을 바탕으로, 한량으로 즐겁게 살자는 메시지를 전하고 있다. 인생 연장전을 후회 없도록 멋지게 장식하자. 연장전의 감독과 선수는 바로 은퇴자 자신이다. 이 책이 은퇴를 생각하거나 은퇴한 사람들의 행복한 삶을 위한 좋은 지침이 될 것으로 믿는다.

2025년 3월 새봄에
성 상 용

바야흐로 수필문학의 시대라고 한다. 좀 더 도발적으로는 모든 문학 장르가 수필로 귀결되리라는 주장도 있다. 물론 성급한 강변이기는 하지만 추세만 이야기한다면 괜한 예측도 아닌가 싶다. 그만큼 오늘날 수필문학이라는 장르가 활자문화의 세계를 넘어서 전자문화의 세계에까지 강세를 띠고 있기 때문이 아닌가 한다.

하지만 전통문학 장르로서의 수필문학을 들여다보면 여러 갈래의 상념이 앞선다. 우선 수필문학의 형식이 격변하였다. 특히 디지털 플랫폼의 탄생과 함께 개인 미디어의 확산에 따른 브런치, 티스토리, 서브스택, 인스타그램, 틱톡, 해시태그 등등 거명하기도 힘들 만큼의 신종 수필이 등장하였고 젊은이들은 여기에 경도, 전통에서 이산하고야 만다.

한편 새로 글쓰기 세계에 등장한 훌륭한 늦깎이 문학인들은 대체로 지나간 세월에 대한 감성이 앞서서 그 깊고 넓은 체험세계의 지혜가 용장한 문장의 늪에 빠지는 경우를 종종 보게 된다. 이런 경우 찰나의 경지에 빠진 젊은이들의 주목이나 노안에 시달리는 나이 든 동시대인의 주의를 끌기에는 무리가 있음도 자주 본다.

『은퇴, 불량한 반란』이라는 제목의 성상용 수필가의 수필집을 받아보고 읽기 직전의 느낌들이 바로 그러하였다. '은퇴'라는 황금과 같은 어휘를 향유하며 이 수필가는 또 어떤 감상의 긴 터널을 질곡처럼 헤쳐 나가고 있을 것인가.

그런데 전 8부, 62話에 걸친 목차가 무심한 듯, 사실은 질서 있는 어떤 행렬을 보이면서 눈앞에 전개되자 강한 호기심이 발동하지 않을 수 없었다. 은퇴가 감상의 늪에서 허우적대는 질곡이 아니라 뜻깊은 어떤 개선문의 통과의례로 받아들여지며 그 과정과 그 이후 말하자면 '비욘드 은퇴'의 지혜가 흔히 듣는 설교 같은 톤이 아니다. 이 수필가가 즐기는 산행, 혹은 제주의 오름 산책, 그리고 생애의 긴 기간에 걸쳐 골퍼가 아닌 관리와 책임자로 몰두했던 골프 코스에 초대되어 함께 나선 것처럼 동반자와 같은 친근미로 다가오지 않는가.

은퇴가 생애의 끝이 아니라 생애의 또 다른 시작이며 이 새로운 긴 여정은 감상이나 고난의 수행자로서가 아니라 신생의 생활인이자 구도자이기도 한 체험이 참으로 담담하게 피력되고 있다. 그것도 매우 겸허, 겸손하게, 더욱이 매우 재미있게.

그 진솔하면서도 오묘하게 그려낸 글솜씨를 볼 때, 장인의 그것에 다름 아니라는 나의 감탄은 글을 읽으며 도처에서 터져 나오는 독자로서의 추임새였다. 그리고 보니 성상용 수필가는 바쁜 사회생활 중에도 문학지에 정식 등단도 하였고 대학에서 강의도 하였으며 문학 관련은 아니지만 전공 저술을 한 이력도 눈에 들어온다. 과연 이러한 내공이 있어서 수필의 각 꼭지가 길지도 짧지도 않게 잘 조탁이 되었는가 싶다. 오늘날 새로운 문학 플랫폼의 경향이 길이의 속도전에 치중된 나머지 길면 낭패이고 짧으면 이 또한 어울리지 않는 반바지나 미니스커트 같아 보이지 않던가. 오늘날 글 쓰는 이의 고뇌가 크게 또 하나 늘어난 셈인데 이 새로운 도전의 고비도 수필가는 지혜롭게 잘 넘기고 있다.

은퇴 이후를 주제로 삼았으니 성상용 수필가는 우선 사나톱시스 thanatopsis, 즉 죽음에 대한 내관도 담담하게 풀어내고 있다.

"니체는 '죽음은 고통이 아닌 피난처'라 했다. 중국의 장자莊子는 '삶과 죽음은 같은 짝'이라 했다. 죽음 자체가 통상通常이라는 것이다. 프랑스의 사상가 몰리에르는 '긴 일생을 사는 동안 딱 한 번만 죽는다는 것은 축복이다. 설사 죽음이 고뇌라 하더라도 죽음 바로 앞에서 하면 된다'라고 했다. 죽음을 지레 걱정할 필요가 없다는 것이다."

참으로 적절한 인용이다. 그런가 하면 죽음에 이르는 척도인 나이를 극복하는 일화를 반대급부로 제시하며 연륜의 의미를 천명도 한다.

"70대 늘그막에 실제 꿈을 이룬 사람도 많다. 맥아더 장군은 인천 상륙 작전을 성공시켜 전쟁 영웅이 됐고, 톨스토이는 70대에 『부활』이라는 불후의 명작을 남겼다. 에디슨은 90세까지 발명품을 만들었고, 〈천지창조〉를 그린 미켈란젤로는 89세에 죽을 때까지 시스티나 성당에 그림을 그렸다. 그의 그림은 인류 문화유산까지 되었다."

성상용 수필가의 글은 서양 수필의 양대 산맥, 르네상스 시대의 몽테뉴와 과학적 방법론 시대의 베이컨의 수필세계를 모두 합일하여 놓은듯하다. 감상적 글쓰기는 시인의 경지를 넘고 정치 사회 경제에 관한 통찰력은 사회학자의 방법론을 은근히 도입하여서 독자를 이성적으로 설득하고 이윽고 흥미의 세계로 몰입시킨다.

추천사의 분량을 제한 받았기에 더 이상의 인상 깊은 소감은 접으면서 오랜만에 값지고 또한 재미있는 전통 수필집을 시간 가는 줄 모르게 읽으면서 은퇴 전후의 많은 동시대인과 또한 젊은이에게도 일독을 권하는 바이다.

시인, 수필가 김 유 조

(국제PEN 한국본부 부이사장, 전 건국대 부총장)

자작나무는 보고 싶은 곳을 보고,
군락으로 자라는 자작나무도 보고 싶은 숲만을 보면서 자란다.

성상용 작가는 자작나무와 같이 보고 싶은 숲을 못 보고 살았다. 그렇다고 후회도 하지 않는다. 현재가 중요하다는 이야기다. 작가는 『은퇴, 불량한 반란』에서 은퇴 후 삶을 명징하게 그려간다. 야구에서 승부는 9회 말에 있다 한다. 성 작가는 그의 저서에서 인생이란 9회 말에 승부를 걸어도 늦지 않다.

눈은 눈에 발자국을 내지 않는다. 겨울에 발자국을 낼 뿐이다. 성 작가는 시니어를 위한 글에서 언어의 발자국을 낸다. 그 발자국을 따라가는 자와 다른 길을 가는 자는 남은 생이 달라진다.

삶은 걷는 것이 아니다. 산책하는 것이라는 성 작가다. 걷는 것과 산책이 무엇이 다른가? 걷는 것은 목적지를 향하여 가는 것이다. 산책은 목적지에 도달하기 위해 사유의 시간을 겸하는 것이다. 성상용 작가의 『은퇴, 불량한 반란』을 대하면서 어떻게 글을 쓰지 않고, 대기업에 근무하였는지 의문이 갔다. 성 작가는 일찍이 작가의 대열에 있어야 했다. 사람들의 길 안내를 하여야 했다.

성 작가의 글은 삶의 겉모양을 무너뜨린다. 그리고 삶의 내부 공간에서 찬란한 반란을 모색하고 있다. 사람이 살아가는 길은 정합

적이고 계통적이면서 설명 가능한 성분으로 만들어진 것이 아니다. 정신 안에 있는 세세한, 때로는 통제되지 않는 것들을 긁어모으고, 그것들을 쏟아부어 삶을 만들어 가는 것이다. 작가는 이미 살아간 삶은 주워 담을 수 없다고 말한다.

삶이란 '지금부터'다. 내일도 '지금부터'다. 날마다 새로운 삶을 주워 담는 것이 인생이라는 것을 알려준다. 설날 '복주머니'를 열어보는 느낌으로 성상용 작가의 책을 읽어보면 우리의 삶은 달라질 것이다. 복주머니 안에는 온갖 것들이 들어 있다. 마음에 드는 것이 있는가 하면, 누군가에게 전해 주고 싶은 새로운 소식도 들어 있다.

이미지 문화평론가, 시인 **최 창 일**

(한국현대시인협회 부이사장, 한국문인협회 대변인)

PART 1

나를 바꾸다

나이가 든다고 늙는 건 아니다.
이상理想을 잃었을 때 늙는다.
꿈과 열정을 가져보라.
그러면 그대는 늘 청춘에 머문다.

60에서 90까지 필요한 도전

"여보! 재채기할 때 입 좀 막고 하세요."

"화장실 나오면 불 끄세요."

"세수할 때 물 튀지 않게 하세요."

아내의 잔소리로 하루가 시작된다. 은퇴한 후부터는 잔소리 가 짓수가 늘어난다.

"여보! 오늘 분리수거하는 날이에요. 쓰레기 좀 버려줘요."

"오늘 시장 가는데 같이 가요."

아내 말에 대답을 안 하면 곧 한 옥타브 높은 음이 뒤따른다.

"당신은 놀면서 그것 하나 못 도와줘요? 친구와 놀러만 다니지 말고 집안일에도 신경 좀 써요!"

아내의 나무람은 맞는 말이다. 은퇴 후에는 가사를 도와야 하는 데 그게 쉽지가 않다.

특히 기업 임원이나 고위직에 오랫동안 근무한 사람은 본인이 직접 하는 습관이 없기에 쉬운 일도 어렵고 굼뜨기 일쑤다. 집이라는 새로운 직장에 적응이 안 되어 마치 새내기 신입생처럼 자주 혼이 난다.

은퇴하면 아내와 함께하는 시간도 많아지고 혼자만의 시간도 늘어난다. 노후를 어떻게 소일할 것인가 곰곰 생각해 볼 문제다. 세월을 흐르는 대로 그냥 살 것인가 의문을 던지는 이유다.

은퇴 이후 가정의 신입생이 되든 모범생이 되든 중요한 것은 나 자신을 찾는 일이라 본다. 직장에 다닐 때 일에 몰두하다 보면 나我라는 존재가 희박하다. 오랫동안 내 의지와 상관없이 타의他意에 의해 이끌려 간 직장생활은 어쩌면 나를 잃어버린 시간이기도 하다.

은퇴는 나를 찾는 시발점이 되어야 한다. 가사는 도와야 하지만 집 붙박이가 되어서도 안 된다. 노후는 자신이 주도하는 삶을 살 때 후회 없는 인생이 되기에 나를 찾는 삶은 더욱 중요하다.

그런데 나를 찾는다는 것이 그리 쉽지 않다. 헤르만 헤세는 그의 저서 『데미안Demian』에서 진정한 나를 찾는 길은 기존의 규범과 관습에서 결별하여야 한다고 했다. 그냥 이름 모를 풀잎처럼 사라지느냐, 아니면 삶의 기존 패러다임에서 벗어나 정말 나다운 나를 찾아 인생을 의미 있게 마무리 하느냐 하는 것이다.

사실 '나를 찾는다'는 다소 형이상학적形而上學的인 표현은 철학자나 식견이 높은 사람들이 말할 주제인데 나는 그런 지식을 갖고 있지 못하다. 삶을 통찰하는 혜안도 없고 고매한 인품을 갖추지도 못했다. 나는 헤르만 헤세의 말을 말 그대로 해석했다. 기존의 관습과 결별하라는 말에 주목하여 은퇴 후 첫 주제를 '변화'로 잡았다.

익숙한 도심생활의 관습과 결별하고자 시골 한적한 곳에 조그만 전원주택을 지었다. 분수에 맞게 돈을 적게 들여 부부 둘만의 조그만 공간을 마련했다. 아내가 반대했지만 설득했다. 전원생활은 알다시피 장단점이 있다. 장점을 보고 집을 지은 건 아니다. 오직 생활패턴의 변화를 위해 집을 지었고 내 주도로 지은 내 고집의 산물이다.

이 집은 나의 아지트로, 정신적으로 육체적으로 나를 많이 변화시키고 있다. 나를 찾기 위한 디딤돌이 되어 오롯이 내가 주인공이다. 누구의 간섭도 없이 자연 속에 묻혀 내 의지대로 살고 있으니 나를 찾은 기분이다. TV에 나오는 〈나는 자연인이다〉 프로의 주인공들처럼 비슷한 삶을 지금 7년째 살고 있지만 후회한 적은 없다.

은퇴 후 삶의 또 하나의 가치가 '자유분방'이다. 직장 일 때문에 시간이 없어 못한 게 여행이었다. 부러웠던 여행을 취미로 택했다. 막연히 관광지를 구경하거나 골프나 치러 다니는 돈 쓰는 여행이 아니라 온전하게 나를 찾는 여행이다. 여행은 사색하고 사유思惟하는 즐거움을 준다.

좋은 수단이 차박 캠핑이다. 차박 여행은 숙박비와 식비가 절감된다. 돈 씀씀이도 적고 나 홀로 시간을 가질 수 있어 좋다. 풀벌레 우는 소리, 밤하늘의 찬란한 별빛, 달빛 비치는 은빛 파도, 솔내음 나는 오솔길… 이런 서정적 느낌의 행복은 캠핑 아니면 느낄 수가 없다.

이 밖에도 골프, 당구, 사진, 맛집 찾기, AI, 유튜브 등 이곳저곳 바쁘게 돌아다니며 배워보는 자유분방한 생활을 즐기고 있다. 하지만 그중에도 차박 여행이 제일 매력적이다. 이런 유유자적의 자유는 곧 나를 찾고 나를 대접하는 시간이기도 하다.

'글쓰기와 책읽기'도 즐기는 여유 중 하나다. 직장 은퇴자들의 동아리인 '책쓰기 대학'에 가입하여 글쓰기를 배웠다. 글쓰기는 곧 책 읽기와 맥락이 같다. 책을 많이 읽어야 좋은 글이 나온다. 독서와 글쓰기가 나를 찾는 좋은 수단인 걸 깨달았다. 책을 읽으며 나를 발견하고 글을 쓰며 나를 반추하게 된다. 많이 읽고 많이 쓸수록 삶의 깊이가 더해지고 나를 알아가는 느낌이다.

한 권의 책을 읽고 눈을 감아보라. 책 속에 투영된 나를 발견하는 놀라운 경험을 얻을 수 있다. 과거, 현재, 미래가 책 속에 있다. 책 속에 인생의 가르침이 있다. 어릴 때부터 독서의 중요성을 귀 아프게 들었지만 은퇴 후에야 비로소 독서의 맛을 제대로 알게 됐다. 인생을 관조하고 성찰하는 지혜가 독서에서 나온다는 걸, 느지막한 나이에 비로소 깨달은 것이다.

글쓰기는 독서보다 더한 가치가 있다. 글쓰기는 나를 적극적으로 표현하고 자연 속에 발가벗은 듯 야릇하고 푸근한 희열을 맛볼 수 있다. 못 써도 좋다. 그냥 붓 가는 대로 긁적이다 보면 문장이 되어 나의 생애 흔적으로 남는 보람을 준다.

그게 수필이든 시詩든 어떤 장르든 좋다. 또 누가 알아주든 몰라주든 자기만족이면 족하지 않는가. 글쓰기와 책 읽기, 노후에 이보다 더 나를 찾는 즐거움은 없다. 나는 졸필의 글솜씨지만 우연찮게 신인 수필 공모전에 응모, 등단의 영광을 안았다. 앞으로 문인으로 활동도 하고 싶다.

'나눔과 봉사'도 중요한 가치다. 세상 살면서 남으로부터 받은 은덕이 무릇 기하幾河인가. 돈도 지위도 건강도 가정도 깊이 생각해 보면 모두 다 타인과의 관계에서 나온 결실이다. 내가 받은 은공을 조금이나마 사회에 환원하는 것만큼 보람 있는 일이 없을 것이다.

떡을 팔아 번 돈을 몽땅 사회에 헌납한 할머니 얘기이며, 장사로 벌은 꼬깃꼬깃한 돈을 어려운 이웃에게 나누어 주라면서 매년 전주시 노송동 주민센터 옆에 몰래 갖다 놓는 이의 미담도 있다. 벌써 20여 년째 10억이 넘는 큰돈이다. 얼굴 없는 천사의 얘기는 가슴을 뭉클하게 한다.

후배 한 사람은 수십 년 동안 새벽에 일어나 동네 골목길을 청소한다. 관할 시장이 알고 표창을 했다. 수상소감을 묻자, "90세에

저 세상에서 날 데리러 오거든 동네 청소 아직 안 끝나 못 간다고 전해라~♪" 노래 한 소절을 불러 청중을 웃겼다. 90까지 봉사하겠다는 약속이다. 참으로 가상한 멋진 후배다.

나는 아직 솔직히 나눔과 봉사를 실천하지 못하고 있다. 물욕이 남아 마음을 비우지 못하고 게으른 탓이다. 말만 앞세워 부끄럽기 짝이 없다. 그러나 기회를 찾고 있다. 어쩌면 남을 위해서가 아닌 나를 위한 에고이즘의 발로일지 모른다. 그래도 아니함보다는 나을 테니 나눔과 봉사의 숙제를 언젠가는 풀어낼 생각이다.

위의 사례가 노후에 나를 찾는 방법이 되는지 모르지만 자기만족, 자기주도의 사고가 자신을 찾는 방법이 아닐까. 어떤 취미를 갖든, 어떤 종교를 갖든 자기를 찾아 보람을 만든다는 건 노후 삶의 과제이다.

유명한 성직자이자 철학자인 노만 V. 필은 "적극적 사고는 성공으로 가는 가장 기초 의식이다. 행동하는 자가 성공한다"라고 했다. 나를 찾는 행복은 저절로 오는 것이 아니다. 적극적 실천으로 쟁취하는 것이다.

100세 장수시대, 60에서 90까지 그냥 흐르는 대로 살 것인가? 아니면 나를 찾는 능동적 삶을 살 것인가? 답은 명확하다.

청춘에 머물다

나의 친구 중 산山 사나이가 있다.

80을 바라보는 나이에 매일 산에 오른다. 히말라야 등정도 여러 번 했다. 금융계에 있다가 은퇴 후 산불감시원으로 근무하고 있다. 산불 감시를 위해 매일 산마루 초소에 오르락내리락한다. 그는 체력이 되어야 합격하는 산불 진화반 모집에 응시, 합격하여 지금 9년째 근무하고 있다.

은퇴 후 시간적 여유도 있고 공익을 위해 일해보자는 봉사 정신이 노후의 일과가 돼버렸다. 나이가 들어도 산을 지키고자 하는 그의 열정이 대단하다. 물론 건강은 덤으로 따라오는 이득이다. 수당으로 몇 푼을 받지만 생계를 위해 나선 것도 아니고 오직 산을 사랑하는 일념이 있었기에 자원해 일하고 있다.

그는 현재 수원시청 산하 산 지킴이 중 최고령자인 동시에 최장 기간 근무자다. 그는 불이 났다 하면 번개처럼 뛰어나간다. 평소에는 후배 신입생들에게 산불 끄기 이론과 실습을 교육하고, 봄철에는 어린 학생들에게 산불 발생 원인과 대처 요령을 교육한다. 그의 지론은 '산은 어머니 같은 존재'라는 것이다. 산불이 나면 마치 내 어머니가 화상을 당한다는 생각을 하는 사람이다. 그토록 산 사랑이 지극하다. 그는 산을 지킨다는 긍지와 투철한 사명감으로 오늘도 산과 함께 여생을 보내고 있다.

누군가 청춘이란 "인생의 젊은 시절을 말하는 게 아니라 마음의 상태를 말하는 것"이라 했다. 그를 바라보면 지금도 '청춘'이라는 말을 실감한다.

또 다른 친구도 청춘 못지않은 삶을 살고 있다. 그 친구는 평소 역사 공부에 취미가 있었고 영어도 잘하여 은퇴 후 서울시 소속 관광 홍보 자원봉사자로 일하고 있다. 주로 외국인을 대상으로 관광 안내를 20여 년째 하고 있는데 자원봉사자라서 월급이 없다. 영어권 외국인이 서울 관광을 신청하면 이 친구가 맡는다.

그는 외국인과 함께 국립박물관, 경복궁, 창경궁, 서울 성곽 등 여러 곳을 돌며 한국의 전통과 역사, 문화를 재밌게 설명한다. 한국을 자랑하는 일선 홍보대사인 셈이다. 공로가 커 서울시장으로부터 표창도 받았다. 사명감과 의욕이 없으면 20여 년이 넘는 오랜 기간을 봉사할 수 없을 텐데 그는 지금도 한창인 청춘 시절을 보내고 있는 것이다.

또 한 친구는 모 방송국 보도국장 출신이다. 그가 자원봉사를 신청했더니 한글 문맹자가 모인 노인복지회관으로 가서 한글을 가르쳐 달라고 했다. 그는 기꺼운 마음으로 달려가 노인을 대상으로 매주 한글을 가르치고 있다.

강의하러 노인복지회관에 가면 80대, 90대 할아버지 할머니들이 벌떡 일어나 허리 굽혀 "선생님 오셨습니까?"라고 반가운 인사를 한단다. 그는 그분들의 배우고자 하는 열의에 감동해서 열심히 강의한다.

그는 글 또한 잘 써서 노래 가사도 짓는다. 신유가 부른 히트곡 〈사문진 나루터〉를 작사한 사람이기도 하다. 그는 오늘도 한글을 가르치랴, 작사하랴 쉴 틈 없이 일하고 있다.

또 다른 친구는 군에서 헌병 병과로 복무한 이력이 있어 지하철 성범죄 단속반으로 일하고 있다. 검은 선글라스 안경을 끼고 출퇴근 시간이 되면 매일 복잡한 지하철을 타고 성범죄 단속과 감시업무를 한다. 귀찮은 일, 남이 꺼려하는 일을 한다는 게 쉽지 않다. 그는 이를 마다하지 않고 즐겁게 수행한다.

나는 시립 파크골프장에서 봉사하려고 관할시청에 자원봉사를 신청해 놓고 있다. 지금 골프장이 공사 중이다. 완공된 후 다행히 내가 선정이 되면 운영관리를 돕거나 잡초라도 뽑는 일을 하려고 한다. 여가 선용은 물론이고 내 경험도 살리고 공익을 위한 보람도 찾을 수 있을 것 같아 나름대로 봉사할 거리를 찾고 있다.

산 지킴이, 외국인 안내, 문맹 노인 한글지도, 지하철 성범죄 단속, 이들 모두가 자원봉사자이다. 자원봉사란 열정과 사명감 없이는 못 하는 일이다. 그들은 노후를 맞았지만 바로 이런 일들에 보람을 느끼고 사회 곳곳에서 맡은 바 직분에 열성을 다해 일하고 있다.

일본의 모 대기업 회장은 아들한테 회장직을 물려주고 은퇴 후 자기 회사 경비원으로 일한다고 한다. 정문에서 출퇴근하는 아들이 지나가면 예의 바르게 척! 경례를 붙임은 물론이다. 이게 바로 은퇴인의 자세이며 열정이자 사명감이다.

청춘이란 단순히 나이나 젊음에서 나오는 것이 아니라 신선한 사고, 유약한 마음을 뿌리치는 용단, 새로움을 찾는 모험심에서 나온다고 했다. 흐르는 세월은 우리의 주름살을 늘게 하지만 열정을 품은 마음만큼은 시들게 하지 못한다.

20대의 늙은이가 있고 70대의 청춘이 있다. 나이를 먹는다고 늙는 것이 아니라, 이상理想을 잃었을 때 늙는다는 뜻이다. 여생, 꿈과 열정을 가져보라. 그러면 그대는 늘 청춘에 머문다.

그냥 마냥~

요즘 젊은이들 사이에 유행하는 말이 있다.

"젊어 고생은 사서도 한다"라는 속담을 "젊어 고생은 골병만 든다", "티끌 모아 태산이다"란 말은 "티끌 모아봐야 티끌이다"로 고쳐 말한다. 이 외에도 "일찍 일어나는 새는 늙은 새다", "윗물이 맑아야 세수를 한다", "서당개 삼 년이면 보신탕 감이다" 등 반어적 자조 섞인 말들로 사회상을 빗댄다.

생각해 보면 일리가 있는 말이기도 하다. 직장생활을 할 때 '목표달성', '원가절감', '안 되면 되게 하라', '나는 할 수 있다' 등 수십 년간 귀가 아프도록 이런 말만 들어왔다. 사실 나도 모르게 세뇌되어 그렇게 행동했고 그 결과 성과를 거둔 것도 사실이다.

직장을 다닐 때는 놀러 갈 여유가 없었고 놀 줄도 몰랐다. 휴일에 쉬어야 한다는 개념조차도 없었다. 결혼도 상사의 승낙이 있어야 청첩장을 찍을 수 있었던 회사 분위기였다. 가끔 아내와 언쟁이라도 하면 "당신 그때는 일밖에 모르고 애를 낳아도 병원에 오지도 않았어요!"라고 지금까지도 원망을 듣곤 한다. 오직 일, 일만을 좇아 젊음을 보냈기에 남보다 승진도 빨랐고 대기업의 CEO로 돈도 모으고 명예도 얻었는지 모르겠다.

생각해 보면 젊은 시절은 일로 인해 나를 잃어버린 세월이었다. 말이 좋아 대기업 임원이고 사장이지 오너가 아닌 월급쟁이 사장은 기업에 종속된 머슴살이이며 돈 벌어주는 도구에 불과했다는 생각마저 든다. 물론 일하는 보람과 즐거움도 컸던 건 사실이지만 현실적으로 부정할 수 없는 샐러리맨의 숙명이기도 하다.

그렇지만 그만큼 고생한 반대급부로 노후는 비교적 안정적이고 남부럽잖은 생활을 하고 있다. 하지만 잃어버린 젊은 시절을 결코 다시는 찾을 수 없다는 아쉬움이 늘 맘속에 자리하고 있다. 〈청춘을 돌려 다오〉라는 유행가를 유독 좋아하는 걸 보면 맘 저변에 깔린 회한은 어쩔 수 없나 보다.

'일체유심조—切唯心造'라는 말이 있다. 모든 일은 마음먹기에 달렸다는 뜻이다. 현실에 만족하지 못하더라도 은퇴생활 자체를 즐기며 행복하다고 느껴야 한다. 나는 요즘 각박했던 옛 시절을 회상하며 '그냥 마냥~'을 생활신조로 삼고 있다. 이는 순전히 젊은 시절의 상실에 대한 보상적 심리라 할 수 있다. 그러나 '될 대로 되라'는 의미는 아니다. 한마디로 여유와 자유이다.

옛날에는 차가 조금만 밀려도 회사에 늦을세라 새치기도 하고 교통 법규도 슬쩍 어기기도 했지만 이제는 '세월아 네월아' 하며 '오늘 중에는 설마 도착하겠지'라는 맘이다. 엘리베이터도 기다리는 게 짜증나 후다닥 계단으로 자주 뛰어올랐지만 이제는 '언젠가 내려오겠지'라는 느긋한 맘을 갖고 있으니 맘이 그렇게 편할 수가 없다.

'안 되면 되게 하라', '나는 할 수 있다'는 군대나 기업에서 자주 쓰는 말이다. 참 웃기는 말이다. 세상에 안 되는 건 안 되는 것이고, 아무리 애써도 내가 할 수 없는 게 있다. 그땐 일을 하는데 'I can do it'이라는 용기를 가져야 한다고 배웠다. 사실 그런 정신과 패기만은 가져야 하겠지만 때론 물러설 줄도 알고 포기할 줄도 알아야 한다.

돈키호테식 무모한 도전은 자칫 조직도 나라도 망치는 어리석음을 범하는 큰 실수가 될 수 있다. 매사 여유를 갖고 생각하고 또 생각하며 판단해야 한다. 비단 회사 일뿐만이 아니라 은퇴 후 일상사도 마찬가지다. 인생도 어쩌면 결정의 연속선상連屬線上이 아닌가. 삶에는 'do'보다 'study'가 훨씬 중요한 까닭이다.

회사 핑계를 대긴 했지만 왜 그때는 여유 있게 생각을 못 하고 긴장 속에서만 살았을까? 각박한 세파에 살아남기 위해서는 여유보다는 요령, 자유보다는 경쟁에 앞서야 했고 성과를 달성해야만 했다. 이런 강박 관념에 때론 무모한 짓도 서슴지 않았다. 돈키호테식 무식한 저돌적 용맹을 자랑인 양 여길 때도 있었으니 지금 생각하면 쓴웃음이 난다.

나를 잃어버린 그때 그 시절을 생각하면 사실 일을 잘한 것보다는 'study'를 간과하고 무분별하게 잘못을 저지른 게 더 많다. 그때 좀 더 여유를 갖고 신중했어야 하는데…, 인간관계에 있어서도 마찬가지다. 직원들에게 빨리 일하라고 닦달하기보다는 베풀고 배려하고 고생하는 그들의 등을 따뜻하게 다독여 주었으면 어땠을까 하는 후회가 든다.

요즘은 그때 그 시절 성급함을 반성하며 아쉬운 마음을 달래고자 틈나면 여행을 떠나곤 한다. 여행이란 '그냥 마냥~'의 여유와 자유를 손쉽게 만끽할 수 있기 때문이다.

이제 유유자적悠悠自適은 젊은 시절 회한의 내 마음을 씻어내는 휴식의 공간이다.

약을 콜라와 먹으라구?

서울 도심을 혼자 걷다가 배가 고팠다.

출출하던 차 햄버거 가게가 보여 간단히 요기나 할까 하여 들렀다. 햄버거를 하나 시켜 먹고 나오려니 목도 마르고 감기 기운이 있어 약도 먹어야 하겠기에 카운터로 갔다.

"아가씨 물 좀 주세요"라고 했더니, 턱으로 구석 안쪽을 가리키며 "저기 가면 음료수 있으니 꺼내 드세요"라고 한다. 가리키는 쪽으로 갔다. 사이다, 콜라 등 L제품의 여러 가지 탄산수가 진열되어 있었다. 그런데 물은 없었다.

카운터로 다시 와서 "거기 물이 없네요. 물 한 모금만 얻어먹읍시다. 제가 빵을 먹어 목도 마르지만 감기 기운이 있어 약도 먹어야 하니 물 한 잔만 주세요"라고 나는 사정하듯 물 한 컵을 달라고 했다. 카운터 여직원은 다짜고짜 말했다.

"여기는 물이 없어요. 저기 음료수 사서 드시면 됩니다."

나는 약간 짜증이 났다. 감기로 약을 먹어야 하는데 물 한 잔도 서비스를 못 해준다니 너무나 장삿속이 엿보였다. 나는 다시 간청했다.

"주방에 있는 물이라도 좀 주세요. 아가씬 약 먹을 때 콜라와 같이 먹나요? 물이 있어야 약을 먹을 수 있잖아요."

재차 간청했음에도 "여긴 본사 방침으로 물을 드릴 수 없습니다"란 단호한 말만 돌아오자 화가 나지 않을 수 없었다. 무슨 본사 방침에 손님에게 물 한 잔도 주지 말라는 지시가 있는가.

생각해도 너무 한다 싶어, "여기 가게 사장이 누군지 좀 보자고 해요"라고 말했다. 나는 말이 통하지 않는 여직원과 더는 시비하고 싶지 않아 사장을 불러 달라 했다. 곧 점장이라는 사람이 나타났다. 점장에게 따졌다.

"내가 약을 먹으려고 물 한 잔 달라 했는데 본사 방침으로 물을 줄 수 없다니 너무하지 않소. 점장님은 콜라로 약을 먹습니까. 아무리 장삿속이라도 약 먹겠다는 손님에게 물 한 잔 서비스 못 합니까? 주방 수돗물이라도 달라고 했는데."

큰소리로 점장을 몰아붙였다. 점장은 짜증스러운 표정에 못마땅한 어투로 "여긴 물을 드릴 수 없습니다만 제가 드리지요"라며 물 한 컵을 주방에서 받아와 테이블에 던지듯 툭~ 놓는다. 그 물에 간신히 약을 먹었지만 쓴 약 맛보다 물이 더 쓰다.

나는 집에 와서 식구들에게 이런 가게는 망해야지 하며 불친절의 사례를 말했다. 세상에 얄팍한 상술로 약 먹을 물 한 잔 주지 않는 악덕 기업이라며 다시는 L기업의 햄버거 가게는 절대 가지 말라는 훈시 아닌 훈시를 했다. 내 얘기를 가만 듣던 딸이 불쑥 내뱉는다.

"아빠가 잘못했네요. 그 가게 잘못 하나도 없어요. 약 먹는 건 아빠 사정일 뿐이지, 근무하는 사람이 뭐 잘못한 거 있나요. 당연히 방침대로 말한 거고 물 아닌 음료 매출 올리려고 하는 건 그 기업의 나름 전략이잖아요. 물 안 준다고 서비스가 어떠니 하는 건 지나친 아빠 중심적 생각일 뿐이에요."

딸이 되레 나를 훈계하듯 나무란다. 그리곤 한마디 더 한다.

"아빠 제발 밖에서 그런 행동하지 마세요. 그게 바로 꼰대 짓이란 거예요. 아빠가 돌아서면 직원들이 등 뒤에서 뭐라 하겠어요. 잘못했다고 반성하겠어요, 진상 손님이라고 욕하겠어요?"

딸의 대꾸에 "너도 그 아가씨랑 한편이네. 어른의 말에 일리가 있으면 반성도 해야지" 하며 딸을 쏘아붙였지만 곰곰 생각하면 딸 말도 일리가 있긴 했다.

하지만 식음 판매업은 곧 서비스업 아닌가. 음료 매출도 중요하지만 고객의 하찮은 니드Need 하나를 만족시킬 줄 모른다면 서비스업을 할 기업이 못 된다. 모름지기 눈앞의 이익보다 고객의 입장에서 고객 존중 정신이 없으면 결코 그 기업은 롱런할 수 없다.

서비스업은 '작은 것이 큰 것이다'는 기본 상식을 되새겨 볼 필요가 있다.

그런데 딸이 꼰대 짓 하지 말라는 충고는 맞는 말이라 스스로 후회했다. 자칫 나이 들면 이런 꼰대 짓을 하기 십상이라 주의해야 한다. 대의大義가 옳다고 해도 젊은이로부터 욕을 먹지 않으려면 자신의 잘못부터 찾고 겸손해야 한다. 문제가 있는 점은 나중에 다른 방법으로 해결해야 한다.

생각해 보면 나의 꼰대 짓은 직원 입장을 배려하지 않고 사돈 남말 하는 격이 되었음을 부인하지 않을 수 없다. 내가 손님이랍시고 갑질을 한 셈이다.

모름지기 우리 사회는 내가 조금 손해 보더라도, 좀 귀찮아도 남을 먼저 배려하고 존중하는 기풍을 만들어 나가야 한다. 훈훈한 정감이 감도는 사회가 선진사회 아닌가. 아무리 돈이 우선인 자본주의라도 그 속에 인정人情이 흘러야 한다. 우리 모두가 추구하는 살고 싶은 행복한 국가는 돈이 아닌 바로 인간애人間愛가 스민 사회가 아닐까?

"이 난 향기가 어떠노?"

삼성 이병철 회장님이 내세운 경영 이념 중에는 합리추구_{合理追}_求가 있다. 매사에 합리적 사고와 철저한 분석적 사고로 기업을 운영해야 한다는 경영 철학이다. 문제가 생겨 보고드리면 회장님은 문제가 일어난 원인을 물으시고 그 원인이 된 원인을 또 물으신다. 거짓말하거나 핑계를 대거나 모호하게 답하는 걸 극히 싫어하신다. 모를 때 모른다고 하면 쉽게 용서하신다.

삼성에버랜드에 근무할 때다. 어느 날 "우리 안양클럽에 곰탕이 맛없다는 얘기가 들리는데 공부하여 맛있게 만들어 봐라"라는 회장님의 오더가 떨어지자 주방장을 부르고 대책을 논의했다. 우선 우리나라에서 제일 맛있다고 소문난 곰탕을 가져와 분석하고 그 곰탕과 현재의 곰탕, 또 새로 개발할 곰탕 3개를 고객들께 블라인드 테스트하여 개선하기로 했다. 식품영양학과 교수의 자문도 받아가며 맛있고 영양가 높은 곰탕 개발에 열중했다.

며칠 후 블라인드 테스트 결과가 나왔다. 세 가지 ABC 샘플을 고객들께 시식하게 한 결과 새롭게 개발한 C곰탕이 제일 낫다는 여론이 나왔다. 회장님께 세 곰탕을 맛보시게 하며 보고를 드렸다. 각 곰탕의 무릎살, 사태, 사골 등 재료의 혼합 비율과 영양가 분석, 나름대로 공부한 사항을 요약하여 설명드리며 제일 맛있다고 하는 C곰탕을 상품화하겠다는 말씀을 드렸다.

잠자코 들으시더니 "곰탕을 맛있게 하려면 몇 시간 정도 끓이느냐?" 하고 물으셨다. "네, 처음 센 불에 끓이다 나중 중불에 6시간 정도 느긋하게 끓입니다"라고 말씀 드렸더니 "그럼 솥뚜껑 열고 끓이나 닫고 끓이나? 열고 몇 시간이고 닫고는 몇 시간 끓이느냐?" 물으신다.

휴우~! 꼬치꼬치 질문에 진땀이 흐른다. 모르니까 할 수 없이 "그것까지는 잘 모르겠습니다"라고 답을 드렸더니 "봐라, 공부하라 했더니 제대로 공부 안 했네. 책상에 앉아 밑에 사람 말만 듣고 답하네. 직접 솥에 가 봐야제. 현장이 중요한 기다. 너는 솥에 가 보지도 않고 곰탕 공부했네" 하신다. 한마디 한마디가 내 심중을 꿰뚫고 계신다.

조리는 주방장이 한다는 걸 잘 아시고 내가 식품을 전공하지도 않은 걸 아신다. 오직 나를 교육시키기 위한 말씀이다. 그 말씀에는 책임자가 되려면 현장이 중요한데 현장에 가보지 않았음을 나무라시면서, 일을 하려면 제대로 철저히 파악해야 된다는 가르침이 담겨있다.

　또 어느 날 부르셔서 갔더니 창가에 둔 화분을 보고 "여기 화분에 식물을 뽑아내고 참외, 수박을 심어봐라" 하신다. 나는 알량한 지식으로 "넝쿨 식물은 화분에 잘 안 되는데요"라고 말했다. 이 말을 듣고 하시는 말씀이 "너는 해보지도 않고 안 된다고 하네. 한번 해봐라" 하시며, 안 된다는 선입견을 나무라신다.

　즉시 원예 작물을 재배하는 직원을 불렀다. 작은 화분에 참외 수박이 열리겠냐고 물었다. 거름을 잘 주고 물 관리를 잘하면 열릴 수 있지만 쉽지 않다고 한다. 서울대 농대 교수한테 자문을 받았다. 가르침대로 토양이 중요하다 하여 잘 발효된 고단위 닭똥 거름을 넣고 햇볕 좋은 곳에 화분을 두고 물을 주며 보살피기 시작했다. 진행 과정을 중간보고도 드렸다.

　며칠이 지나자 싹이 나고 줄기가 성큼성큼 자란다. 회장님이 보시더니 "봐라. 잘 크고 있네. 열매도 잘 열릴 끼다" 하셨다. 아니나 다를까 얼마 후 참외도 달리고 수박도 주먹만 하게 크고 있었다. 그걸 보시고 말씀하신다.

　"너는 해보지도 않고 안 된다고 했지. 되도록 하니까 되잖아."

　회장님은 항상 검증을 하신다. 안 된다거나 어렵다고 하면 실험을 통해 일반상식의 틀을 깨시는 분이다. 안 되면 안 되는 원인을 찾아 되게끔 하시는 분이다.

어느 날 계열사 사장이 오셨다. 회장님께 보고드릴 게 있어 왔는데 보고는 받지 않으시고 대뜸 "거기 서류는 놔두고 이리 와서 난 향기를 맡아봐라" 하신다. 그리고는 창가에 둔 난에 손을 가까이 대고 부채처럼 흔들며 "이 난의 향기가 어떠노?" 물으신다.

코를 대며 향기를 맡던 사장이 "네, 향기가 아주 좋은데요"라고 대답했다. 그러자 회장님의 안색이 갑자기 변하더니 "너 나한테 보고할 필요 없다. 나가거라"라고 말씀하며 보고하러 온 사장을 내쫓으신다. 옆에서 지켜본 내가 무안스럽다.

그리고 나서 회장님이 말씀하셨다.

"저 사람은 거짓말하는 사람이다. 저 난은 원래 향이 없는 난인데 있다고 하잖아. 믿지 못할 보고서 볼 거도 없데이~."

회장님은 참 무서운 분이시다. 얼마 후 그 사장은 물러났다.

거짓말하는 사람은 절대 밑에 두지 않고 용서가 없으시다. 매사 합리적인 논리, 철저한 분석적 사고, 정직성을 강조하시는 분이다. 삼성은 지금까지도 이러한 경영 정신이 조직 내 뿌리 깊이 내려오고 있다.

나 또한 이병철 회장님의 가르침의 영향이 매우 크다. 회장님의 정신이 인생에 큰 도움이 된 건 더 말할 것도 없지만 무엇보다 아랫사람을 가르치는 방법을 배웠다는 것이 또 하나의 큰 소득이었다.

잡초를 뽑으며

오늘은 주말이라 평창 집에 애들이 왔다.

힘에 부쳐 텃밭에 못 뽑은 잡초도 뽑고 마른 옥수숫대도 자르고 전 가족이 함께 텃밭과 정원 정리 작업에 나섰다. 정원이라야 손바닥만 한데 할 일은 엄청 많다. 제일 큰 작업이 잡초 없애는 일이다. 뽑고 돌아서면 어느새 다시 자란다.

텃밭에 자라는 잡초를 막고자 두둑에 검은 비닐을 씌우고 제초제는 뿌리지 않는다. 고추, 가지, 파, 오이, 감자, 옥수수 등 가족들의 먹거리라 농약을 치지 않으니 잡초가 많을 수밖에 없다. 무공해 유기농이 좋긴 한데 힘든 일이다. 잡초 뽑는 일이 지긋지긋해 아예 정원 안에는 콩자갈 길을 만들어 잡초 면적을 줄였다.

입구 마당에도 잡초가 번지지 않도록 호박돌을 가장자리에 쭈욱 박아 경계를 했다. 콩자갈 밑에는 잡초 방지 매트까지 깔았는데 어느새 삐죽삐죽 고개를 내민다. 제초제를 쳐도 약효가 떨어질

즈음 또 밀고 올라온다.

　잡초는 종류가 많기도 하다. 바랭이, 강피, 개달개비, 여뀌, 깨풀, 모시풀, 갈퀴덩굴 등 잡초를 두고 어느 생물학자는 "잡초는 지구의 살갗"이라고 표현했다. 맞는 말이다. 태초에 이 땅의 주인이 잡초임에 틀림없다. 버려진 땅에도 억척스럽게 생명을 이어가는 걸 보면 잡초는 애당초 벌, 나비도 기다리지 않는다. 뽑히고 밟히고 찢겨도 누굴 탓하지 않는다. 척박한 어떤 환경에서도 끈질기고 모질게 살아남는 탁월한 재능을 가지고 있다.

　그래도 잡초를 없애 보고자 잡초와의 전쟁을 선언한다. 비장한 각오로 전장에 나선 장군처럼 으쓱대며 호미로 하나하나 뿌리째 뽑는다. 하지만 언제나 잡초군軍에게 여지없이 패한다. 돌아서면 뒤에서 또 나타나는 적군을 어찌 이길 것인가. 잡초가 펼치는 인해전술이 아닌 초해전술草海戰術을 당할 재간이 없다.

　이 땅의 원초적 주인을 감히 몰아내려는 불경스러운 마음으로는 조물주가 만든 신성한 생명력을 거스를 수 없다. 잡초와의 공생共生이 답이다. 그저 뽑고 또 생기면 뽑고 살살 달래가며 함께 사는 길뿐이다.

　오늘은 가족들과 연합군을 편성, 또 한바탕 격전을 치른다. 죽은 적군의 시체가 엄청나다. 잡초를 처치하다 보면 또 다른 적군이 난데없이 나타난다. 잡풀 속에 있는 벌레군軍이다. 까만 산모기, 깔따구, 풀벼룩 등 이놈들은 게릴라 전술이다. 숨어 있다가 기습 공격하기에 그대로 강제 헌혈을 당한다. 벌겋게 발진이 돋고 붓고 가려워 참을 수 없다. 약을 바르고 두드리고 한참 지나야 가라앉는다.

잡초와 씨름하다 보니 문득 나훈아의 〈잡초〉라는 노래가 생각난다. 이름 모를 잡초도 꽃이 있으면 향기라도 있을 텐데 아무것도 가진 게 없는 잡초라고 노래했다. 흔히 우리 삶도 잡초 같은 인생이라 한다. 아무것도 가진 것 없이 풀잎처럼 나왔다가 풀잎처럼 사라지는 게 인생이다. 어쩌면 같은 처지에 있는 잡초를 보고 나무랄 수도 없다. 잡초를 뽑은 후 곰곰 인생을 되돌아본다. 잡초 아닌 장미 같은 삶을 살 수 없을까? 아니 고귀한 한 떨기 흰 백합처럼 살 수는 없을까?

과연 장미나 백합 같은 삶이 존재나 하는지? 설사 있다 하더라도 삶의 흔적은 100년만 지나면 완전 무無로 사라진다고 한다. 우리도 100년 전의 사람을 기억 못 하듯, 그 누구도 나를 기억해 줄 사람이 없다. 그냥 조상일 뿐, 나의 그림자도 집도 흔적이 없어진다. 유품은 있을지 몰라도 기억 속에만 존재할 뿐 실체는 없다.

인생, 잡초처럼 살다 잡초처럼 사라짐을 안타깝게 여기지 말자. 이름이라도 남길 욕망으로 큰 야망을 좇다가 불행을 자초할 수 있다. 삶이란 어쩌면 다 거기서 거기다. 성실하고 올바른 삶을 살다 보면 풀꽃이라도 피울지 모른다. 향기까지 더한다면 그게 보람이자 행복이 아닐까.

오늘따라 하늘이 더욱 푸르고 매미 울음소리 한결 시원하다.

월급봉투와 뚜쟁이 아줌마

삼성에 입사 후 첫 조회 시간이었다. 삼성의 전자 사업을 일으키신 강진구 사장님이 연단에 오르셨다. 갓 입사한 신입사원으로서 사장님이 하나님처럼 우러러 보였다. 마이크를 잡더니 대뜸 말씀하신다.

"에~ 요즘 퇴근하는 사람이 있어요. 일을 놔두고 퇴근해야 되겠어요?"

난 무슨 영문인지 몰랐다. 퇴근하는 게 무슨 잘못이 있는 건지? 옆에 있는 선배에게 옆구리를 찌르며 나지막한 소리로 물었다.

"선배님, 사장님이 왜 퇴근을 나무라지요?"

"6시 땡 하면 퇴근하는 사람이 있다는 말이지요. 사장님이 화나신 거 같아요."

사장님은 계속하여 품질이 어떻고 생산성이 어떻고 나무라시는 말씀을 잔뜩 하신다. 하나님 같았던 분이 갑자기 호랑이 같은 분으로 느껴진다.

아니 6시 퇴근이 당연한데 퇴근하는 걸 못마땅해하신다니 신입사원일 땐 의아했다. 퇴근은 저녁 8시나 9시쯤 하는 게 정상 개념이란 걸 나중에야 알았다. 야근이면 11시, 12시에 퇴근이다.

야근 수당은 생산직 근무자만 있고 내가 맡은 인사 업무는 야근을 밥 먹듯 해도 수당이 없다. 토요일은 언제나 정상 근무였고 일요일에는 사정 얘기를 해서 쉬라고 허락받아야 쉰다. 허락 못 받으면 으레 출근을 당연시했다. 겨우 봐주는 게 아침 9시, 10시 느지막이 출근해도 나무라지는 않는다. 월차 휴가란 게 노동법에 있는지도 몰랐고 오직 일만 하던 시절이었다.

결혼식도 상사의 승낙이 있어야 할 수 있다. 청첩장을 허락받지 않고 인쇄했다간 다시 찍을 수도 있다. 상사 눈치를 봐 기분이 좋을 때 기회를 엿본다. 기어들어 가는 목소리로 벼르던 얘기를 간신히 한다.

"저 이번 가을에 결혼합니다. 청첩장 인쇄해도 될는지요?"

"야! 이 바쁜 시기에 결혼한다구? 안 돼! 내년 봄에 해! 내년 봄!"

과장은 보기 좋게 퇴짜를 놓는다. 봄이 돼도 또 눈치를 보며 얘기를 꺼내야 한다.

삼성전자는 매년 3월 1일자로 급여 인상을 한다. 동종업계 급여 비교, 회사 지급 능력, 물가 인상률, 특수직 감안, 인사고과 반영 등 검토할 게 한두 가지가 아니다. 매년 12월 아님 1월에는 고과와 승진 인사 작업으로 바쁘고 2월부터는 급여 인상 작업으로 눈코 뜰 새 없이 바쁜 연말연시를 보낸다.

급여 인상 작업은 회사에서 안 한다. 인사 담당 이사가 회사 부근에 있는 여관을 잡아 방에서 작업을 시킨다. 출퇴근도 없다. 끼니는 주로 짜장면이다. 팬티만 입고 새우잠 자며 급여 조정 작업에 며칠씩 매달린다. 1안, 2안을 만들어 결재를 올린다.

간신히 결재가 나면 월급날 돈 나눠주는 작업도 여간 어려운 일이 아니다. 일단 은행에 가서 현금을 찾는 일부터 시작된다. 경찰에 연락해 무장한 경찰 2명을 대동하고 현금 자루를 받아 차에 싣는다. 월급봉투는 가볍지만 돈 자루는 얼마나 무거운지 미니버스에 가득 차게 싣는다.

이어서 부서별, 직급별, 개인별로 전산 처리된 봉투에 현금을 나누어 넣다 보면 봉투에 넣은 현금과 찾아온 현금이 맞지 않는다. 100원만 틀려도 그 많은 봉투를 개봉해 다시 센다. 돈이 모자라도 걱정, 남아도 문제, 그땐 왜 그리 잘 안 맞는지 미칠 지경이다. 이래저래 스트레스가 극에 달한다. 그야말로 극한 작업이다.

지금이야 컴퓨터로 계좌에 송금하니 금액이 틀릴 리 없다. 그때는 그래도 집사람한테 폼 잡으며 월급봉투를 직접 던져주는 재미는 있었다. 적당히 핑계 대며 몇 푼 삥땅하는 즐거움도 있었기에 그때의 월급봉투가 마냥 그립다.

삼성이 일 많이 시킨다는 건 사실이다. 인사 슬로건이 있다. "인건비는 최소로 월급은 최고로", 즉 사람을 많이 쓰지 말고 쓴 사람한테는 봉급을 많이 주라는 거다. 자연히 1인 2역, 3역을 해야 하니 업무가 늘 과중하다.

요즘은 평생직장 개념이 옅어졌다. 조금 마음에 안 들면 철새처럼 날아다니는 젊은이가 많다. 칼 같은 퇴근에 주말은 물론 빨간날은 다 쉰다. 대체 휴일까지 있다. 그런데도 이런저런 이유를 달아 걸핏하면 쉬겠다고 월차를 낸다. 이런 이유가 허다하다.

"내일 저의 애가 초등학교 입학식인데 월차 내려구요."

"엄마가 애를 데리고 혼자 가면 안 되나?"

되물으면 안 된단다. 허락하지 않으면 사표라도 낼 낌새로 압박한다. 옛날 나의 신입사원 시절을 생각하면 주먹으로 한 대 쥐어박고 싶지만, 속이 끓어도 사인은 해 준다. 시대가 바뀐 탓이겠지만 요즘 젊은이들 회사 조직에 대한 충성심이 너무나 낮아 안타깝다.

나의 신입사원 시절은 힘들었던 기억이 대부분이지만 재미있는 추억도 있다. 삼성 본관에 근무할 때다. 퇴근 시간 무렵이면 웬 아줌마들이 출구에서 서성댄다. 한 아줌마가 쫓아오더니 "총각, 저 잠깐만 봐요" 하며 소매를 낚아채고 의자에 앉힌다. 뿌리칠 때도 있지만 못 이기는 척하고 앉으면 아줌마는 두툼한 사진첩을 꺼내

들어 "총각, 이 색싯감 좀 봐요. 정말 이쁘고 똑똑해요" 하며 고르라고 한다. 사진 밑에는 나이, 학력, 신장, 취미 등 프로필이 빼곡히 적혀 있다.

결혼 뚜쟁이 아줌마들이다. 요즘으로 치면 결혼정보 회사 직원인 셈이다. 어쩌다 성사되면 두둑한 중매채를 받기에 삼성 신입 총각들이 그들의 타깃이다. 가끔 소개받은 처녀와 데이트를 하기도 하고 결혼까지 성사된 사례도 꽤 있었다.

그때는 삼성만큼 좋은 평판을 받는 직장도 드물었고 신입사원들의 자부심도 컸다. 제대로 일도 못하는 풋내기들이었지만 콧대만은 높았다. 퇴근길 아줌마들한테 잡혀가는 재미?가 힘든 직장생활의 버팀목이기도 했다. 지금은 좋은 일류 회사들이 즐비하고 인터넷으로 무장한 결혼정보 회사들이 난무하니 그런 풍속을 찾을 데가 없다.

백발이 성성한 지금, 갑자기 옛날 그 아줌마가 찾아 왔다. 나를 붙들고 색싯감 보라고 사진을 펼쳐 보인다. 아가씨들이 다 이쁘다. 한 사람을 선택했다. 그 아가씨와 팔짱을 끼고 거리로 나서는 순간 누군가 내 발을 걸어찬다. 깜짝 놀라 깨어 보니 집사람이 잠결에 뒤척이다 내 다리를 친다.

쟤가 바로 오줌 싼 애야

나는 초등학교 입학을 남보다 빠르게 했다.

보통 8살에 입학을 하는데 7살 때 입학을 했다. 주민센터에서 한 어린애가 학교에 나오지 못해서 자리가 비어 있다고 어머니께 연락이 와서 평소 학교 가고 싶다고 졸라대던 나를 얼른 입학 시킨 것이다.

1년 앞서 입학하여도 수업을 따라가게 되어 무난히 2학년에 올랐다. 그런데 2학년 2학기쯤이라 기억된다. 수업 시간에 난처한 일이 생겼다. 그때 담임은 남자 선생님이었는데 얼마나 무서웠는지 수업 중 소변이 마려워도 허락받을 용기가 나지 않았다.

쉬는 시간에 화장실 가야 되는 걸 깜박 잊은 탓이다. 선생님께 말을 했다간 한 대 두들겨 맞을 게 뻔하니 참을 수밖에 없었다. 선생님이 무서웠고 애들 보는 앞에서 매 맞는 모습도 싫었다. 수업은 뒷전이고 오줌통을 죄며 빨리 수업이 끝나기만 기다렸다.

그날의 수업 시간은 얼마나 길고 지루한지 도저히 참을 수가 없는 지경에 이르렀다. 내심 '조금만 싸 보자. 그런 후에는 참기가 좀 쉽겠지'라는 생각으로 조금만 싼다는 것이 아뿔싸! 멈춰지지가 않았다. 오줌이 좌악 쏟아지니 바짓가랑이로 줄줄 흐르는 게 아닌가.

얼마나 당황스러운지 겁이 덜컥 났다. 어떻게 할 도리가 없었다. 그땐 교실이 목조 건물이라 바닥이 나무 마루로 되어 있어 발로 오줌을 판자 틈 사이로 살살 밀어 넣자 다행히 번지지는 않았다.

수업은 계속 되었고 옆의 친구도 모르는 것 같아 안심이 되는 듯했는데 갑자기 교실 문이 드르륵 열리며 아래층 1학년 선생님이 들어오시는 게 아닌가. 대뜸 "여기 교실에 물청소합니까? 아래층 교실에 물이 떨어져요"라고 말씀하시며 수업 중인 우리 선생님한테 묻는다.

"청소는 무슨 청소, 한창 수업 중인데요."

상황을 모르는 우리 반 선생님이 당당하게 답한다. '앗차! 내가 마루 틈 사이로 밀어 넣은 오줌 때문이구나' 싶어 갑자기 정신이 혼비백산 심장이 멎는 듯했다.

두 선생님이 눈치를 챈 듯 내 자리 가까이로 다가온다. 순간 저승사자가 오는 듯 느껴진다. 드디어 내 의자 밑 마루를 훑어보시고는, "이 놈이 오줌 쌌구먼!" 하며 내 머리를 쥐어박는다. 아이들 시선이 온통 내 쪽으로 쏠리며 히죽히죽 웃어 대고 있다.

그런 일이 있은 후 애들로부터 '오줌싸개'라는 별명을 얻어 항상 놀림감이 되었다. 친구들이 내 이름을 놔두고, "오줌싸개! 오줌싸개!"라고 부르니 너무나 듣기 싫었다. 그날의 치욕적인 일로 친구들과 어울리기가 싫어 스스로 왕따가 되어버렸다.

그 영향이 졸업할 때까지 계속된 듯했다. 그 당시 어머니에겐 물론이고 누구에게도 부끄러워 얘기를 한 적이 없고 혼자 속으로만 삭이는 외톨이가 된 것이다. 요즘 의학용어로 말하면 소아 우울증에 걸렸던 게 아닌가 싶다. 지금도 초등학교 친구들이라곤 단 한 명도 기억되는 애들이 없다.

소아 우울증, 이는 누군가가 따뜻한 말로 위로해 주고 용기를 주며 심리를 치유해 주는 전문가의 도움이 필요한 소아 정신병이다. 심한 경우 자학증으로 일생을 그늘 속에서 보낼 수도 있는 정신 질환이 될 수 있다.

천만다행으로 나는 자라면서 스스로를 극복했다. 어린 시절의 별명 때문에 지독한 내향적 성격이 된 나 자신이 너무 싫어 중학생이 된 뒤부터는 일부러 친구를 많이 사귀었다. 남 앞에 나서는 것도 주저하지 않았다. 대학 때도 친구들과 노는 걸 유난히 좋아했고 대학 방송 동아리 활동도 열심히 했다.

그 습관은 노후를 맞은 지금도 계속되고 있다. 누구보다 나는 친구들과 같이 있는 시간을 즐기고 토론도 좋아한다. 가끔 대학에 강의를 나갈 때도 학생이 많을수록 신이 나고 열정적이다. 때론 연사같이 웅변식 강의를 한다. 목소리 크기가 사람 수에 비례한다.

이처럼 내가 외향적 성향으로 변한 것은 어릴 때 왕따 트라우마에 대한 보상 심리가 내면에 자리한 까닭이 아닌가 싶다. 오줌을 쌌던 어린 시절, 그 일을 생각하면 지금은 쓴웃음이 나오지만, 그땐 너무나 심각한 정신적 충격이었다. 이젠 나이가 드니 잊을 수 없는 재미있는 추억으로 남아 있을 뿐이다.

누군가 "너 초등학교 때 오줌 싼 애 아니냐?"라며 나를 알아보는 동창생이 나타난다면 얼마나 반가울까? 이젠 그를 얼싸안고 춤이라도 출 것이다.

은퇴,
불량한 반란

PART 2

노후를 생각하다

중용에서 '언고행言顧行, 행고언行顧言'이란
어구가 있다.
말은 행위를 돌아보아야 하고
행위는 말을 돌아보아야 한다는 뜻이다.
말 따로 행동 따로는
스스로의 도덕성을 의심받기 마련이다.

은퇴 후 친구는 몇 명이 좋을까?

"야, 뭐해? 오늘 분당천 걸을까?"

친구로부터 전화가 왔다.

"12시까지 거기 설렁탕집으로 나와!"

친구를 만나 설렁탕 한 그릇 뚝딱하고는 천변을 걷는다. 친구와의 일상이다. 친구와 밥 먹는 재미, 용건 없이 카페에서 만나 차 한잔하는 재미, 당구 치는 재미, 바둑 두는 재미, 이런 게 은퇴 이후 소확행小確幸이다. 쏠쏠한 삶의 즐거움은 친구로 인해 만들어진다. 늙어갈수록 친구의 존재가 귀하게 느껴진다.

노년의 친구는 몇 명이면 적절한가? 순전히 주관적인 견해라 각자의 성향과 삶을 보는 시각에 따라 다르다. 일률적으로 몇 명이라고 명시할 수는 없지만 많을수록 좋다고 본다.

세간에 "90세의 나이에 짜장면 먹으러 가자고 부르는 친구가 있으면 성공한 사람이다"라는 말이 있다. 친구가 많으면 노후에도 불러 줄 확률이 많다. 친구가 적을 경우 70, 80, 90세로 갈수록 하나둘 세상을 떠나게 된다. 90이 되면 밥 먹자고 할 친구가 확 줄어든다.

친구 없는 외로운 노년을 보낼 건가? 친구를 보듬어 가며 활기찬 노년을 보낼 건가? 답은 명확하다. 더욱이 배우자가 먼저 가면 고독감은 배가 된다. 본인이 오래 산다는 전제하에서 본다면 친구가 많을수록 노년의 우울감은 적어지고 행복감은 커질 수 있다.

반면에 "친구 수는 적어도 좋다. 진정한 친구 한둘이면 된다. 더 많을 필요가 없다"라고 하는 사람도 있다. 다산 정약용 선생은 일찍이 친구는 "한 사람이면 족하다. 두 사람은 많다. 세 사람은 불가능하다"라고 했다. 진정성을 중요시해 참된 우정을 강조한 말이다.

옛 농경시대는 수명도 짧고 먹고 살기에 바쁜 탓으로 친구의 수보다는 진정한 친구를 찾는 데 방점이 찍힌 게 아닐까? 지금은 고령화 시대이자 고도 산업화 시대다. 친구의 의미도 이제 바뀌어야 하지 않을까? '진정'과 '참됨'의 뜻이 어느 정도인지는 몰라도 스스럼없이 불러내 밥 같이 먹고 커피라도 한잔하는 정도면 훌륭한 절친이자 진정한 친구가 아니겠는가?

요사이 고독사孤獨死가 사회 문제가 되고 있다. 고독과 빈고貧苦,

병고病苦가 노인들의 3대 고통이라 했다. 옛날엔 대가족 제도로 외로움을 느낄 만한 틈이 없었는지 자살하는 사람이 별로 없었다. 지금 우리나라는 OECD 발표 자살률 세계 1위의 불명예 국가다. 매일 36명이 자살한다고 한다. 잘사는 현대 사회에 왜 자살자가 더 많은가? 중요한 원인 중 하나가 고독이라는 정신적 문제다.

따지고 보면 정약용 선생은 250여 년 전 산업화 시대 이전의 사람이다. 그 당시는 삶에 시달리는 대중들에겐 친구의 수보다 진정한 벗이 절실했는지 모른다.

'풍요 속의 빈곤'이라는 말이 있다. 물질문명이 발달할수록 인간은 고독이라는 굴레를 멍에처럼 지고 산다. 오죽하면 AI 기술로 인간과 함께 놀아주는 기기까지 개발하려고 하는가. 과연 기기가 인간의 고독이라는 쇠사슬을 풀어줄 수 있는지? 아직은 미지수다.

고독을 피하기 위한 방편으로 친구를 어떻게 둬야 하나? 나이가 들수록 새 친구를 만들기가 어렵다. 결론은 있는 친구를 애지중지 가꾸는 데 있다. 지금 만나는 등산, 바둑, 당구, 음악, 문학 친구… 그들 중 노후에 끝까지 함께할 친구 만들기를 주저하지 말라. 설사 진정한 벗이 못 될지언정 적어도 밥이라도 같이 먹자고 부를 수 있는 관계면 족하다.

그만하면 친구 관계는 성공한 사람이다. 친구 수에 비례해 행복감이 더해진다면 지나친 비약일까. 친구 수가 많을수록 밥을 같이 먹을 기회는 많아진다. 친구는 보험이다. 보험료를 많이 낼수록 보장 혜택이 많아진다.

간혹, 태생적으로 친구 사귀는 걸 싫어하는 사람도 있다. 그는 고독을 스트레스가 아닌 즐거움으로 받아들인다. 고립감 자체를 자신이 편하다고 여긴다. 이런 사람은 내 말에 공감하기 힘들다. 각자 사유思惟의 영역이긴 하나 삶을 대하는 가치관이 다르기에 그렇다.

그도 머나먼 생의 끝자락 심연의 고독감에 잠기다 보면 그리운 친구들의 얼굴이 떠오를 것이다. 그때 그 시절의 친구들이 궁금하고 보고 싶을 것이다. 뒤늦게 나타나기 민망하고 계면쩍어 더 깊은 우울의 늪에 빠질지도 모른다.

"어이! 오늘 밥 먹을까?"

그 목소리에 반갑지 않을 사람 어디 있을까? 90의 나이에….

함께할 친구 정리할 친구

친구 수가 많을수록 좋다는 얘기를 한 바 있다.

아무 친구나 많으면 좋다는 뜻은 아니다. 친구도 가릴 친구가 있는 게 사실이다. 친구다운 친구를 만드는 게 중요하다. 우정이란 무엇인가? 슬픔도 기쁨도 늘 함께 나누는 사이를 말한다. 진정한 우정이란 무엇인가? 다른 친구가 모두 떠날 때 더 가까이 다가온 친구가 진정한 벗이라 했다.

먼저, 친구 자격이 안 될 사람을 가리는 게 우선이라 본다. 옥석을 분간해야 한다. 판단이 어려울 것 같지만 평소 언행을 지켜보면 느낌이 온다. 버려야 할 친구는 빨리 정리하는 게 낫다. 계속 만나면 낭패를 부를 수도 있기 때문이다.

내쳐야 할 친구의 유형을 보자. 모임에 가입했다가 자기 경조사 축의금만 챙기고 잠적하는 얌체형 친구, 매사 남을 헐뜯고 뒤에서 조롱하고 비난을 일삼는 부정적 사고의 친구, 부富나 권력을 자랑하는 자기 과시형 친구, 폭력 근성이 있어 걸핏하면 탁자를 치거나 주먹을 자랑하는 친구 등 속된 말로 싹수가 노란 친구가 주변에 더러 있다. 나이 들어 이런 친구를 교화시켜 내 친구로 만들기엔 때가 너무 늦다. 과감히 결별 정리하는 편이 좋다.

철학자 니체는 "봉합된 우정보다 적대가 더 낫다"라고 했다. 맞는 말이다. 하지만 조그마한 의견 차이로 멀리한 친구는 다시 살펴보자. 진정한 친구라고 특별히 따로 있는 것은 아니다. 남아 있는 고만고만한 친구들 속에 있다. 진정한 친구라 해서 고매한 인품의 소유자도 아니다. 만들어 가는 것이다.

그럼 어떻게 하면 진정한 친구를 찾을까? 답은 간단하다. 먼저 진정한 친구가 되어 주면 된다. 친구란 지극히 상대적이다. 어렵지만 먼저 진정성으로 다가가 보라. 진정한 친구란, 성경에서 "사람이 친구를 위하여 자기 목숨을 버리면 이보다 더 큰 사랑이 없나니"로 시작되는 〈요한복음〉 15장 구절이 있다. 평범한 사람으로서야 목숨까지 담보하며 진정한 친구를 얻는다는 건 불가능한 이야기다.

참다운 친구는 평범한 일상생활 속에서도 얼마든지 구할 수 있다. 손쉬운 방법이 있다. 먼저 지갑을 열라. 밥값을 먼저 내고 차 한잔 사라. 소중한 친구를 얻는데 돈 몇 푼이 문제인가? 아프다면 안부를 묻고 입원했다면 뛰어가 병문안을 하자. 친구가 우울하면 영화 티켓이라도 끊어 함께 극장에 가자. 생일이나 축하할 일이 생기면 친구가 좋아하는 꽃이나 책이라도 선물하자. 멀리 있으면 요즘 흔한 핸드폰으로 케이크나 커피 한 잔이라도 보내보자.

어쩌면 돈보다 마음 씀씀이가 훨씬 더 효과적일 수 있다. 나는 시골에 조그만 전원주택이 있어 텃밭을 가꾼다. 비료나 농약을 치지 않고 작물을 키운다. 상추, 고추, 오이 등을 수확하면 친구에게 나누어 주기 바쁘다. 하찮은 채소지만 무공해라고 엄청 좋아들 한다. 이게 돈 쓰기가 아닌 맘 쓰기이다.

얼마 전, 군대 시절 내무반에서 함께한 전우를 우연히 만났다. 근 40여 년 만이다. 그 친구는 대뜸 "야! 정말 오랜만이네. 자네가 내 이불이 젖어 잠 못 잘 때 나를 끌어당겨 자네 이불을 같이 덮고 잔 일 기억하나? 그때 얼마나 고마웠던지"라며 반겼다.

사실 나는 까마득히 잊은 일이다. 그 친구 훈련 나갈 때 옥상에 널어놓은 이불이 소나기에 홀랑 젖었던 것이다. 나는 친구를 위해 당연히 그랬을 뿐인데 그때 그 일을 기억하며 나를 의리의 사나이로 추켜세우는 게 아닌가.

이후 그 친구와 절친이 되었음은 물론이다. 생활 속 조그만 배려나 베풂이 상대의 마음에 각인되어 쉽게 마음을 열고 다가온다. 내가 먼저 정성을 쏟으면 진정한 마음이 전달될 수밖에 없다.

올해 105세 된 김형석 교수님의 친구 얘기도 잔잔한 감동을 준다. KBS 〈인간시대〉에도 방영되었지만 안병욱, 김태길 교수님과는 50년 지기 동갑내기 절친이셨다고 한다. 세 분 모두 한국 철학계 최고의 지성이자 석학이시다. 김형석 교수님이 두 분께 "우리 친한 사이이니 가끔 만날 게 아니라 정기 모임을 갖자"라고 제안하셨다고 한다.

그런데 뜻밖에도 안병욱 교수님은 이렇게 말씀하셨다.

"그럴 게 없네. 우리가 살날이 얼마 안 남았는데 모임을 자주 가지면 정이 더 들어 헤어질 때 고통이 더 크네. 그 슬픔을 어찌 감당하려고…."

참으로 차원이 다른 숭고한 우정의 발로다.

90세 전후로 교수님 두 분은 돌아가시고 이제 김형석 교수님만 홀로 남으셨다. 김 교수님께서도 세상을 떠나시면 강원도 양구에 있는 안병욱 교수님 묘지 옆에 묻히신다고 한다. 무덤까지 함께하다니 그 우정의 깊이를 헤아릴 길이 없다.

끝까지 함께할 친구는 어느 날 불쑥 나타나지 않는다. 평소 차근차근 우정을 쌓으면 된다. 방법은 쉽다. 언제나 함께한다는 생각으로 상대에게 먼저 손 내밀고 늘 돕고 배려하라. 진정한 친구는 멀리 있지 않다.

"감을 따려면 떨어지길 기다리지 말고 감나무에 올라가거나 장대로 따면 된다."

영화 <플랜 75>

국가가 국민에게 죽음을 권유하고 장려하는 세상이 다가올지도 모른다.

얼마 전 상영된 일본 하야카와 치에 감독의 <플랜 75>라는 영화가 화제를 모으고 있다. 영화의 줄거리는 초고령 사회로 진입한 일본이 연금 재정이 줄어들자 75세 이상 노인의 죽음을 적극 지원하는 '플랜 75'라는 정책을 발표한다.

이 정책은 국회에서 입법과정의 논란이 많았지만 늘어나는 부양 노인층의 재정 부담이 고스란히 청년층에 돌아가자 청년층 여론이 절대적 찬성으로 기울어지며 법은 마침내 통과된다.

법의 내용은 75세가 되면 연금 일부를 일시불로 받게 하여 노후에 해외여행을 즐긴다든지 자식에게 유산으로 남기든지 하는 혜택의 기회를 준다. 그리고 75세 생일이 지나면 정부가 안락사를 시킨다는 것이다. 이게 싫다면 받고 있는 국민연금 포기각서를 쓰면 된다.

정부는 이 제도로 연금 고갈의 위기를 벗어나게 되고 청년들은 연금 납부 부담을 훨씬 덜게 된다. 정부는 노인을 대상으로 이 제도의 장점을 적극 홍보하여 많은 노인들이 가입해서 도움을 받게 한 다음 편안한 죽음을 맞게 한다.

이 '플랜 75'에 노인들을 가입시키고자 공무원들이 공원이나 노인정을 찾아다니며 제도의 장점을 선전하고 매스컴에서도 대대적으로 광고를 한다. 어차피 곧 돌아가실 나이인데 해외여행이나 하시고 건강할 때 즐기시다 고통 없이 돌아가시는 게 행복하지 않겠느냐고 회유한다. 실제 많은 노인들이 가입신청을 한다.

영화 〈플랜 75〉의 내용이다. 이 말도 안 되는 영화가 인기를 끄는 것은 주제 설정이 이채롭고 삶과 죽음, 돈에 관해 많은 생각을 하게끔 해주기 때문이다. 한마디로 사회가 늙음을 혐오하고 죽음은 피할 수 없다는 점에서 만든 영화이지만 가상이라도 현실 가능성의 인식이 깔려 있기에 흥행에 성공한 것이다. 일본의 일만이 아니다. 우리 한국도 100세 시대 초고령 사회에 직면한 상황은 똑같다.

국민연금, 한마디로 더 내고 덜 받지 않으면 한국도 2055년에는 연금이 고갈되어 지급을 중단할 수밖에 없다고 한다. 따라서 연금 개혁은 피할 수 없는 과제다. 돈을 더 내거나 덜 받지 않으려면 급격히 늘어나는 고령인구를 줄이는 길밖에 없다. 군인연금, 교육연금, 공무원연금 등도 마찬가지다.

자본주의의 맹점은 어딜 가든 돈이 문제다. 돈 없는 가난한 노인들이 죽음으로 내몰리고 있는 것이다. 늙음이 쓸모없는 존재로 인식되어서야 되겠는가. 노인 인권유린이다. 태어남은 선택할 수 없지만, 죽음을 선택하게 하는 것이 인륜에 맞는 것인가.

곧 노인을 혐오하는 혐노사회嫌老社會가 온다는 얘기도 들린다. 경노가 아닌 혐노라니 예부터 내려오는 경노사상敬老思想, 장유유서長幼有序를 생각하면 소가 웃을 일이다.

우리나라가 일본보다 더할지도 모르겠다. 저출산으로 출생인구는 급감하고 노령인구는 급증하니 OECD 국가 중 고령화 속도가 제일 빠르다. 통계에 의하면 10년 지난 2035년 후는 젊은이 2명이 노인 1명의 생활비를 부담해야 하는 시대가 온다고 한다. 노인 비율도 곧 일본을 앞질러 세계 최고 장수국가가 된다.

예전에는 80이면 오래 살았다고 하는데 이제는 90이 넘어야 오래 살았다는 소리를 듣는 시대다. 장수국가가 자랑스러운 듯하지만 경제적 뒷받침이 안 되면 결코 그렇지 않다.

100세까지 산다는 장수라는 이상과 노인 부양이라는 현실과의 괴리를 어떻게 봐야하는가. 이러다가 장수가 축복이 아닌 저주스러운 존재로 낙인찍힐지도 모른다. 거기다 가난하면 죄가 된다. 비록 영화라고는 하지만 '플랜 75'가 현실이 될 날이 올지 모른다. '플랜 75'가 심하다면 '플랜 80'이나 '플랜 85'가 진짜 등장할 날이 올지도 모르겠다.

'인간의 존엄성은 어디 있는가.'

이 말이 미래에는 어쩌면 귀신 씻나락 까먹는 소리라고 말할지도 모른다. 세상이 아무리 변해도 그렇게 변할 리야 없겠지만 장수시대, 늙는 것도 젊은이의 눈치를 봐야 하는 세상이 올까 두렵다.

스크린골프와 파크골프

골프에 관한 명언 중 "골프란 인간이 발명한 최고의 스포츠이자 최후의 스포츠다"란 말이 있다. 이 말은 인간의 머리로는 이보다 더 재미있는 스포츠를 만들 수 없다는 뜻이다.

골프의 장점은 수없이 많다. 재미있는 운동이란 건 말할 것도 없지만 자연을 즐기며 할 수 있고, 나이가 들어도 할 수 있고, 다른 사람과 친교를 하는데 더없이 좋고, 유산소 운동이 절로 되고 등등 다른 스포츠가 따라올 수 없는 매력적인 운동임에 틀림없다.

단점이라면 돈이 좀 든다. 아직 완전한 대중 스포츠로 자리매김 못하는 이유도 그린피가 비싼 탓이다. 이런 연유로 틈새시장을 파고든 것이 스크린골프와 파크골프다. 골프를 모방하여 개발된 이 두 변칙 골프가 의외로 재미가 있고 골프에 비해 돈이 별로 안 들기 때문에 많은 사람으로부터 인기를 얻고 있다.

은퇴한 사람들이 자주 찾는 곳이 예전에는 당구장이었다면 요즘은 스크린골프장이나 파크골프장이다. 동네 곳곳에 스크린골프장이 있다. 파크골프장도 도시 주변이나 천변, 개활지開豁地에 속속 들어서고 있다. 지방도 마찬가지다. 지자체에서 주민을 위한 복지시설로 지원하며 그 숫자가 크게 늘어나는 추세다.

스크린골프와 파크골프를 경험해 보고자 친구와 일부러 두 곳을 찾아봤다. 스크린골프는 영상화한 필드를 스크린에 비추어 마치 실제 필드에서 치는 듯한 느낌을 준다. 룰도 골프와 똑같다. 공을 치면 센서가 작동해 방향, 거리, 세기 등이 컴퓨터 화면에 숫자로 표시된다. 흡사 노래방에서 기기가 박자, 음정 등을 식별하여 점수로 나타내는 시스템과 같다.

그런데 정규 골프와는 느낌이 상당히 다르다. 벙커에 들어가면 모래에서 쳐야 하는데 모래 없는 기울어진 인조 매트에서 치니 벙커 샷 하는 맛이 전혀 안 난다. 바람도 없는 실내는 야외 필드와 환경이 판이하게 다르다. 물론 재미는 있다. 골프 치면서 음식도 시켜 먹고 젊은 남녀의 데이트 장소로도 활용되고 있다. 아무튼 비용도 싸고 여가를 즐길 수 있는 재미있는 휴식 공간이다.

파크골프는 골프와 비슷하지만 가장 다른 점이 채를 오직 1개만 사용한다. 파크골프채는 생김새가 다르다. 티샷도 퍼팅도 같은 채 하나로 친다. 스윙 동작도 정규 골프와는 치는 방법에 차이가 난다. 필드 길이는 짧아도 롱, 미들, 숏 홀이 있다. 룰이나 스코어 세는 것도 골프와 똑같다.

파크골프는 스트레스가 훨씬 적은 게 장점이다. 정규 골프는 긴장감이 크다. 드라이버를 칠 때나 퍼팅 시 긴장이 안 될 수 없다. 하지만 파크골프는 직진성이 높은 채로 치기에 방향성이 아주 좋다.

홀컵도 직경이 크다. 거짓말 좀 보태 양동이만 하다. 홀에 공이 쑥쑥 잘 들어간다. 비교적 까다로운 정규 골프와 비교해 공치기가 훨씬 수월하다. 버디, 이글, 홀인원도 심심찮게 나오니 색다른 재미가 있다. 스트레스 받을 게 없다. 친구들과 담소하며 유유자적 걷는 재미는 똑같다. 한마디로 즐겁게 걷는 운동이다.

이들 두 가지 운동이 사실 정규 골프를 치는데 도움이 되고 연습이 될 줄 기대하는 건 좀 무리다. 은퇴자로부터 사랑받는 핵심적 이유는 뭐니 뭐니 해도 재미가 있고, 돈이 적게 들기 때문이다. 또 친구와 어울리고 운동도 되는 일석이조의 효과에 있다.

비가 오거나 춥거나 더우면 스크린골프장으로, 날씨 좋으면 파크골프장으로 가서 여유를 만끽해 보는 것도 은퇴자의 큰 즐거움이다. 아직까지 입문하지 못한 분이라면 취미생활로 적극 권하고 싶은 스포츠이자 오락이다.

언고행言顧行, 행고언行顧言

어느 날 모 대형 병원 H 원장이 사무실로 들어오며 급한 듯 다그친다.

"어이! 성 형! 나 담배 한 개비만 줘요."

"원장님, 전 담배 안 피우는데요."

"담배 가진 직원에게 한 개비만 얻어 주세요."

그러면서 어깨 두른 띠를 내리며 의자에 풀썩 주저앉으신다. 담배 한 개비를 구해 드렸더니 한 모금 훅! 빨며 만족한 듯 마냥 행복한 표정이시다. 풀어 놓은 어깨띠에는 이렇게 적혀 있다.

"금연! 내일이면 늦습니다."

그날은 5월 31일 금연의 날이었다. 금연의 날 행사를 마치고 금연 캠페인으로 길거리 금연 계몽 홍보를 한 후 피곤한지 쉬시려고 내 사무실로 들어왔던 것이다. 가끔 담배를 즐긴다는 건 알았지만 들어오자마자 담배부터 찾는 걸 보고 애연가인 줄은 그제야 알았다.

"원장님, 금연 행사를 주관하는 분이 담배를 피우시다니요? 담배 피시면 안 되지요."

나의 나무람에 쉬! 쉬! 하면서 입술에 손가락을 대며 더는 말을 하지 말라는 사인을 보낸다. H 원장은 국내 권위 있는 폐암 전문 의사로 유명하신 분이다. 담배의 해악을 너무도 잘 아시는 분이 담배를 찾다니… 담배 피우면 안 된다고 열강을 하며 금연 홍보를 열심히 하는데 정작 자신은 담배를 끊지 못하니 안타깝고 애처로운 마음이 든다.

중용에서 "언고행言顧行, 행고언行顧言"이란 어구가 있다. 말은 행위를 돌아보아야 하고 행위는 말을 돌아보아야 한다는 뜻이다. 말 따로 행동 따로는 스스로의 도덕성道德性을 의심받기 마련이다.

그도 의사지만 인간인지라 알면서도 스스로를 제어하기 힘든 점이 있었으리라. 알고 행하지 못함이 어디 한두 가지겠는가. 아는 대로 배운 대로 행하면 성인군자라고 할 수 있다.

그렇지만 끽연의 폐해는 자못 심각하다. 담배 때문에 단명한 사람이 한두 사람이 아니다. 코미디언 이주일 씨와 백남봉 씨도 폐암으로 돌아가셨고, 배우 박광정 씨와 이미경 씨, 외국의 율 브린너, 존 웨인 등 많은 연예인이 폐암으로 세상을 떠났다.

H 원장도 결국 숙환인 폐암으로 70이 못 돼 유명을 달리하셨다. 내일이면 늦는다는 그분의 금연 캠페인 슬로건이 새삼 가슴을 아리게 한다.

폐암의 원인 70~80%가 담배라고 한다. 금연, 참으로 끊기 힘든 마약과 같다. 담배에는 250여 가지의 유해 물질이 있고 그중 69가지가 암을 일으키는 발암 물질이라 한다. 이런데도 담배를 굳이 피워야 하는지… 알면서도 실천하지 못하는 것이 안타깝다.

우리나라 암 발생 중 1위가 폐암이다. 5년 생존율이 36%밖에 되지 않는다. 치명률은 췌장암이 높지만 발병 횟수로는 단연 폐암이 앞선다. 가장 나쁜 '암중의 암'이 폐암이다.

금연, 젊었을 때는 몰라도 은퇴 후에도 피운다면 노후라는 게 없어진다. 금연은 반드시 지켜야 할 철칙이다. 담배가 해롭다는 건 누구나 다 아는 상식이다. 금연은 오직 자기 의지와의 싸움이다. 힘든 싸움이지만 반드시 이겨야 할 싸움이다.

술은 어쩌면 백해일익百害—益일 수도 있지만 담배만큼은 그야말로 백해무익百害無益이다. 언고행言顧行, 행고언行顧言이라 했다. 언행을 일치시키자.

담배, 무조건 당장 끊어야 한다. 지금 바로!

"금연! 내일이면 늦습니다."

원주민도 등급이 있다

도회지를 떠나 시골에 산다는 건 여간한 결심이 아니면 안 된다. 그동안 살아온 삶의 방식에 큰 변화를 받아들여야 하기 때문이다. 변화를 택해 시골생활을 해보기로 작정했다.

시골생활은 공기 맑고 물 좋고 자연과 더불어 산다는 게 매력적인 건 사실이지만 그 이면에는 여러 가지 고려해 볼 요소가 있다. 바로 이웃해 있는 분들과 친분을 쌓고 교류하는 인간관계도 무시할 수 없는 전원생활의 고심 사항이다.

도회지는 앞집, 옆집에 누가 살든 크게 신경 안 써도 되지만 시골은 그렇지 않다. 외딴 집이면 덜하지만 그래도 동네 사람들과 어울리지 못하면 소외감이 들고 불이익을 당할 수도 있다. 인심이란 게 시골생활의 큰 장점이자 때론 부담이기도 하다. 인정은 내가 먼저 베풀고 손을 내밀어야 한다.

특히 원주민들과 관계가 좋아야 한다. 처음엔 그들이 낯선 이방인에게 경계심을 갖고 있어 배타적임을 이해하고 들어가야 한다. 내가 사는 곳은 평창군 용평의 금당계곡 옆에 있는 오지 마을이다. 30여 가구뿐인 작은 마을이다. 지금은 서로 친하게 지내고 먹을 것도 나누고 모임도 하고 정다운 이웃이 됐지만 처음에는 그렇지 않았다.

집을 지을 때부터 집터가 높다느니 이것저것 간섭을 했다. 소위 텃세가 있었다. 적법하게 집을 지어도 요구가 많다. 그들의 요구를 가능한 수용했지만 속으론 지나치다 싶은 생각도 들었다. 어차피 함께할 이웃 분이라 꾹 참았다. 새로 온 주민의 설움 정도는 첫 시골생활의 통과 의례로 보고 마음 편하게 여기자고 했다.

시골엔 '대동제'란 게 있다. 마을 주민들이 연말에 함께 모여 음식도 나눠 먹고 윷놀이도 하는 일종의 친목 행사다. 이 모임에서 원주민과 외지인의 말싸움이 생긴 일이 있었다. 술이 거나하게 돌자 외지인 중 한 사람이 원주민에게 불평을 했다.

"내가 여기 산 지도 10여 년이 지났건만 아직도 나를 외지인 취급하느냐?"

"야, 난 원주민이라도 3등급 원주민밖에 안 돼. 2등급 원주민한테 얼마나 괄시받았는데. 외지인 취급 안 받으려면 당신 아직 멀었어. 우리 원주민끼리도 등급이 있는데 외지인이 겨우 10년 살았다고 시비냐. 30년은 살아야 돼!"

원주민이 쏘아붙인다.

원주민도 등급이 있다? 처음 들어보는 얘기였다. 알고 보니 3등급은 여기서 출생해서 자라고 거주하는 사람이고, 2등급은 적어도 할아버지 때부터 3대째 거주한 사람이라 한다. 1등급은 화전민이다. 산속에 자기 소유 화전을 갖고 대대로 경작하며 살고 있는 화전민을 가리킨다.

옛날에는 원주민끼리도 차별이 심해 아래 등급이 위 등급에 대들었다간 마을에서 쫓겨났다고 한다. 조금 과장된 말이겠지만 시골 골짜기일수록 텃세가 세고 위 등급의 위세가 컸다고 한다.

그런데 재밌는 일이 생겼다. 원주민에게 대든 외지인이 문학을 하는 시인이자 역사 지식을 꽤나 갖춘 분이다. 이분이 원주민에게 말한다.

"이봐! 강원도 원주민의 본류를 아는가? 옛날에 강원도는 척박한 땅이라 사람들이 별로 살지 않았어. 고려시대 말이야, 거란족과 여진족이 자주 쳐들어왔지.

그때 강감찬 장군이 포로로 잡은 수만 명의 오랑캐를 차마 죽이지는 못하고 강원도 깊은 산속에 버렸는데 그들이 먹고 살려고 숲을 태워 화전을 가꾼 게 화전민의 시초야.

원주민의 원본을 따지자면 오랑캐가 조상이지. 등급이 어찌 됐든 너희들 다 오랑캐 후손들이야. 오랑캐들! 그러니 목에 힘주고

까불지 마!"

이 양반이 갑자기 역사 얘기로 원주민들의 콧대를 보기 좋게 꺾어 놓았다. 술 취한 핑계로 허접을 떠는 말이었지만 일리가 있어 보이는 얘기다.

그는 한술 더 떴다.

"옛날 이곳 대관령 너머 강릉에는 선교장도 있고 신사임당, 이율곡, 허균 등 사대부가 많이 사는 양반 고을이었어. 그런데 그곳에선 애가 울면 '호랑이 온다' 하면 울음을 안 그치고 '영생이 넘한테 시집보낸다' 하면 울음을 뚝! 그쳤다는 얘기가 있어.

이곳이 대관령 서쪽인 영서지방 아니냐? 오랑캐가 많이 살아 무서운 오랑캐한테 시집간다면 큰일 난다는 뜻이지. '영생이 넘'은 영서 사람을 가리키는 강릉 방언이었고…."

예부터 영동에 사는 양반들이 영서 쪽 산골에 사는 사람들을 오랑캐 후손이라고 지역 차별을 했다고 한다. 이날 이후 원주민들의 위세가 조금 꺾였다. 화전민에 대한 이 얘기가 사실인지 당시 기록을 적은 고려사 열전, 경국대전, 인터넷 등을 뒤졌지만 화전민의 원류를 찾을 길은 없었다. 아마 정사正史는 아니고 야사野史로 전해 내려오는 얘기일 성싶다.

역사는 승자의 기록이란 말이 있듯 만약 거란이나 여진족들이 승리했다면 고려인이 오랑캐가 아닌가. 지금 와서 새삼 화전민의 후손을 오랑캐라고 비하할 것은 못 된다. 천여 년이 지난 일을 들먹여 차등시하는 건 사리에 맞지 않는다. 분별없는 논쟁이다.

이처럼 우리나라 시골 구석구석에는 마을마다 형성된 유래와 역사적 배경이 스며 있다. 시골은 알면 알수록 토속 문화와 풍속을 이해하는 재미가 있다. 어딜 가나 시골엔 원주민들의 텃세가 있긴 하지만 먼저 배려하고 그들을 감싸 안고 인정을 베풀면 끝내 친한 이웃으로 만들어지는 것은 시간문제일 뿐이다.

친구의 죽음을 마주하며

고교 동창이자 월남전에 참전한 친구가 있다.

내가 있는 평창에서 가까운 데 있어 절친이 됐다. 친구들과 술 한잔하며 옛날 재미있는 월남전 얘기를 하다가 베트남에 한번 놀러 가자고 의논이 됐다. 친구는 백마부대 소속으로 나트랑에 근무했기에 그쪽 지방은 잘 안다며 자기가 안내할 터이니 가자고 했다.

친구들과 같이 여행 준비를 했다. 출발 하루 전 그 친구로부터 느닷없이 전화가 왔다.

"야! 내일 여행 못 가겠어. 속이 아파 병원에 갔는데 의사가 여행하면 안 된다고 하네. 입원하래!"

병명이 뭐냐고 물었더니 자세한 검사 결과가 나와야 알 수 있단다. 할 수 없이 그를 두고 세 명이 나트랑을 갔다. 여행을 먼저 제안하고 안내를 하겠다고 한 본인이 빠지니 여행 분위기가 조금 썰렁 했지만 취소할 수가 없어 다녀오기는 했다.

귀국하자마자 그의 안부가 궁금하여 전화했다.

"나 암이래. 항암 치료 중이야."

평소 건강했던 친구가 며칠 만에 암환자가 되어 있었다. 얼마 후 또 물어봤다. "항암 치료는 잘 받고 있나? 치료 끝나면 자네 좋아하는 뽈탕이나 한번 먹으러 가야지"라며 위로의 말을 하는데, 갑자기 기어들어 가는 목소리로 말한다.

"나 여기 호스피스 병동이야."

"아니, 갑자기 거긴 왜 갔어?"

"몰라! 여기 있으라고 해서 왔어."

참 어이없는 답변이다. 그의 아내와 통화했다. 자초지종 들어보니 위암 발견 시 벌써 암이 전신으로 퍼져 말기 암이었다고 한다.

며칠 후 그의 부음訃音을 들었다. 불과 몇 달 사이다. 이별은 이렇게 간단히 끝났다. 평소 건강에 자신했기에 주기적으로 건강 검진을 안 했다고 한다. 더욱이 위암은 통증 없이 진행되니 늦게 발견한 탓이다. 그의 죽음이 참으로 안타깝다. 죽음은 늘 이렇게 우리의 허점을 호시탐탐 노리고 있다.

대학 동창 친구가 넘어져 고관절을 다쳤다. 모임에는 항상 빠지지 않았는데 몸이 불편해지면서 나오지 못했다. 나중에 소식 들으니 집에서 치료하다가 요양원으로 갔다고 한다. 본인 건강이 안 되니 자격지심인지 전화도 잘 받지 않았다.

얼마 후 돌아갔다는 전갈을 받고 장례식장에서야 그를 사진으로 만났다. 모임을 항상 주도했고 그가 있어야 재미가 있는데, 미소를 띤 그의 영정 사진이 애처롭다. 나이 들어 넘어지는 건 극히 주의해야 한다는 말이 실감 난다.

고스톱 도사인 친구 녀석의 부음을 받았다. 지하철역 구내에서 갑작스런 심장 마비로 손쓸 사이도 없이 세상을 떠났다고 한다. 그가 없으니 고스톱 팀이 와해되었다. 어쩌다 고스톱 판을 벌이면, "그 친구 내 돈 다 따먹고 갔어. 본전은 저 세상에서 만나 찾을 수밖에" 하며 먼저 간 친구를 못내 그리워한다. 돌연사는 평소 심장, 고혈압, 당뇨 등 성인병을 조심하지 않는 데서 올 수 있다.

이런 얘기는 비단 나만 듣는 게 아니다. 누구나 나이가 들면 들을 수밖에 없는 일상의 부음일 따름이다. 언젠가는 내 차례도 오겠지만 참으로 덧없는 인생무상人生無常의 얘기다. 오늘 또 갑자기 어느 친구의 부고가 날아올지 모른다.

친구의 죽음을 어떻게 받아들여야 하는가? 답하기 쉬울 듯 어려운 질문이다. 죽음은 누구나 예외 없이 겪는 삶의 끝이자 과정이란 건 누구나 다 아는 사실이다.

요즘 시중에 "80이 넘어 죽으면 부고訃告도 안 해야 옳다"라는 얘기가 나돈다. 이 말의 속내는 지인에게 조의금 부담을 주지 말자는 것이며, 80이 넘어 죽는 건 그렇게 애통할 일이 아니라는 것이다. 장례를 치른 후 차차 알게만 하면 된다는 의미다. 공감이 간다.

나이 든 친구의 죽음, 몇 년 빠르거나 늦거나 서로 간발의 차이

일 뿐이다. 그렇게 슬퍼할 필요가 없는 것이다. 실제 죽음을 경험하고 살아 돌아온 사람은 동서고금을 막론하고 역사상 단 한 사람도 없다. 있었다면 덜 죽은 사람이다. 죽음은 경험이 성립될 수 없다. 그렇기에 두려워할 이유도 없는 것이다.

인간의 영원한 숙제인 '죽음'에 관해 감히 논할 식견과 지식이 내게는 부족하다. 선각자의 말을 빌리자면 철학자 니체는 "죽음은 고통이 아닌 피난처"라 했다. 중국의 장자莊子는 "삶과 죽음은 같은 짝"이라 했다. 죽음 자체가 통상通常이라는 것이다.

프랑스의 사상가 몰리에르는 "긴 일생을 사는 동안 딱 한 번만 죽는다는 것은 축복이다. 설사 죽음이 고뇌라 하더라도 죽음 바로 앞에서 하면 된다"라고 했다. 죽음을 지레 걱정할 필요가 없다는 것이다.

노년의 친구 죽음, 선각자들의 말을 되새겨 보면 애석해할 일이 아니라 담담해져야 하는 일이다. 이는 곧 담백淡白한 마음에서 나온다. 담백은 글자 그대로 맑고 평온하며 차분한 객관적인 마음을 말한다. 죽음은 네게도 내게도 어김없이 다가오는 필연의 법칙이다. 슬퍼할 게 없다. 담백한 마음으로 담담하게 친구의 명복을 빌며 전송하자.

친구여 잘 가! 너 덕분에 즐거웠다. 저 세상에서 또 만나자! 안녕!

PART 3

은퇴의 꿈을 좇다

꿈을 따라가면 노후가 즐겁고 행복하다.
꿈을 버리지 마라.
꿈이 사라지면 당신은 존재하지만
사는 것은 끝난 것이다.

전원생활 해볼까 말까

땅 파고 흙 만지는 재미를 아는가?

가끔 친구들이 "어이! 평창 촌넘, 넌 시골이 뭐가 좋아 거기 박혀 서울에 잘 안 나와?"라고 나를 힐난한다. 나는 대뜸 시쳇말로 답한다.

"야! 시골 사는 맛을 너희들이 알어? 모르면 말을 말어!"

전원생활은 한마디로 또 다른 삶의 한 방식이다. 〈나는 자연인이다〉라는 TV프로가 있다. 도시민들이 전원생활을 동경하기에 그 프로가 인기를 끈다.

나는 전원생활한 지 7년째다. 시골생활의 장단점을 잘 파악하고 있다. 공기 좋고 물 좋고는 기본이다. 육체적 건강은 물론이고 정신적 치유도 된다. 누구는 "좋은 건 알지만 경제적 여유가 없어서…", "전원생활 불편한 점이 많다며?", "노후에는 도시로 다시 돌아온다며?" 등 여러 가지 이유를 대며 전원생활에 선뜻 나서지 못한다.

결론부터 말하면 잘못된 정보를 접한 탓이고 생각의 틀을 못 바꾸는 고정 관념 때문이다. 물론 각자 생각과 가치관의 차이에 따라 전원생활을 기피할 수는 있다.

첫째, 경제적 이유를 보자.

어떻게 얼마만큼의 돈을 투자할 생각을 갖느냐에 따라 이는 달라진다. 시골이라도 멋진 별장형의 주택을 지으려면 돈이 많이 드는 건 사실이다. 전원 본연인 자연의 정취를 즐긴다면 돈이 많이 들 게 없다. 지어놓은 걸 구입하거나 조그만 땅을 사서 이동식 주택으로 이쁘고 작은 집을 지으면 된다. 그래도 돈이 부족하면 방법이 있다. 캠핑하우스다.

전국 각지에 풍광 좋고 공기 맑은 힐링지에는 캠핑지가 없는 곳이 없다. 산골도 바닷가에도 있다. 교통 등 자기 여건에 맞는 곳에 자리 잡으면 된다. 거기엔 캠핑카도 있고 캠핑하우스도 있다. 자기에게 맞는 카라반을 사서 갖다 놓고 사용해도 되고 임차해도 된다. 이른바 글램핑이다. 비용은 조금 들지만 집을 사거나 짓는 것보다는 돈이 훨씬 싸게 먹힌다.

가장 돈 안 드는 방법도 있다. 텐트를 빌리는 것이다. 이용한 일자만큼 돈을 지불하면 된다. 하루 이틀이야 비싸게 들지만 장기로 6개월, 1년, 2년 단위로 계약하면 집을 갖는 것보다는 엄청나게 싸다.

요즘은 대형텐트도 있어 주방은 물론이고 안방, 거실, 화장실, 목욕실 등 시설 좋은 방갈로식 텐트는 생활에 불편함이 전혀 없다. 더욱이 관리까지 해주니 신경 쓸 게 없다. 어떤 분은 5년, 10년씩 기거하기도 한다. 옆에 텃밭도 가꾸며 도시로 출퇴근하는 사람도 있다. 돈 들이지 않으며 전원생활을 만끽하는 사람이다.

둘째, 시골생활의 불편한 점을 보자.

병원이 없거나 멀다고 한다. 사실이긴 하지만 중요한 건 비상시 응급조치할 병원이 없어 치료의 골든타임을 놓치면 어떡하냐는 것이다. 지역별로 조금 다르긴 하지만 요즘은 크게 염려할 게 못 된다.

우선 응급 시 119를 부른다. 소방관이 환자의 위급 상황을 살핀 다음, 시각을 다투는 응급조치가 필요하면 닥터 헬기를 부른다. 대체로 인근 학교 운동장이 헬기 착륙장으로 지정되어 있다. 구급차를 타고 헬기가 내리는 장소로 가면 곧 바로 헬기가 인근 도시 큰 병원으로 후송한다. 도시보다 더 빨리 병원에 도착할 수 있다.

내가 사는 평창에서 얼마 전 응급 환자가 발생, 즉각 헬기로 원주 세브란스 병원으로 옮겨져 생명을 살렸다. 불과 20분 만에 병원에 도착했다. 병의 종류나 증세에 따라 도시와 농촌의 의료 기술 차이가 나지만 크게 염려할 건 없다. 아주 중한 병이면 도시로 가서 치료받으면 될 일이다. 교통도 걱정할 게 없다. 시골 구석까지 아스팔트가 안 깔린 곳이 없다. 열차나 고속도로로 웬만한 곳은 한두 시간이면 대도시에 다다른다.

셋째, 또 다른 불편으로 벌레가 많다, 마켓이 없다, 밤 문화가 없다 등이다. 맞는 말이지만 이것이야말로 생각의 차이다. 벌레가 많으면 소독하면 되는 것이고 마켓이나 백화점 대신 운치있는 시골 5일장도 있고 마을마다 하나로마트가 있어 불편할 게 전혀 없다.

밤 문화가 없는 건 오히려 좋은 건 아닌지···. 불빛 요란한 도심에서 친구 만나고 술 마시는 재미는 젊을 때는 좋을지 모르지만 조용하고 고즈넉한 시골의 밤이 훨씬 정감이 있다. 이밖에도 도서실, 헬스장, 영화관 등 시골에도 옛날과 달리 없는 게 없다.

시골 전원생활과 도시생활의 장단점이 있지만 개인별로 무엇을 우선시하느냐가 중요하다. 취향에 맞는 쪽으로 선택하면 된다.

나의 경험으론 전원생활을 권유하고 싶다. 살아보니 삶의 새로운 활력소가 되었다. 현재 전원생활을 하고 있는 사람은 위의 말을 이해할 것이다. 그래도 미심쩍은 생각이 들면 희망하는 지역에 1, 2년 정도 집을 임차하여 시험 삼아 살아보라. 실제 거주해 보면 본인의 적응 여부를 확실히 알 수 있다. 설사 나중 포기해도 경제적 손실은 별로 나지 않는다.

은퇴한 노후, 삶의 마지막 기회, 남보다 멋지고 후회 없는 삶을 원한다면 결단과 용기가 필요하다.

은퇴 10년 단위 플랜

"10년이면 강산도 변한다"라는 말이 있다. 10년이 길다는 뜻이다. 반면 "세월 참 빠르다"라는 말도 자주한다. 감옥살이 10년은 얼마나 길까? 알콩달콩 신혼생활은 얼마나 빠를까? 사람에 따라, 처한 환경에 따라 누구에게는 길고 누구에게는 짧게 느껴지는 게 세월이다. 은퇴한 노후의 삶은 길까, 빠를까?

대체로 세월은 빠르다고 느낀다. 과거 10년 전의 어떤 사건을 두고 기억해 보자. 그렇게 멀어 보이지 않는다. 어쩌면 지난 몇 달 전 일처럼 느낄 때도 있다. 따져 보면 10년 전의 일인데…. 나는 직장을 그만둔 지 딱 10년이 됐다. 후배들의 배웅을 받으며 은퇴한 그날이 마치 엊그제처럼 선명하다.

기다리는 미래 10년은 어떨까? 우선은 까마득하게 느껴진다. 발달하는 문명의 이기를 보면 10년 후 우리 생활은 어떻게 변할지

가늠하기조차 힘들다. 10년이라는 기간 동안 우리 사회는 또 얼마나 바뀔까? 대통령은 누가 되어 있을까? 여야與野의 정치 구도는? 남북통일은? 나는 그때까지 살아 있을까? 나의 애들은? 미래에 대한 궁금증이 한두 가지가 아니다. 어쨌든 미래 10년 후는 멀게 느껴지지만 지난 과거 10년이 빨리 지나간 걸 보면 바로 닥쳐올 10년이다.

'10년이라는 세월을 어떻게 살아갈 것인가?'는 생각 여하에 따라 곧이어 올 20년, 30년의 인생행로에 결정적 영향을 미친다. 흐르는 대로 사는 것과 계획을 갖고 사는 것과는 천양지차다.

인생 후반부 삶을 60부터 90까지로 본다면 30년간이다. 여태까지는 타인과의 관계에서 살아온 피동적 삶이었다면, 이제는 오직 자신의 주도하에 보다 능동적 삶을 살아 볼 기회다. 노후의 삶도 경영이다. 이른바 버킷 리스트가 필요하다. 90 이후는 하늘의 뜻을 좇는 거라 예외로 하자.

우선 60대 언저리에 은퇴한다면 무엇에 방점을 두고 시작해야 할 것인가? 10년 단위로 그 방점과 목표를 세우는 것도 생을 알차게 보내는 슬기로운 생각이다. 노후에 큰 야망을 품는 건 허망한 노욕일 수 있고 자칫 실패로 끝나기 십상이다. 작은 계획을 구체적으로 잡는 게 좋다.

첫째, 건강한 생활습관을 가지자.

60대에 들어서는 그간 소홀했던 건강관리부터 시작해야 한다. 건강보다 소중한 게 없다. 건강을 지키기 위해 무엇을 습관화할 것이냐를 정하고 이를 본격적으로 시작해야 한다. '어떤 운동을 하며 어떤 생활 습관으로 살아갈 것이냐?'를 구체적으로 계획하고 실행해야 한다.

둘째, 삶의 규모를 정하고 살자.

한 달의 수입과 지출을 숫자로 나타내고 이를 목표에 넣자. 은퇴해 보면 대개 수입은 일정하고 팍팍하다. 반면 지출은 자칫 늘어나기 쉽다. 지출의 한도를 설정하고 지켜야 한다. 현재 살고 있는 주택도 변화가 필요하면 과감히 바꿀 필요도 있다. 부동산이 향후 30년간의 삶에 큰 영향을 끼치는 요소이기 때문이다.

셋째, 취미와 여가를 즐기는 것도 계획을 세우자.

여행도 취미생활도 이것저것 기웃거리다 보면 세월만 간다. 두세 가지만 정해 몰입해 보자. 마음 맞는 친구 두세 명을 정해 주기적으로 함께 여가를 보낼 수 있도록 계획하면 금상첨화다. 친구가 중요한 까닭이다.

위 3가지는 은퇴한 60대에 짜야 할 삶의 기본 계획이다. 각자 처한 환경에 따라 조금씩은 다르겠지만 노후라도 나름의 전략적 사고를 갖고 있어야 한다.

다음 70대는 무엇에 방점을 둘 것인가? 60대에 짠 기본 계획을 실행하면서 '나눔과 봉사'를 고민해 볼 시기다.

지금까지는 앞만 보고 온 삶이라면 이제는 주변도 돌아보는 삶을 살 때다. 70대에 실행하지 못하면 죽기 전 영원히 못 한다. 내 생애 남을 돕고 봉사한 흔적을 남기는 것만큼 보람을 남기는 행복도 없다. 많은 사람들이 삶의 최후를 맞이할 때 '나는 이 세상에 태어나 남을 위해 베풀고 도움을 준 적이 없다'는 생각에 가장 많이 후회하면서 자탄한다고 한다.

주변에는 자기 생활의 어려움에도 나눔과 봉사를 알게 모르게 실천하는 사람이 많다. 진정한 행복을 느끼려면 이런 아름다운 사람들의 대열에 끼어야 한다. 우리 주위에는 도와줄 사람도 많고 내 손을 필요로 하는 곳이 의외로 많다.

다음 80대는 무엇에 방점을 둘 것인가? 바로 '존경받는 어른'이 되는 것이다.

심리학자 매슬로는 인간의 마지막 욕구는 자존의 욕구로, 자아실현만큼 인간의 높은 욕구가 없다고 했다. 90을 바라보는 나이에 돈, 권력, 명예 등은 한낱 사치이다. 그야말로 노욕老慾이다. 노욕이 커지면 노추老醜가 되고 결국 노망老妄에 이른다고 하였다. 말과 행동을 통해 존경받을 수 있는 진정한 어른이 되어야 한다.

자신의 정신적인 삶의 가치를 높이기 위해 종교가 없는 분은 신앙을 가져도 좋을 때다. 고전古典을 통해 정신 수양과 심신을 닦는 일도 괜찮다. 정신적 리더로 모범을 보이면서 젊은이에게 삶의 교훈을 일러주는 존경받는 어른이 되어 보자. 자아실현으로 보람 있는 생을 마감할 수 있다면 성공한 인생이 아닐까?

은퇴 후 삶을 10년 단위로 어디에 주안점을 둘 것인가 나누어 봤다. 내 나이 70대이니 지금 두 번째 단계에 있는 사람이다. 60대에 정해 놓은 목표를 실행하고 있다.

건강관리도 집안 살림도 목표대로 하려고 애쓰고 있다. 거주 주택도 변화를 줘 보았고 취미와 여가를 즐기는 것도 가능한 계획대로 하고 있다. 70대에 해야 할 '나눔과 봉사'는 아직 실천하지 못하고 있지만 기회를 찾고 있다.

80대 '존경'이라는 목표도 80살에 이르면 의도적이라도 노력해 볼 생각이다. 책도 보고 각종 세미나 강의도 나가 보고 템플스테이도 참석해 봤지만 아직도 삶을 바라보는 예지력과 혜안慧眼이 부족하다.

스스로 덕을 쌓고 수양하여 존경받는 어른이 되고 싶은 마음이 간절하다. 어른이 되는 시기를 정해 놓는다는 게 우습기도 하지만 그 시점에는 더욱 어른스러워야겠다는 욕심은 갖고 있다.

나는 이 지구라는 별에 태어나 마지막 노후를 후회 없는 멋진 삶으로 마감하고 싶다. 그게 나의 마지막 꿈이다. 운명이야 신께 달렸지만 인생은 자기 책임하에 자기가 운전하는 대로 흘러간다는 사실을 굳게 믿고 있다. 은퇴 후 노후생활도 회사 일처럼 PLAN을 먼저 세우고 Do, See, Check를 하자. 그래야 틀리지 않는 방향으로 간다. 중요한 생生의 마감도 후회가 없을 것이기에….

한국인이 중국인에게
중국 역사를 가르치다

절친한 친구로부터 전화가 왔다.

"야! 붕朋과 우友는 차이가 있어! 벗이라는 훈은 같지만 의미가 달라. 붕朋은 뜻을 같이 하는 동지지사同志之士이고 우友는 개념 없이 만나는 그냥 친구지. 동호동오자 진붕同好同惡者 眞朋이란 말이 있네. 좋고 싫음을 함께할 때 참 붕朋이야. 특히 동오同惡가 중요해, 친구가 싫은 것은 나도 싫어해야 진짜 친구지."

중국 고전古典을 섭렵한 친구가 친구관에 관해 줄줄이 지당한 말로 나를 깨우쳐 준다. 그는 중국 역사와 문화에 해박한 중국 전문가다. 친구 이름은 윤익수, 고교 동창이다.

친구의 식견을 자랑하려는 게 아니다. 자랑할 만한 일을 했기에 그 일을 자랑하려는 것이다. 익수는 고교 시절부터 과묵하고 공부를 열심히 하여 전교 수석을 할 정도로 수재였다.

　물론 대학도 일류 대학을 나왔다. 건축을 전공했는데 신입사원으로 대기업 건설업체에 취직, 말단 사원부터 시작해 14년 만에 불혹의 40대에 사장 자리까지 올랐다. 능력을 인정받으니 빠른 승진을 했지만 이건 뭐 특별히 그에게만 있는 얘기는 아니다. 그의 삶의 여정 속에는 남다른 훌륭한 일을 해낸 뚜렷한 흔적이 있기에 친구의 행로를 살펴보고자 한다.

　그의 행적을 글로 남기는 데 본인은 한사코 고사했지만, 숨겨진 치적이 세상에 알려져 친구 윤익수와 같은 제2, 제3의 훌륭한 한국인이 많이 나와 우리나라의 위상을 높여 주길 기대하기 때문이다.

　윤익수, 그는 회사생활을 하다 50대 초 중국으로 건너간다. 이유는 중국 남경시로부터 대단위 건설 프로젝트를 맡아 추진해 달라는 요청을 받은 것이다. 그의 추진력과 능력, 인품에 대한 신뢰가 있었기 때문이다.

　약 30만 평에 달하는 주택단지를 건설하는 사업주로서 중국생활을 시작했다. 남경시의 지원도 있었지만 본인이 투자도 하고 금융 대출도 받아 단지 내 학교, 백화점, 아파트를 건설하는 대규모 사업을 기획, 설계, 시공을 맡아 공사를 진두지휘했다.

　일에 몰두해 보니 중국인의 관습과 문화를 제대로 알지 않고는 사업을 성공시킬 수 없다는 걸 깨닫고 남경대학 사범대 경제학부에 입학한다. 늦깎이 만학의 대학생이 되어 중국을 탐구하기 시작했다.

입학하자 중국어 공부와 함께 중국의 정치, 역사, 사상 등을 파헤치는 공부에 전념하여 석사 학위를 받았다. 이어 박사 학위에 도전, 3년 만에 중국 정치학 박사中國은 법학 박사로 통칭까지 따냈다.

중국을 제대로 알아야겠다는 일념으로 그야말로 형설지공螢雪之功의 노력과 집념 덕분에 어렵게 이루어 낸 쾌거였다. 익수는 머리도 비상했지만 낮에는 일하고 밤에는 공부하는 주경야독晝耕夜讀의 부지런한 근성이 유감없이 발휘된 까닭이다.

그는 여기서 끝나지 않았다. 실력이 출중하니 학위를 받은 모교로부터 외국인外國人이었지만 그를 발탁, 교수로 임용했다. 중국 학생을 대상으로 중국의 정치, 역사를 가르치는 유명 교수가 되기에 이른다. 그의 부단한 노력으로 부교수에서 어렵다는 정교수까지 승진했다.

생각해 보자. 중국에서 3위권 내에 드는 명문대학인 남경대학에서 이방인異邦人인 한국인이 정교수로 중국인을 대상으로 중국의 역사, 정치, 사상을 가르치다니 얼마나 아이러니하며 대견한 일인가. 그의 천재적 소양에 박수를 보내지 않을 수 없다.

그의 재능만 칭송할 게 아니다. 그는 교수로 재직할 동안 가정 형편이 어려운 중국 학생을 돕고자 장학기금을 만들었다. 받은 월급을 단 한 푼 남김없이 몽땅 장학금으로 내놓았다. 부유해서가 아니다. 그의 살림 형편은 그냥 세 끼 밥 먹는 수준이다. 장학금은 순수한 인간애의 발로다. 이렇듯 중국의 불우한 대학생을 돕는 갸륵한 인품까지 갖추었으니 따뜻하고 정감情感 어린 한국인 윤 교수를 존경하고 따르지 않을 사람이 있겠는가.

남경대학에선 이 사실을 알기에 정년이 지나 귀국하려는 윤 교수를 만류하여 6년 동안이나 교수생활을 계속하게 했다. 그의 장학금으로 공부한 제자가 수백 명에 이른다. 중국에 사업차 간 것이 교수직으로 인해 13년 만인 2008년에서야 한국으로 돌아왔다.

그간 중국 체류 중에도 국내 건설업계로부터 러브콜을 받아 귀환하자마자 본업인 건설 일에 다시 전념하고 있다. 지금 모 건설기업의 회장이다.

그는 또 틈틈이 중국 경제 관련 글을 써 『중국의 전통적 경제 윤리』란 책을 저술했다. 중국의 문화, 관습, 경영의 실상을 파헤친 책이다. 중국 비지니스에는 참고해야 할 필독서가 되었다. 이 책은 공공 도서관을 비롯해 국회 도서관에까지 비치된 교양 양서良書다.

지금은 그가 키운 많은 학생들이 중국 정부 요직이나 사회 중요 부서에서 지도자 역할을 톡톡히 수행하고 있다. 그들은 하나같이 윤익수 교수의 가르침의 영향으로 친한국적 성향이 된 것은 물론이다. 한국의 보이지 않는 자산을 만든 셈이다. 해외에서 수년간 대학 교단에서 한국의 위상을 은연중에 높이고 인적 자산까지 넓힌 그의 공적에 찬사를 보내지 않을 수 없다.

지금도 윤익수는 망팔望八의 나이임에도 틈틈이 여가를 내어 기업 강의를 나가거나 세미나에 참석해 그가 배운 지식과 경험을 후배들에게 전파한다. 휴일도 쉬는 날 없이 매일 출근하여 회사일을 챙긴다. 그를 의식해 출근하는 직원이 있으면 "쉬는 날 왜 나오느냐?"라고 혼을 내며 부하 사랑의 정신도 가득하다.

그는 오직 일, 일에만 매달려 있으니 회사 오너가 극진히 아낀다. 회사의 중요 현안은 그가 척척 해결한다. 남다른 회사 경영 수완이 있기에 계속 근무해 달라는 종용을 받고 있어 쉽게 그만둘 수도 없다고 한다.

부지런함은 더할 나위 없지만 계속 근무를 부탁하는 걸 거절 못하는 여린 마음도 있다. 가끔 중국에서 키운 제자가 한국에 오면 만나서 술 한잔하는 게 유일한 낙이자 보람이라 여긴다.

낯선 해외에 나가 부지불식간에 중국 젊은이에게 한국을 새롭게 인식시키고 한국인의 얼을 심은 그의 노력이 얼마나 가상한가? 이공계 본업의 건축일과 방향이 전혀 다른 인문계 교수직을 넘나들며 젊음을 불태운 그의 남다른 삶의 궤적에 무한한 존경심과 경외심이 든다.

그에게는 노후도 없고 쉼도 없다. 일 자체가 쉼이다. 오늘도 출근하여 일하는 현재 진행형의 사람이다. 아니 사람 아닌 일벌레라고 할 수 있다. 윤익수를 만나면 언제나 그의 손에는 책이 들려 있다. 일벌레이자 공붓벌레인 그의 얼굴엔 세월의 더께가 얹혀 있지만 열정만큼은 청춘의 청년 그대로다.

요즘도 그를 만나면 "어이 익수! 이제 좀 쉴 나이가 아닌가? 일도 좋지만 자신을 위한 시간도 내야지"라고 말한다. 나의 충고가 언제 그에게 먹혀들지 알 수가 없다. 자고로 부지런한 사람한테는 못 당한다는 말을 실감한다.

비범한 일을 예사롭지 않게 실천하는 윤익수, 그는 존경하는 나의 친구이자 기업인이요, 학자다. 그리고 자랑스러운 한국인이다.

꿈은 이루어지는가?

초등학교 때 아주 어린 시절이었다.

우리 동네 어귀에 조그만 중국집이 있었다. 그 앞을 지나칠 때면 어찌나 맛있는 냄새가 나는지 엄마한테 저 집은 뭘 파는지 물었다. 우동집이란다. 학교를 마치고 집에 오는 길에 창문 너머 손님들이 먹는 모습을 유심히 보았다. 엄마가 우동집이라 했는데, 우동은 하얀 건데 시키면 우동을 먹는 사람이 많았다.

집에 와서 엄마한테 물었다.

"엄마, 시키면 우동도 있어?"

"응, 하얀 우동도 있지만 시키면 우동도 있어. 그걸 짜장면이라고 해."

그때 처음으로 짜장면을 알았다.

"엄마! 그 시키면 짜장면 먹고 싶어."

엄마를 졸라 며칠 후 그 중국집에서 짜장면을 먹었다.

그때 먹었던 짜장면이 얼마나 맛있던지 그 맛을 잊을 수가 없다. 그 후에도 몇 번 먹긴 했지만 엄마한테 떼를 써도 비싸다는 이유 때문인지 좀처럼 사 주지 않았다. 학교를 파하고 집에 갈 때면 짜장면이 먹고 싶어 중국집을 늘 곁눈질하며 지났다.

부엌이 얼핏 보여 창 너머 흘깃 봤다. 아저씨가 반죽한 밀가루 뭉치를 길게 늘어뜨려 가락을 만들고 있었다. 몇 번이나 쾅쾅 바닥에 쳐 쭉~쭉~ 늘인다. 그리곤 공중에 휘둘러 가락을 합쳐서 또 늘인다. 몇 번 그렇게 하니 가느다란 짜장면 가락이 줄줄 나온다. 가락을 잘라 끓는 물에 담근다.

재밌고 신기하다. 넋을 놓고 바라보다가 나도 크면 저 아저씨처럼 될 거야. 아저씬 짜장면도 실컷 먹고 돈도 벌고 참 좋겠다. 그 후부터 짜장면 만드는 아저씨처럼 되어 보는 게 첫 꿈이었다. 짜장면, 지금 어린애들도 좋아하지만 유독 나는 짜장면을 즐긴다. 어릴 때 추억이 담긴 탓이다.

역시 초등학교 다닐 때다. 어느 비오는 날이었다. 엄마가 등굣길에 우산을 챙겨 주신다. 근데 엄마는 늘 나에게 찌그러진 비닐 우산을 주고 누나한테는 우산살이 반듯한 성한 우산을 준다. 지금 생각하면 사내보다는 딸아이한테 살이 성한 이쁜 우산을 쥐여 준 엄마 생각이 맞지만 그땐 차별하는 게 왜 그리 화가 나는지 철없이 엄마에게 앙탈을 부린 기억이 난다.

살이 부러진 우산을 들고 학교로 가다보면 차들이 지나갈 때 길

바닥의 흙탕물이 튀어 옷을 버린다. 우산으로 막아 보지만 찌그러진 우산이라 퍽~ 튀는 빗물을 막기는 역부족이다.

큰 버스가 지날 때는 물이 더 많이 튄다. 흙탕물을 뒤집어 쓸 때도 있다. 속으로 '난 크면 버스기사가 될 거야. 비 올 때도 앉아 운전만 하니 비도 안 맞고 돈도 벌고 얼마나 좋을까' 하고 생각했다. 버스 기사 아저씨가 한층 우러러 보였다. 내 어릴 때 두 번째 꿈이었다.

초등학교 5학년 상급생이 된 어느 날 선생님이 설문지를 돌렸다. 집안 환경조사다. 집에 있는 물품에는 V 표시를 하라는 내용이다. 친구한테 기죽기가 싫어 집에 없는 피아노는 물론 카메라, 전화기 등에도 마구 V 표시를 했다.

그리고 다음 설문에는 장래희망 직업을 적는 난이 있었다. 갑자기 재밌게 본 영화 생각이 났다. 멋있는 은행 갱단이 떠올라 "은행 갱"이라고 적었다. 나의 세 번째 꿈이다. 갱단은 용의주도하고 치밀하게 작전을 짜며 의리가 있고, 돈도 엄청 벌고 멋진 직업으로 생각되었기 때문이었다.

얼마 후 담임 선생님이 불러 교무실로 갔다.

"너 정말 은행 갱이 되고 싶으냐?"

"네…" 하고 대답 했더니 다짜고짜 출석부로 머리를 후려친다.

"너 임마! 집도 부자라 없는 게 없구만 뭐, 할 게 없어 돈 터는 강도짓을 하려 해? 너 좀 맞아야 되겠어. 맞을래 다시 쓸래?"

"네! 다시 쓰지요."

회초리가 무서워 다시 쓰겠다고 했다.

설문지에 은행 갱을 지우고 '대통령'이라 썼다. 선생님이 "이놈아, 진작 그렇게 쓰지"라고 하신다. 속으로 '친구들이 너도 나도 대통령이라 쓰기에 난 그래도 솔직한 마음으로 적었는데 선생님도 대통령 좋아하시는구먼…. 되지도 않을 개꿈을 왜 적어?' 하며 그땐 그렇게 생각했다.

지금 생각해 볼 때 올바른 선생님 같았으면 은행 갱이 되고 싶은 까닭이라도 묻고 그 직업은 사회 도덕 윤리에 어긋나는 잘못된 생각이라고 가르쳐 줘야 할 터인데 장난기 어린 꿈을 잘못 적어 혼났던 기억이 생생하다. 꿈은 이처럼 시시때때로 변하기도 한다.

지금 어른이 된 나는 꿈을 이루었는가. 아니 나의 꿈이 무엇이었는지조차 생각이 잘 나질 않는다. 그만큼 세파에 바삐 쫓겨온 탓일 게다.

한때 월드컵 축구로 "꿈은 이루어진다"라는 말이 유행어처럼 나돈 적이 있었다. 과연 꿈은 이루어지는가. 꿈은 누구나 꿀 수 있지만 희망사항일 뿐 실제로 이루어지는 경우는 드물다. 내가 어릴 때 생각한 요리사나 운전기사가 될 꿈을 계속 가졌더라면 쉽게 되었을지도 모른다.

꿈은 큰 꿈이 아닌 작은 꿈을 꾸어 쉽게 이루는 사람이 있는가

하면, 크고 벅찬 꿈을 그린 사람은 소원으로만 그칠 때가 많다. 나는 사실 대학 졸업 후 연출가나 방송작가가 되어 보는 게 진짜 꿈이었다. 작품을 통해 전 국민을 울리고 웃기고 한다면 얼마나 신나는 일인가.

기회가 온 적이 있다. KBS 공채 2차 시험까지 합격, PD 아니면 연출가로 내 꿈을 이루겠구나 하는 부푼 기대를 가졌건만, 최종 면접일이 삼성 입사 날짜와 겹쳐 버렸다. 아버지께서 한사코 삼성이 낫다고 하셔서 면접을 포기하고 입사를 택했다.

지금 생각하면 내 고집대로 못한 게 한으로 남아 있다. 사실 방송국에 간다고 꿈이 이루어진다는 보장은 없지만 꿈은 이렇게 눈앞에 왔다가 비껴가기도 한다. 말단 샐러리맨으로 시작해 CEO까지 평생 월급쟁이로 살아왔지만 큰 후회는 없다.

70이 지난 나이지만 또 새로운 꿈을 꾸고 싶다. 비록 헛된 꿈이라 하더라도…. 사실 꿈은 꿈일 뿐 다른 길로 삶을 살아가는 게 보통 사람들의 인생행로다. 나 역시 범인이지만 꿈을 꿀 자유는 있다.

70대 늘그막에 실제 꿈을 이룬 사람도 많다. 맥아더 장군은 인천 상륙 작전을 성공시켜 전쟁 영웅이 됐고, 소설 『전쟁과 평화』를 쓴 톨스토이도 70대에 『부활』이라는 불후의 명작을 남겼다. 에디슨은 90세까지 발명품을 만들었고, 〈천지창조〉를 그린 미켈란젤로는 89세에 죽을 때까지 시스티나 성당에 그림을 그렸다. 그의 그림은 인류 문화유산까지 되었다.

사람은 꿈을 갖고 있어야 한다. 아니 꿈이라고 할 정도는 아니더라도 최소한 목표는 갖고 살아야 한다. 70대의 나이에도 꿈을 좇는 사람이 있고 그냥 흐르는 대로 사는 사람이 있다. 위인처럼 큰 족적을 남기지 못하더라도 꿈을 좇는 삶을 살아야 활기가 생긴다.

목표를 향해 부지런한 삶을 살다 보면 자신도 모르게 꿈을 이룬 사람으로 되어 있을지도 모른다. 나이 들었다고 되는 대로 살아서는 안 된다. 노후에 작은 목표라도 구체적으로 세워 실천할 때 후회 없는 삶이 된다.

이렇게 졸필이지만 책을 엮어 내는 것도 조그만 꿈을 실현하는 나의 의도적 계획으로, 내 자화상이자 내 삶의 흔적이다. 또한 이 시대와 이 세상을 보는 눈을 적어 보는 것도 의미가 있고 보람이 있다. 꿈을 따라가면 노후가 즐겁고 행복하다.

"꿈을 버리지 말라. 꿈이 사라지면 당신은 존재하지만 사는 것은 끝난 것이다."

미국 작가 마크 트웨인의 말이다.

3D 업종 골프장 사장직

자기 직업에 만족하는 사람은 얼마나 될까?

코리아리쿠르트 잡지사에서 여론 조사를 해봤다. 입사 후 10년 이상 된 직장인을 대상으로 작성된 결과이다.

"당신은 지금 다니고 있는 회사가 평소 원했던 회사입니까?"

"그렇다"에 표기한 사람이 18%였다. 그 18%에 해당하는 사람을 대상으로 "그럼 당신은 지금 하고 있는 업무에 만족합니까?"라고 물었을 때는 "아주 만족", "만족"에 표기한 사람은 22%였다. 그 22%에 해당하는 사람을 대상으로 "당신이 지금 하고 있는 일은 본인이 전공한 분야의 일입니까?"라고 물었을 땐 "그렇다"의 응답이 20%였다.

결국 1,000명이 대학을 졸업한다면 180명 정도가 원하는 회사에 들어간 셈이다. 그 직장에서 맡은 일에 만족해하는 사람은 180명 중 불과 40명, 그중 전공 분야에서 일하는 사람은 8명이라는 답이다.

졸업학생 1,000명 중 40명이 자기 일에 만족하고 8명만 자기 전공 분야를 찾아 일하고 있는 것으로 나타난 것이다. 이것이 우리나라 일반적인 직업 만족도의 현주소다. 얼마나 하는 일에 만족하기가 어려운가를 반증하는 자료다. 일부 전문직 출신이야 다르겠지만….

그럼 어떻게 해야 하는가? 답은 간단하다. 맡은 직무에 자기 스스로를 맞추어 나갈 수밖에 없다. 옛말에 "아무리 아름다운 정자도 물 좋고 반석 좋은 정자가 없다"라는 말이 있다. 처한 환경이 남들이 보기엔 아름다워 보이지만 자세히 보면 그렇지 않다는 것이다.

나도 원하는 방송계에 들어가지 못하고 삼성에 입사했다. 삼성전자 등 계열사에 근무하다가 어느 날 이병철 회장님이 찾으신다는 전갈을 받았다. 입사 면접 때 뵙기는 했지만 높으신 어른이 과장에 불과한 나를 알기도 어렵거니와 왜 부르는지 자못 궁금하였다.

회장님이 계신다는 안양 골프장으로 가서 뵈었다. 첫 말씀이, "니가 기술이가 행정이가?" 하며 투박한 경상도 말씨로 물어보셨다. 이공계 출신인가 인문계 출신인가를 묻는 말씀이다. "저 행정입니더"라고 했더니, "니 여기 한번 근무해 볼래?" 하셨다. "골프장이라곤 여기가 처음이고 골프장에 대해 아는 게 전혀 없는데요"

라고 답했더니 "여기도 좋테이. 한번 근무 해보래이"라고 하셨다.

이렇게 해서 꼼짝없이 삼성에버랜드 골프장 사업부에 근무하게 됐다. 근무하다 보니 직장생활의 절반 이상이 골프장 근무였다. 학창 때 품었던 방송계의 꿈은 어디로 갔는지 전혀 다른 인생길로 들어선 셈이다.

차장, 이사, 상무를 거쳐 삼성을 떠나 골프장 사장직까지 올랐다. 사장 자리, 어찌 보면 화려한 직업 같다. 야외의 좋은 공기를 마시며 부킹이나 선심 쓰고 골프나 치고 더욱이 여유를 즐기러 오는 곳이라 손님들이 골프장 사장을 보면 밝은 얼굴로 대해 주니 좋은 직업처럼 보인다.

그러나 사실 그렇지 않다. 잔디 상태가 나쁘면 사장한테 화살이 온다. 장마나 가뭄 때 병이라도 오면 욕을 바가지로 먹을 각오를 해야 한다. 잔디 피해가 다반사로 일어나니 그걸 감당해야 한다. 출근도 최소 첫 손님 티업 1시간 이전에는 출근해야 하고 퇴근 또한 마지막 손님이 떠난 후 정리가 된 다음이니 그야말로 별 보고 출근, 별 보고 퇴근이다.

눈 오는 날이나 장마 때는 스트레스가 더하다. 곤히 잠든 한밤중에 손님이나 직원으로부터 전화가 온다. 당일 오픈 여부를 묻는 전화다. 제대로 대처하지 못하면 이 좋은 날씨에 왜 골프를 못 치게 하느냐, 나쁘면 이런 날씨에 어떻게 치라고 오라느냐, 종일 원성을 듣는다. 기상 예보관에게 책임을 미룰 수도 없고 종일 속으로 끙끙 앓는다.

그뿐만 아니다. 매일 입장하는 손님이 18홀 기준 300~400명이 된다. 많을 때는 500명 가까이 되는데 그 많은 사람 중 한 사람에게라도 서비스가 조금만 잘못되어도 문제가 생긴다. 크고 작은 마찰이 필드에서 수시로 일어난다. 간부들이 감당하더라도 최종 해결은 늘 사장 몫이다. 문제 해결에 스트레스가 이만저만이 아니다. 누군가 그랬다. 골프장 사장 자리야말로 3D업종의 하나라고. 충분히 공감되는 말이다.

세상에 만족할 직업은 없다고 본다. 모두가 선호한다는 판검사나 의사를 보자. 날마다 성질 나쁜 범죄자나 몸이 아파 얼굴 찌푸린 환자들을 쳐다보며 상대하는 게 좋은 직업인가? 하루이틀도 아니니 고충이 있을 것이다.

따지고 보면 좋은 직업이란 없다. 맞추어 갈 뿐이다. 나는 골프장 사장직을 수십 년간 기꺼이 수행해 왔다. 스타트 지점에 나가 보면 하나같이 손님 모두가 싱글벙글 티업의 들뜬 기분에 밝은 얼굴로 인사를 해준다. 언제나 스타트는 웃음이 넘친다. 날마다 그러니 이 얼마나 행복한 직장인가? 생각만 바꾸면 즐겁기 그지없다.

"남의 밥에 콩이 굵게 보인다"라는 속담이 있다. 남을 의식하기 보다는 자기만족에 살 줄 알아야 한다. 직장생활을 그런 자세로 해왔다. 내가 남보다 못한 점보다는 나은 점을 찾는 마음으로 일해야 한다.

은퇴 후 생활도 그렇다. 남들 생활은 다 좋아 보일 수 있지만 그렇게 신경 쓸 거 없다. 남에게 지장을 주지 않는다면 내가 하고 싶은 일을 하고, 내 갈 길 가면 된다. 인생살이 따지고 보면 별 것 없다. 자기 원하는 대로 잘 운전해 가면 그게 보람된 삶이 아닐까.

단상斷想의 가을

내가 있는 평창은 지금 가을이 한창이다.

집 앞 은행나무잎이 단풍이 들어 샛노랗다. 불현듯 피트 해밀의 유명한 단편 글 「노란 손수건」이 생각난다. 노란 은행잎이 노란 손수건 같다. 수천수만 장의 노란 손수건이 햇빛에 반짝이며 가을을 환호한다. 노란 손수건은 집 떠난 남편을 기다리는 아내의 애틋한 사랑의 표시다. 주인공 '빙고'는 노란 손수건이 걸려 있을지 없을지 모르는 설렘 속에 집으로 다가선다. 소설의 하이라이트이다.

계절도 절정이 있다. 울긋불긋 단풍 물결 속 설렘의 기다림 끝에 얻는 수확의 시기가 바로 가을이 아니겠는가. 봄이 되면 겨우내 신문지에 싸거나 광에 모아 둔 씨앗을 밭에 뿌리며 설레는 마음으로 가을을 기다린다. 씨앗은 흙을 만나 싹을 틔우고 태양을 만나 자라고 열매를 맺어 가을이 되면 타작을 한다. 씨앗을 뿌리고 가꾸어가는 사랑의 마음도 기다림이요, 설렘이다.

가을은 천고마비의 계절이라 했던가. 말도 살찌지만 가을 추수로 마음까지 풍성하고 넉넉해지는 천고심비天高心肥의 계절이기도 하다. 결실과 여유를 즐기는 계절, 서정주 시인은 한 송이 국화꽃을 보고 "봄부터 소쩍새는 그렇게 울었나 보다. 천둥은 먹구름 속에서 또 그렇게 울었나 보다"라고 했다. 그렇다. 가을의 결실을 보면 겨울, 봄, 여름이 마치 가을을 위해 존재하는 듯하다.

나의 인생도 그간 각고의 노력과 숱한 난관을 극복하고 여기까지 왔다. 내 모습도 인제는 돌아와 내 누님처럼 생긴 국화꽃 같지는 않을까. 거울 속 얼굴엔 희끗희끗 백발과 주름이 세월을 말해주지만 아직도 마음만은 청춘이다.

청잣빛 파란 가을 하늘에 빨간 고추잠자리가 날고 있다. 잠자리처럼 하늘을 휘저으며 맘껏 날아보고 싶다. 선선한 가을 날씨에 훌쩍 여행이라도 떠나 볼까. 여행의 참맛은 목적지 없이 떠나는 여행이라 했다. 김삿갓처럼 말이다. 일상을 떠나 정처 없는 여행의 여유를 누려 보는 것도 이 가을을 즐기는 노후 은퇴자의 특권이 아닐까. 가을은 외로움과 고독을 즐기는 낭만도 있다.

하지만 외로움과 고독을 부정적 심리 상태로 생각할 수도 있다. 떨어지는 낙엽을 보거나 귀뚜라미 소리라도 들으면 내 안에 있는 쓸쓸함과 외로움이 투영되어 그 시각적, 청각적 감성과 겹쳐지면서 고독감이 더 커져 고통이 될 수 있다.

고독을 고통이 아닌 즐김의 대상으로 보면 고독이 반갑다. 고독 속에 있을 때 비로소 바스락거리는 낙엽 밟는 소리가 들리게 된다. 깊은 가을밤 나 홀로 독서 삼매경에 빠져 보는 것도 고독이 주는 선물이다.

낙엽 쌓인 포도 위를 혼자 걸으며 깊은 사유와 사색에 잠겨 보는 즐거움도 외로운 고독 덕분이다. 나 홀로 좋아하는 음악에 심취하는 것도 외로움이 있기에 가능하다. 비오는 날 카페 창가에 홀로 앉아 빗소리를 들으며 커피 한잔의 향기를 즐기는 건 바로 고독이 주는 행복이 아닌가.

정신의학적으로 고독은 정서상 나쁠 수는 있다. 특히 은퇴 후 노후에 장기간 인간관계마저 상실하고 고립감에 빠져 있는 건 경계를 해야 할 일이다. 고독과 외로움도 자신이 어떻게 받아들이느냐에 따라 낭만이 되고 희열이 되기도 한다.

철학자 쇼펜하우어는 "인간은 태생부터 고독한 존재로, 고독을 사랑할 때 비로소 온전한 자신을 발견할 수 있다"라고 했다. 고독을 기꺼이 사랑하여, 참 나를 발견해 보자. 우수수 낙엽이 떨어지고 소슬바람이 부는 이 멋진 가을을 나의 계절로 만들어 보자.

가을은 사랑, 설렘, 그리움, 결실, 고독이 같이 공존하는 계절이다. 가을은 정녕 반가운 계절이며 감사한 계절이다. 이 찬란한 가을을 맘껏 즐기자. 삶도 인생도 스스로 돕는 자를 돕는다고 했다. 행복도 주어지는 것이 아니라 쟁취하는 것이라 하지 않았는가.

자전거 뒤에 깡통을 달고

누구나 직장생활을 처음 시작하면 실수를 하거나 에피소드가 많다.

나의 첫 업무는 삼성전자 수원 공장에서 시작되었다. 신입사원 시절, 처음 맡은 업무는 인사 기록 업무였다. 지금이야 모든 게 컴퓨터화되어 있지만 그때는 손으로 이력 사항을 일일이 카드에 기록 보관할 때다. 카드에 개인 이력을 한 장 한 장 필기하는 일이다.

과장이 나에게 준 카드 묶음은 100장 정도는 족히 되었다. 나는 사원 개인의 이력을 한 자 한 자 정성껏 적었다. 이틀 동안에 한 묶음의 인사카드를 정서하여 과장에게 드렸다. 수고했다는 칭찬이 있을 것으로 생각했는데 웬 걸, 과장이 화를 낸다.

"성 형! 당신 대학 나왔어? 숫자도 제대로 못 적어요? 전부 폐기하고 낭장 새로 써 와요!"

"아니, 과장님 뭐가 잘못됐나요? 나름 정성 들여 적었는데요. 숫자가 틀리다니, 어디가요?"

"이봐요! 숫자 적을 때 세 자리마다 쉼표 찍는 걸 몰라요? 당신처럼 적는 거 처음 봤어!"

하긴 연봉 금액을 8자리나 9자리 숫자로 길게 적어 놓았으니 세 자리마다 쉼표를 안 찍어 읽기가 힘들다. 나는 그 많은 카드를 새로 적으며 내심 '내가 뭐 상고 출신인가? 제기랄! 숫자 세 자리마다 쉼표를 꼭 찍어야 되나, 알아서 읽으면 되지' 하면서 속으로 불평을 해댔다.

나의 우둔한 생각이 나중에야 잘못되었음을 깨달았다. 회사의 모든 서류에는 언제나 숫자가 가득했다. 세 자리마다 쉼표를 찍으니 쉽게 숫자가 읽혀진다. 사실 입사 전에는 긴 숫자를 무심코 보고 지나쳤는데 혼이 날 만도 했다.

며칠 후 과장이 또 나를 불러 지시한다.

"성 형! 사원 모집을 해야 하는데 모집 공고문을 만들어 붙이고 와요. 저기 구로동 가면 여공들이 많아요. 거기 동네 가서 벽에 붙이면 많이 지원할 거요."

나는 대뜸 물었다.

"공고 문안을 어떻게 써야 하고 몇 장을 써야 됩니까?"

과장은 문안 내용을 대충 가르쳐 주며 되도록 많이 붙이고 오란다.

"과장님, 종이는 어디 있고 벽보에 붙이려면 풀칠해야 하는데 풀을 어디서 끓이지요?"

나의 질문에 짜증 난 듯 좀 알아서 하라고 버럭 소리를 지르신
다. 난 할 수 없이 선배에게 물었더니 모조 전지를 회사 앞 문구점
에서 사고 풀은 식당 아줌마에게 부탁하란다.

모조 전지를 사다가 매직펜으로 공고 문안을 열심히 적었다. 지
원 자격은 몇 년 이전 출생자이고 경험자 우대, 복지 지원은 기숙
사, 출퇴근 버스 제공, 월수입 등 낑낑대며 사원 모집 벽보 30여
장을 완성했다. 그리고 밀가루를 사서 식당 아줌마에게 부탁하여
풀을 쑤었다. 다음으론 풀을 담을 깡통 그릇과 풀을 바를 붓이나
솔이 필요했다.

깡통 그릇, 빗자루를 어디서 구한단 말인가. 선배에게 또 물었
다. 회사 내 목공소에 가 보라는 것이다. 거기서 다행히 빈 페인
트 깡통을 얻고 벽보 붙일 때 쓸 큰 붓도 구했다. 이제 출발하면
되는데 구로동까지 가는 차편이 문제다. 풀 담은 깡통이며 큰 붓
이며 모조 전단을 들고 버스를 탈 수도 없는 노릇이어서 나는 과
장에게 갔다.

"과장님, 차 좀 내 주세요. 공고문 붙이게요."

과장이 버럭 또 화를 낸다.

"차는 무슨 차, 자전거 타고 가요. 자전거를 타야 골목골목 붙
일 거 아니요."

'아이고! 자전거는 어디서 구해야 되는지? 수원서 구로동까지

거리가 얼마인데 그곳까지 자전거로?'

나는 화가 났다. 대학 졸업하고 공군 장교로 근무하다 그야말로 청운의 꿈을 안고 입사했는데 막노동도 유분수지, 자전거 타고 벽보 붙이러 다니는 노가다 신세가 되다니 당장 때려치울까 하다가 꾹 참았다.

그 당시는 대기업 입사가 하늘의 별 따기였고 더욱이 그 어려운 삼성 입사 시험에 간신히 합격했는데 쉽게 그만둘 수도 없었다. 삼성이 이런 하찮은 일까지 시키다니 애써 화를 삭이고 궂은일도 참아 보자고 자신을 다독였다.

다행히 회사 경비실에서 자전거는 빌렸다. 자전거 뒤에 풀 깡통을 달고 모집 전단지를 싣고 구로동으로 출발했다. 수원 삼성전자 공장에서 구로동까지는 약 40km 백 리 길이다. 중간에 지지대 고개까지 있으니 눈앞이 캄캄했다. 거기다 도로 주행 위험까지 있었다.

자전거 뒤 덜렁대는 풀 깡통 소리가 요란하다. 매연을 뿜어대는 차들은 내 옆을 쌩쌩 달리고 나는 페달을 연신 밟아 댔다. 고갯길에 땀은 비 오듯 쏟아지고 기진맥진 한나절 걸려 간신히 구로동에 도착했다.

구로동 골목을 헤매며 공고 전단지를 붙일 게시판을 찾아보니 이런! 게시판에는 온갖 회사들이 내건 사원 모집 전단이 빼곡히 들어차 있다. 우리 회사 것을 붙여도 제대로 보이지도 않는다. 게시판에 대충 몇 장 붙이고는 주변 담벼락에다 붙였다. 담벼락은 훨씬 주의를 끌고 가독성도 있어 홍보 효과가 있어 보였다.

나는 골목마다 돌아다니며 30여 장을 신나게 붙였다. 그때 개들은 왜 그리 쫓아오며 짖어 대는지 따라오지 말라고 발로 차는 시늉으로 겁을 주면 되레 떼거리로 나타나 달려들었다. 공고문 붙이는데 개들이 또 하나의 스트레스다. 개한테 안 물린 것만 해도 다행이다.

가까스로 임무를 끝내고 백 리 길을 다시 페달을 밟고 돌아오니 캄캄한 밤이다. 직원들이 모두 퇴근한 후다. 난 탈진 상태로 귀가했다.

이튿날 출근하자 과장이 나를 찾는다. 난 자랑스럽게 어제 맡겨진 일을 성공적으로 마쳤다고 보고하려는데 갑자기 과장이 또 버럭 소리를 지르신다.

"성 형, 도대체 일을 어떻게 한 거요. 당신 어디다 모집 공고문을 붙였어? 지금 경찰서에서 호출이 왔잖아. 광고물 단속법 위반이라고 입건한다고 해요!"

과장은 연신 씩씩거리며 나를 쏘아 붙인다.

"과장님! 아니 공단 지정 게시판에는 광고가 너무 많이 붙어 잘 보이지도 않고 담벼락에는 다른 회사 것도 있고 가시성이 있어 조금 붙이긴 했습니다만…."

난 기어들어 가는 목소리로 잘못을 시인했다. 그게 사실 법 위반이라는 사실을 짐짓 알았지만 오직 모집 공고 효과에만 집중하여 마구 붙였었다.

이윽고 나를 혼낸 과장은 봉투 하나를 들고 나간다. 아마도 관할 경찰서에 무마용 섭외를 가신 듯하다. 그런데 돌아오는 표정은 나갈 때보다 한결 얼굴색이 밝다.

"어이! 성 형, 걱정하지 마요! 잘 해결됐어요. 어제는 수고 많았어요." 의외로 모처럼 칭찬을 들었다.

그 공고문을 붙인 후 깜짝 놀란 건 며칠 후다. 구로동의 여공들이 우리 삼성전자에 구름같이 몰려들어 입사 지원을 한 것이다. 꾸중 듣고 고생도 했지만 보람이 있었다. 담벼락 사원 모집 공고는 대성공이었다.

당시 1970년대 후반은 산업 인력의 부족으로 여자 기능공 확보가 무엇보다 중요한 시기였다. 생산 라인에 투입된 여공의 인원수가 수요의 폭발로 인해 컬러 TV, 냉장고 등 제품의 생산량과 비례했다. 이후에도 구로동 여공 모집은 계속 이어졌고, 구로 공단 지역은 오늘의 삼성전자가 되는 기틀을 닦아 놓은 중요한 인력 공급처였다.

신입사원 시절 그때 모셨던 K 인사과장님, 나를 호되게 가르쳤던 덕분에 이후 회사생활에 그 어떤 어려움도 꿋꿋이 버텨 낸 원동력이 되었으니 뒤늦게나마 진심으로 감사드린다.

모든 일에는 물불을 가리지 않고 저돌적으로 추진하고 솔선수범을 보이신 K 인사과장님, 지금은 연락이 끊겨 어디서 뭘 하시는지? 건강하신지? 그때를 생각할 때마다 마냥 그립고 보고 싶은 분이다.

삶의 흔적을 남기자

재미있는 우화가 있다.

어느 날 길을 가다 보니 하루살이들이 모여 장례를 치르고 있었다. 모두들 먼저 간 동료의 죽음에 애통해하며 울고 있는 것이다. 알고 보니 하루살이 한 마리가 소꼬리에 맞아 하루를 못 살고 반나절 만에 죽었다고 그렇게 슬퍼하더라는 것이다. 참 우스운 이야기다.

그런데 하루살이 장례에 웃을 일이 아니다. 인간의 죽음도 마찬가지가 아닌가. 무한한 우주 창생의 수억만 년의 세월에 비하면 인간 수명 100년은 그야말로 눈 깜박할 순간이다. 하루살이 반나절이나 인간의 50살이나 다를 바 없지 않는가. 몇십 년 더 산들 하루살이 삶과 비슷하다.

죽음에 관해 선각자들이 남긴 말이 있다. 서산대사는 사람이 태어남은 한 조각구름이 일어남이요, 죽음은 한 조각구름이 흩어짐 이라고 했고, 법정 스님은 인생이란 길가의 풀처럼 살다 풀처럼 지는 것이라 했다. 천상병 시인은 그의 詩「귀천」에서 나 하늘로 돌아간다며 삶을 소풍이라 표현했다.

서양 철학자 쇼펜하우어는 그의 비석 글에서 "우물쭈물하다 내이렇게 될 줄 알았다"라는 죽음의 당위성에 대한 유명한 비문을 남기고 사라졌다.

부귀영화를 누린 솔로몬 왕도 죽음을 앞두고 헛되고 헛되도다모든 것이 헛되다며 탄식을 했다. 중국 시인 도연명도 인생이란 구름 위의 남긴 기러기 발자국 같다고 말했다.

한마디로 모두가 인생무상人生無常의 허망함을 얘기한 것이다. 인간은 존재 이전으로 돌아가는 죽음이라는 절대적 자연 철칙을 갖고 있다. 오직 조금 빠르고 늦고의 차이일 뿐이다. 생자필멸生者必滅은 영원한 진리다.

그런데 가만히 생각해 보자. 죽음의 의미가 무엇인가? 누구나 사라진다는 건 사실인데, 살아생전에 무언가 자기 삶의 흔적을 이 세상에 남기는 것은 가치가 있는 일이 아닐는지. 남기는 것과 남기지 못하는 것은 차이가 있다. 그 형태가 어떤 것이든 내 삶의 발자취를 이 세상에 남기고 떠난다는 것은 큰 의미이고 보람이다.

대학 입학 오리엔테이션 시간에 들은 노산 이은상 교수님의 말씀이 지금도 귓전에 쟁쟁하다.

"학생 여러분 'Boys, be ambitious! 소년들이여 야망을 품어라'라며 도산 안창호 선생이 한 말이 있습니다만, 그게 어디 쉬운 일입니까? 야망을 품다 보면 그게 부와 권력, 명예를 노리는 탐욕으로 변질되기 쉽습니다.

나는 여러분에게 야망을 가지라고 하기보다는 'Boys, be sign your life!'라고 말하고 싶습니다. 여러분이 살았다는 흔적, 세상에 남겨 놓은 사인이 있다면 그것이 가치가 있는 것입니다. 아름답고 가치 있는 흔적 말입니다.

대단히 큰 흔적이 아닙니다. 업적, 치적이 아닌 흔적이면 족합니다. 남들이 몰라도 나만 아는 흔적, 여러분이 갖는 꿈, 희망이 흔적으로만 이 세상에 남겨 놓아도 훌륭한 삶을 산 겁니다."

나는 지금도 이은상 교수의 말씀에 공감하고 있다. 살면서 큰 걸 남기려면 쉽지도 않지만 그게 스트레스요, 마음에 부담이 될 수도 있다. 평범 속에 비범한 흔적이 얼마든지 있다.

미술, 음악, 문학, 정치, 사회, 스포츠 등을 통해 남긴 흔적도 좋지만 어쩌면 어려운 이웃을 남모르게 도와준 일, 병약하고 가난한 이를 돌봐 준 행적, 여행길에 남겨 놓은 선행善行, 아내에게 남긴 사랑의 징표, 회사를 키우고 발전에 일조—助한 노력 등도 흔적이다.

흔적은 큰 게 아니다. 이런 잡문의 글을 써서 남기는 것도 하나의 흔적이라 본다. 위대하려고 애쓰지 마라. 큰 야망을 이루려다 낙담과 실의에 빠져 후회하는 것보다 자그마한 흔적에 만족하고 보람으로 여기면 족하다. 그게 보통 사람들이 사는 인생의 값어치이자 생의 멋진 마무리가 아닐까. 인생은 짧지만 아름다운 흔적을 만들어 조금씩 저축하듯 쌓아 놓자.

유명한 라틴어 격언이 있다. "메멘토 모리!Memento Mori!" 죽음을 기억하라는 말이다. 현재에 자만하지 말고 언젠가 올 죽음을 생각하며 겸손하라는 뜻이다. 겸손이 낳은 흔적은 정말 빛나는 가치를 지닌다.

돌아가신 김수환 추기경은 "태어날 때 본인은 울고 주변 사람은 웃지만, 죽을 때는 반대로 본인이 웃고 주변 사람은 슬퍼하는 죽음이 되어야 한다"라고 하셨다. 이 메멘토 모리를 생각하며 노후를 보내자.

나의 흩어진 작은 삶의 조각들을 보고 알게 모르게 슬퍼하는 사람이 있고 기억해 줄 사람이 있다면 행복한 죽음이 될 수 있다. 그게 본인은 웃으며 떠나는 정말 가치 있는 죽음이 아닐까?

나폴레온 힐이 말했다.
"위대하려 하지 말아라. 작은 일을 훌륭하게 하라."

PART 4

생각의 틀을 바꾸다

세상은 변한다. 변해야 발전이 있다.
올바르고 바람직한 방향으로 바뀌어야 한다.
그러나 영혼만은 지녀야 한다.
영혼이 없는 민족은 지구상에 존재할 수 없다.
이는 역사가 여실히 증명하고 있다.

초고속 시대와 전통

설 명절 차례상이 차려졌다.

모시는 신위가 조부모와 부모, 네 분인데 굴비 한 마리만 달랑 올려져 있다. 며느리에게 물었다.

"네 마리를 올려야 되는데 왜 한 마리지?"

"아버님, 옛날에는 나눠 먹을 사람이 많았지만 요즘 먹을 사람이 없어요."

며느리 말이 맞긴 하지만 신위가 네 분이면 네 마리여야 한다. 제물은 줄여도 좋은데 굴비는 한 사람당 각 한 마리를 놓아야 한다는 아버님 말씀이 생각나 한 마리만 올리는 잘못을 나무랐다.

먹을 사람이 없다고 마리 수를 줄이는 건 옛 풍습으론 이치에 맞지 않지만 이제는 며느리 말대로 줄여야겠다는 생각이 든다. 낭비란 생각이 들기 때문이다. 옛날 제사는 한 상 가득히 차려 제를 지낸 후 동네 사람이 나누어 먹었다. 지내는 횟수는 집집마다 다르다. 매달 제사를 지내는 집도 많았다. 요즘에는 제물을 반겨 나누어 먹을 이웃도 없어 차림의 양도 줄이고 횟수도 줄이는 추세다. 제사의 격식과 순서도 많이 간소화되었다. 어쩔 수 없는 시대의 흐름이다.

아예 제사를 지내지 않는 집도 많다. 지내더라도 젊은 부부들은 명절 연휴에 해외에 놀러가서 지낸단다. 제수도 마련하지 않고 노트북으로 상차림을 화면에 띄워 놓고 절을 한다니, 옛 어른이 들으시면 기절초풍할 노릇이다. 그래도 지내는 것만으로도 다행이다.

시제인 묘사는 더하다. 젊은이들은 자기 조상의 묘가 어디 있는지도 모른다. 증조, 고조, 고고조분들이 어느 산에 누워 계시는지도 모른다. 시묘살이가 뭔지 알려고 하지 않는다. 뜻조차 모른다.

겨우 아는 게 부모나 조부모 산소 정도다. 조상의 혼령이야 있는지 없는지 영원한 수수께끼지만, 제례란 돌아가신 조상님을 흠모하고 추모하는 동양의 미풍양속인데 잘못 변질되고 사라지는 게 아쉽다.

이뿐만이 아니다. 정월 대보름 달불놀이, 지신밟기, 연날리기, 농악놀이, 제기차기, 단오절 등 우리의 아름다운 전통 풍속들도 TV나 영화에서나 볼까? 이제는 생활 속에서 찾아보기 힘들게 되었다. 아쉽기 그지없다.

과감히 버려야 할 제례 풍습도 있다. 차례상에 홍동백서, 어동

육서, 조율이시 등 또 올려야 할 음식, 올리지 말아야 할 음식, 이런 허례허식은 시대 변천에 따라 이제는 지키지 않아도 된다는 생각이 든다. 무엇보다 제례는 격식보다 정성이 중요하기 때문이다. 굳이 옛 방식을 따르지 않아도 정성을 들여 지내면 되니 첫째도 둘째도 정성이다.

요즘도 간혹 병마를 물리친다고 무당을 불러 굿을 한다거나 무덤도 아닌 유분을 안치하는데 풍수지리를 본다. 집을 지을 때도 대문이나 주방의 위치, 침대 방향, 심어서는 안 될 나무, 사무실에는 금고 놓는 자리, 책상 방향 등도 가려 정한다.

이런 것이야말로 주술이고 미신일 뿐이다. 이 같은 비문명적 행태가 아직도 우리 사회에 횡행하는 건 고쳐야 할 폐습이라고 본다. 보전하고 유지해 나갈 풍습과 버려야 할 비문명적인 요소는 확실히 구별되어야 한다.

세상에 변하지 않는 건 없다. 변하지 않는 건 '변한다'라는 사실뿐이라 했다. 미풍양속도 어쩔 수 없는 시대의 흐름은 받아들여야 하겠지만 올바르고 바람직한 방향으로 바뀌어 나가야 한다. 명절 세시풍속과 조상을 섬기는 마음은 결코 훼손되어서는 안 될 우리의 정신 가치이기에 더욱 그렇다.

풍습과 전통, 말과 글은 그 민족이 갖는 얼이자 영혼이다. 이를 유지 보전하는 것은 너무나 당연한 시대의 책무이자 사명이다. 자라나는 청소년들에게 우리가 지녀야 할 정신과 얼이 무엇이고 왜 보전해야 하는지 어른으로서 제대로 가르쳐 주어야 한다.

이유는 분명하다. 아무리 초고속 시대이고 첨단 문명 시대라지만 영혼이 없는 민족은 지구상에 존재할 수 없다. 이는 역사가 여실히 이를 증명하고 있기 때문이다.

금강산 골프장과 김정일 수령

금강산에 남긴 잊을 수 없는 추억이 하나 있다. 금강산 관광이 끊긴 지 17년이 되었다. 2008년 7월 아침에 산책하러 나온 금강산 관광객 박왕자 씨를 북한군이 사살한 사건이 발생하자 그로부터 금강산 여행은 단절되었다.

이 사건이 일어나기 얼마 전 금강산 골프장이 완공되어 개장 준비를 서두르고 있을 때다. 금강산 골프장으로부터 초청을 받아 방문한 적이 있다. 목적은 운영에 관한 자문이었다.

금강산 골프장을 방문하러 입구로 들어서니 분위기가 살벌했다. 주변 언덕 요소요소에 북한군이 총을 들고 경계 근무를 서고 있었다. 잔뜩 굳은 표정이 무섭다. 안내하는 골프장 사장이 골프장 권역 밖으로 나가면 절대 안 된다고 주의를 준다. 골프장 동편 언덕 너머 북한군의 잠수함 군사 기지가 있어 접근을 금지한다고 한다.

골프장 위치는 금강산과 꽤 떨어진 동쪽 해안 쪽인데 전체를 둘러보니 남쪽 골프장과 비슷한 풍광의 지형이다. 단지 코스 중 이색적인 숏홀이 보인다. 그린이 두 개인데 한 개가 깔때기 모양이다. 그린 근처만 공이 떨어져도 경사지로 미끄러져 홀로 굴러 들어간다. 웬만하면 홀인원이다. 깔때기 착상이 재밌었다.

깔때기 홀은 노동당 간부들이 올 때만 사용한다고 한다. 캐디는 한국에서 모집해 올 예정이라고 했다. 운영 주체가 한국 기업이라 지역만 북한이지 그대로 국내 골프장인 셈이다.

나는 북한의 특색을 살리라고 주문했다. 모든 게 북한식으로 해야 관광요소가 구비된다고 조언했다. 캐디도 북한 여성을 채용하는 게 북한의 잉여 인력을 활용하는 측면이나 북측 수입 면에서 봐도 좋을 것 같아 한국 여성은 배제하라고 했다.

캐디 복장 또한 북한 여군 복장을 모티브로 하여 디자인하라고 일렀다. 독특하고 각이 진 군복 모습도 어쩌면 흥미롭고 관광요소가 될 수 있기 때문이다.

골프장의 사용 용어 또한 북한 언어학자와 의논하여 완전 북한식으로 말하는 용어 개발부터 생각해 보라고 했다. 축구의 코너킥을 '구석차기'로 말하는데 그게 우리말이면서 얼마나 북한스러운가, 예를 들어 티잉 그라운드를 '앞 출발대 뒤 출발대'로 말하고, 홀을 '구멍'으로 부르고, 볼도 '공알'로 부르는 게 좋겠다고 조언했다.

우드를 '나무 꼬챙이'로 드라이버를 '큰 나무 꼬챙이'로 아이언을 '쇠꼬챙이'로, 손님 호칭도 '동무'로 한다면, 예를 들어 "선상님 동무! 5번 쇠꼬챙이로 치시라우야" 이렇게 말하면 얼마나 재미있겠나. '나이샷~!'도, '자~알 쳤수다!' 등으로 바꾼다면 참 흥미롭게 들리는 북한식 말투가 될 것이다.

숏홀인 깔대기 홀도 재미 위주인 만큼 공산당 간부에게만 오픈할 것이 아니라, 입장객 누구나 칠 수 있게 하여 즐거움을 더해주고 추억을 남기는 이벤트성 홀로 운영하는 게 좋겠다고 일렀다. 식음 부문도 들쭉술을 비롯해 옥류관의 평양냉면, 함경도 머리국밥, 옥수수 국수, 두부밥, 대동강 숭어국 등 가능한 북한 고유 음식을 메뉴로 준비하라고 했다.

그런데 방문 이후 우리 관광객 사망 사건으로 그만 북한 왕래는 단절됐다. 교류가 이어졌다면 지금 많은 사람들이 금강산에서 "선상님 동무! 꼬챙이 멋지게 잘 쳤수다!"라는 샷 칭찬을 들을지도 모른다. 그뿐인가? 평양냉면에다 들쭉술을 마시며 북한 여성으로부터 대접을 받는 즐거움을 누릴 수 있었을 텐데 이루지 못한 아쉬움으로 남는다.

골프장 방문을 끝내고 금강산에 올랐다. 여성 안내원 동무가 의무적으로 동행한다. 소문대로 산세가 아름답긴 하다. 우렁찬 폭포 소리며 맑은 계곡 사이로 여덟 개의 작은 소가 굵은 진주알을 꿰듯 이어져 있다. '나무꾼과 선녀'의 전설이 깃든 바로 그 상팔담의 아름다운 풍치가 그야말로 비경이었다.

여성 안내원과 산을 오르며 이런저런 시국 얘기도 나왔다. 북한보다 남한이 훨씬 잘살고 있는 걸 아느냐고 넌지시 물었다. 대답이 놀랍다.

"잘 알고 있디요. 우리 김일성 수령님께서 옛날 쌀도 보내주며 남조선을 도왔기에 잘살게 된기야요."

맞긴 하다. 6·25 전 이승만 대통령 시절 북한으로부터 도움을 받은 적이 있었다. 참 오래된 케케묵은 얘기를 꺼내며 자존심을 내세운다. 이어서 하는 말이, "남조선이 우릴 도와주는 건 그동안 진 빚을 이제서야 갚는 거야요"란다. 우리가 보낸 쌀이며 소 떼를 두고 하는 말이다. 계속 하는 말이 더 놀랍다.

"우리가 지금 좀 못살고 있디만 남조선을 보호하고 있디요. 우린 핵폭탄이 있어 미제가 조선을 함부로 대하지 못하는 걸 선상 동무는 알기나 하요?"

어이가 없었다. 실상을 제대로 설명해 줄 시간이 없어 그렇지 않다는 사실을 짧지만 분명하게 얘기해 줬으나 꽉 닫힌 그의 마음을 열기에는 부족했으리라.

이윽고 목적지 정상에 다다랐다. 거기엔 가판대를 놓고 각종 기념품을 팔고 있었다. 상품이 조잡하지만 도와주자는 생각에서 한국 여행객들이 몇 점씩 사준다. '나도 살 게 없을까' 하는 생각에 두리번거리다 동행한 여성 안내원 동무에게 다가가 가슴에 달고 있는 김정일 배지를 가리키며 말했다.

"요런 배지가 있으면 기념품으로 사고 싶은데 이거 살 수 없어요?"라고 했더니 그 여성 동무가 갑자기 기겁을 하며 소리를 빽~! 내지른다.

"아니, 어디다 함부로 손가락질이요? 감히 수령님 존영에다 이게 사고파는 물건이야요?" 하며 두 손으로 배지를 한껏 감싸안고 가린다. 놀라서 나도 눈이 휘둥그레지고 주변의 안내원들이 모여든다.

출발 전 북한이 민감하게 여기는 사항에는 가능한 한 말을 하지 않는 게 좋다는 교육을 받았지만 깜박 잊은 셈이다. 미안하다는 말을 하니 험악한 분위기는 누그러졌지만 잘못하면 수령님 모독죄?로 잡혀 갔을 수도….

우리 남한의 민주주의적 사고와는 달라도 너무나 달랐다. 동족이건만 이렇게 이념과 사상이 확연히 다르니 서글픈 생각이 든다. 새삼 자유민주주의의 소중함이 느껴진다.

십수 년 전에는 금강산을 여행한 사람이 많았다. 아마 나와 같은 비슷한 경험을 한 사람이 있었으리라. 지금도 금강산은 그때 그 얼굴로 아름다운 자태를 뽐내고 있을 것이다.

훗날 다시 방문할 기회가 있다면 나를 안내한 여성 동무를 만나고 싶다. 오늘의 대한민국 발전과 위상, 자유민주주의의 가치, 국제 정세를 조목조목 설명하며 감옥 같은 북한의 실상에 눈을 뜨라고 말하고 싶다. 그리고 김정일 수령 배지를 사고 싶다고 한 나의 말에 기겁을 하던 그녀에게 말해주리라.

"당신이 가슴에 단 수령님의 사진을 감싸안고 가릴 때 당신의 눈과 귀를 가린 사람은 당신이 그토록 존경한 바로 그 수령님이었다"라고….

그리운 금강산의 추억은 세월 속에 또 묻혀 흘러가고 있다.

중도中道는 어디 가고
좌우左右만 남았나

"아빠 제발 이런 글 그만 올리세요."

딸이 퉁명스러운 어조로 나무란다. 우리 가족끼리 소통하는 대화 카톡방이 있다. 아들이나 딸, 며느리와 가끔 정치적 관심사에 관한 얘기를 나눈다. 그들 얘기를 들어보면 지나치게 좌편향 된 감이 있다. 우측의 얘기도 참고하라는 뜻으로 보수 쪽의 글이나 동영상을 톡방에 올린다.

내심 조금이나마 균형 잡힌 시각을 갖게 하려고 양측의 주장을 듣게 한 것이지만 젊은 애들에겐 쉽게 통하지 않는다. 도리어 나를 나무란다. 논쟁을 하다 보면 억지 논리라며 서로가 좌나 우에 편향되어 있다고 공박한다.

정의를 위해 불의와 맞서 싸우는 건 당연하다. 여與와 야野의 다

툼은 불의와 싸우는 건 아니다. 나라를 구하고자 총을 드는 이유는 우리의 생존과 자유, 인권을 지키고자 하는 투철한 사명감에서 나온다. 그것은 정당성을 인정받는다.

여야는 이념과 견해가 다를 뿐인데 상대를 타도해야 할 적으로 여기는 듯하다. 오직 정권욕에만 사로잡혀 싸운다. 정치는 맞다 틀리다가 아니고 정의냐 불의냐도 아니다. 정치는 각기 다른 주장과 의견을 조율하고 토론하고 견제도 하며 합의를 도출하는 과정이다. 내 편이 아니면 적으로 여기는 흑백논리는 잘못된 정치다.

중도中道가 설 자리가 없다. 자칫 기회주의자나 회색분자로 오인되기 십상이다. 양비론兩非論, 양시론兩是論도 사라졌다. 객관적으로 보도하여야 할 매스컴마저 한쪽 편만 들거나 나무란다.

젊은이들은 나이든 분들의 정치적 시위를 태극기 부대라고 조롱한다. 반면 어른들은 젊은이들 소리에 아예 귀를 닫는다. 좁은 땅에 남북이 갈라진 것도 서러운데 이념 갈등에다 영호남이 갈라지고 MZ세대니 하여 세대 간까지 갈라지니 분열이 걱정이다.

오직 내가 갖는 정치이념만 옳고 남의 주장은 무조건 잘못됐다는 의식을 개선하지 않고는 국민통합은 불가능하다. 네 편 내 편의 편 가름만 있을 뿐이다. 심지어 진보적 左성향이면 빨갱이라 낙인찍고 右성향이면 진부한 극우 꼰대로 몬다. 색깔논쟁이 아직도 횡행하는 걸 보면 우리의 정치가 진일보하기 쉽지 않을 것 같다.

중국의 고전 주역에서는 "양陽 중에도 음陰이 있고 음 중에도 양이 있다"라고 했다. 중용中庸의 중요성을 말하는 것이다. 지나치거나 모자라지 않고 과대·과소가 아닌 중간의 옳음을 지향하라는 뜻이다. 우리 정치도 중용의 도道가 절실히 필요하다. 우익도 좌익에게 배울 게 반드시 있다. 좌익도 우익의 일리 있는 주장은 받아들여야 한다. 반대를 위한 반대, 우리 정치의 고질적 병폐다.

어느 철학자는 하나님이 천지창조를 할 때 가장 큰 실패작이 '인간'이라고 말했다. 모든 동물에게 생각think을 주었지만 인간에게는 생각에 더하여 이데올로기Ideology라는 사상思想을 덧붙여 줬기에 잘못 만들어졌다는 것이다.

생각만 있는 동물은 약육강식만 있을 뿐, 자고 먹고 배부르면 평화가 유지된다. 인간에게는 동물과 달리 본능 이외 이념 이데올로기를 주었기에 끊임없이 갈등하고 충돌한다는 것이다.

이념, 사상이 다르다고 서로 배척하고 적대시하니 지구의 평화가 깨진 것이다. 민주주의와 공산주의가 그렇고 종교 간에는 더 심하다. "모든 전쟁의 배후에는 종교가 있다"라는 말도 틀린 게 아닌 것 같다.

기독교를 믿으려면 불교 공부가 필요하고 천주교, 이슬람교 공부도 필요하다. 반대로 불교를 믿으려면 타 종교도 알아야 한다. 그래야 조금이라도 편협된 생각을 방지하여 갈등을 줄일 수가 있는 것이다.

지금 벌어지고 있는 중동전쟁도 알고 보면 이념전쟁이요, 종교전쟁이다. 민주주의를 신봉한다면 공산주의도 알아야 된다는 것이 나의 주장이다. 서로 상대가 갖는 사고와 이념을 알고 존중할 때, 공존할 수 있는 지혜가 나온다. 이념이란 결코 맞고 틀리다의 문제가 아니기 때문이다.

우리 정치도 지나치게 이념화되고 되고 있다. 좌냐 우냐 진보냐 보수냐 이데올로기 게임이다. 또 겉으론 국민을 위하는 척하지만 당리당략黨利黨略에만 정신이 팔린다. 나라를 망친 조선시대 당파 싸움과 다를 게 하나도 없다. 쓸데없는 이념 싸움에다 개인주의적 입신立身에만 매몰되어 있다.

이판사판理判事判이란 말이 있다. 죽기 아니면 살기의 뜻으로 쓰이는데 정치가 그렇다. 사실 이는 불교에서 나온 말로 참선의 경지에 도달코자 하는 구도求道의 마음을 이판理判이라 했고 그걸 준비하는 과정을 사판事判의 마음이라 했다. 뜻이 왜곡되어 사용되고 있는 사자성어四子成語다.

한국에 살았던 한 미국인 초빙교수의 얘기가 있다. 한국을 위하는 이판理判의 마음에서 나온 말이다. 이 말을 들어보면 참으로 부끄러워진다.

"한국은 한마디로 도덕성이 결핍된 이기적 민주주의를 하고 있다. 모이면 이념 논쟁으로 빨갱이 파랭이 얘기를 한다. 호남 사람

만나면 이승만, 박정희, 박근혜를 나무라고 경상도 사람 만나면 김대중, 노무현, 문재인을 나무란다. 한국의 대통령은 대부분 감옥을 간다. 자살한 대통령도 있다. 한국인 모두가 존경하는 대통령은 한 사람도 없다. 이래서 나쁘고 저래서 나쁘다 식이다.

앞선 대통령을 나무라지 않은 후임 대통령을 보지 못했다. 보복성 정치를 해야만 그의 추종 국민이 따른다. 미국에는 46명의 대통령이 있었지만 전임 대통령을 괴롭히거나 감옥에 보낸 일은 없다. 한국에서는 자유민주주의를 찾아볼 수가 없다.

법을 위반한 국회의원이 한두 명이 아니다. 그들이 법을 만든다. 법을 어겨 위장전입한 사람이 대법관이 된다. 이렇게 해서는 한국이 법치주의를 하거나 삼권분립을 할 수 없는 나라다.

또 한국 국민은 데모를 잘하는 게 민주주의인 양 착각하는 것 같다. 모였다 하면 몇백 명 몇천 명도 아닌 몇만 몇십만 명이다. 더 이상한 것은 세계 최빈국 중 하나이고 사회주의 국가인 북한의 김일성 주체사상을 추종하는 정치인이 많다. 그런데 그들은 자녀를 미국에는 유학을 보내지만 사회주의 국가인 러시아에는 유학 보내는 사람이 없다. 이상하지 않은가.

한국의 국민소득은 3만 불 수준으로 부자인데 국민의식은 5백 불 수준이다. 경제적으론 선진국일지 모르지만 정치적으론 후진국이다. 자유민주주의는 많은 사람이 모여 악악! 소리 지른다고 되는 것이 아니다. 자유민주주의는 양심과 도덕을 먹고 사는 정치이념이다. 이념의 선택보다 양심의 선택이 훨씬 더 중요하다."

외국인 교수가 앞에 지적한 한국의 정치현실이 구구절절 맞는 말이 아닌가. 우리나라 정치 풍토는 정말 개선되어야 한다. 언젠가 삼성 이건희 회장이 기업은 2류요, 행정은 3류, 정치는 4류라 했다. 일리 있는 말이다. 이제 한국은 기업은 물론이고 스포츠나 음악, 문화, 영화, 예술, 국방 등 어느 것 하나 손색없는 세계 1류 선진국가다. 정치만 2류도 아닌 3류, 4류다.

한 나라의 정치수준은 곧 국민들의 의식수준이라 했다. 정치 후진국이란 불명예를 벗으려면 정치인이 이념보다는 양심에 따른 정치를 해야 한다.

그보다 더 중요한 것은 국민들이 먼저 변해야 한다. 이념에 지나치게 민감해하지 말고 우선 양심이 바르고 정직한 정치인을 뽑아야 한다. 정치 선동과 감언이설에 속지 말아야 한다. 잘못된 촛불이나 태극기를 들어서는 안 된다.

일제 치하 삼일운동이 바로 이판의 마음에서 비롯된, 오직 나라를 구해야 한다는 구도求道의 일념이었다. 진정으로 나라를 위한다면 바로 그런 이판理判의 마음으로 좌도 우도 아닌 사판事判의 다리를 제대로 놓아줄 때 올바른 정치풍토가 조성될 것이다.

이병철 회장의 2천 원

우당탕 탕!

삼성에버랜드 안양 골프장에 근무할 때다. 갑자기 사무실 2층에서 뛰는 소리와 함께 "서라! 서라!" 고함치는 소리가 들린다. 무슨 영문인지 궁금하여 소리 나는 2층으로 향했다.

올라가자 희한한 광경을 목격했다. 노인 두 분이 한 사람은 쫓아가고 다른 사람은 달아나는데 쫓아가는 분은 국내 최고의 재벌 이병철 회장님이시다. 달아나는 분은 전직 대법원장 민복기 님이 아니신가.

두 분 사이가 심상치 않아 기둥 뒤에 숨어 빼꼼히 살펴봤다. 쫓기는 분은 나중엔 화장실에 들어가 문을 닫아 밀치고 있고 쫓는 분은 열라고 고함치며 문을 사이에 두고 언쟁을 벌이고 있는 게 아닌가.

이 회장님은 연신 "내놔라! 내놔라!" 외치시고…. 이건 뭐 중간에 나서 싸움을 말릴 수도 없고 승산이 어떻게 나는지 숨어 지켜볼 수밖에 없었다.

한참 실랑이 끝에 드디어 민 대법원장께서 지치셨는지 화장실 문을 열고 나오신다. 그러고는 지갑을 꺼내 천 원짜리 딱 두 장을 거슬러 이 회장님께 건넨다. 이걸 받은 이 회장님, "야, 진작 내놔야지. 왜 도망 가" 하며 의기양양한 표정으로 만족해하시곤 환한 웃음을 짓는다. 그 얼굴이 마치 어린애 같으시다.

아마도 골프를 치실 때 내기를 했는데 돈을 달라거니 못 준다거니 시비가 붙은 모양이었다. 돈을 받아든 이 회장님의 흐뭇해하시던 표정이 지금도 잊혀지지 않는다. 한국 재계 최고의 거부巨富이신 분이 단돈 2천 원을 기어이 받아 내고 그렇게도 기뻐하는 모습이 참으로 의아하면서도 어찌나 천진난만하게 보이던지….

돈 2천 원, 어쩜 보잘 것 없는 돈이지만 거부이신 이 회장님께 대단한 돈으로 비쳤으니 그 돈은 짐짓 내기에서 이겼다는 자존심의 뜻도 있었으리라. 하긴 그분은 라운드 도중 골프 티를 하나 주워도 크게 기뻐하시는 분이다. 검소와 절약이 어릴 때부터 몸에 배어 계신 분이기에 2천 원도 큰 금액으로 여겨졌을 수도 있을 것이다.

재계 어른의 소소한 일상에서도 돈 2천 원의 가치가 그렇게까지 클 줄이야… 요즘의 젊은이들이 배워야 할 점이 엿보인다. 그 싸움의 현장을 목격하며 이 회장님이 그렇게 즐거워할 줄은 상상조차 못했으니…. 그런데 싸움이 싸움이 아니다. 그 속에 두 분의 절친한 우정이 보이고 즐거움이 보이고 행복함이 보였으니….

　돈과 나이를 떠나 어린애 같이 서로 티격태격하는 모습이 그렇게 아름답게 보일 수가 없었다. 행복은 정말 멀리 있는 것이 아니다. 두 분 다 작고作故하셨지만 저승에서도 내기 골프를 하며 재밌는 싸움을 하시는지 궁금할 따름이다.

맛은 오감五感으로

맛은 혀로 느낀다? 그러나 답은 아니다.

얼마 전 이태원의 모 한식집을 찾았다. 이 집은 오감으로 먹는 곳으로, 오감을 이용한 침샘을 자극하는 소문난 집이다. 이 집 셰프의 요리 솜씨도 탁월하지만 그 요리 맛을 제대로 음미하게 하는 기획 연출이 돋보이며, 고객을 끌어들이는 중요 핵심이다.

인테리어 분위기도 음식 맛을 돋우어 주는 주황색으로 벽이 칠해져 있고 테이블 덮개도 오렌지빛 주황색이다. 이외에 모든 시각적 전시품이 맛과 연결되는 연출이다.

우선 음식이 나오면 벽면에 설치된 스크린을 통해 그 음식의 영양가 등 간단한 설명이 자막으로 나온다. 또 그 메뉴의 그림과 함께 이름이 붙여진다.

예를 들면 '고향의 뒷동산' 식이다. 순 한국적 정취의 이름을 붙이고 음식 접시의 문양과 분위기가 진짜 시골 동산을 연상시키도록 디스플레이가 앙증맞게 꾸며져 있다. 거기에다 첫 숟가락을 들면 '나의 살던 고향은~ ♪' 〈고향의 봄〉 음악이 감미롭게 흐른다.

잠시 후 '세종대왕'이라는 메뉴로 또 바뀌어 나온다. 이번에는 접시가 붓글씨 쓰는 벼루다. 받침 종이는 훈민정음 해례본 글씨로 장식되어 있다.

벼루에 먹물이 담기는 옴팡진 곳에는 검정 간장이 담기고 약간의 수육이 얹혀 고기를 양념 먹물?에 찍어 먹는 식이다. 스크린에는 옛 선비들의 한글과 관련된 수묵화가 나오며 거문고 소리의 국악이 흘러나온다. 이걸 보면서 들으면서 먹으니 그야말로 맛이 오묘하다.

혀로 눈으로 귀로 코로 젓가락질 손끝까지 맛이 풍겨 나온다. 맛이 나지 않을 수 없다. 메뉴 하나하나가 오감을 자극하는 작품이자 예술이다. 이런 메뉴가 열 가지 이상 차례대로 연출되어 나오니 그 신비로움과 호기심, 다음 메뉴의 궁금증이 침샘을 자극한다. 아니 뇌의 중추 신경까지 매료시킨다.

식후 후식도 다르다. 아이스크림이 나오는데 고객이 보는 앞에서 제조한다. 준비된 재료를 철판 얼음 통에 넣어 회전시켜 만든다. 다 된 아이스크림은 고깔 과자에 쓱쓱 발라 얹어 준다. 옛 어린 시절 골목길에서 행상이 만들어 파는 아이스크림과 흡사하다. 이런 식으로 향수를 불러일으키니 맛이 한결 배가 된다.

물론 이런 색다른 한식이 외국인을 대상으로 홍보하기 위한 퓨전 한식이지만 마케팅 기법이 실로 독특하고 놀랍다. 값은 좀 비싸지만 정말 한 번쯤 시식을 할 만한 곳이다.

끝나고 누군가 그랬다.
"여기 집사람과 또 한 번 와야지."
그러자 친구 왈, "이 사람이 미쳤나? 이 비싼 곳을 애인하고 와야지"란다. 좌중의 폭소가 이어진다.
맛도 과학이고 오감을 자극하는 기술이다.

종교와 미신, 그 불편한 진실

종교와 미신 차이는 무엇일까? 미신과 풍속의 차이는?

간단히 답을 할 수가 없다. 현실에서 종교, 미신, 풍속이 쉽게 구별되기 어렵다는 데 문제가 있다.

돌아가신 할머님 생각이 난다. 할머님은 임종할 즈음 교회에서 나온 분의 말씀을 듣고 예수를 구원자로 믿고 종교를 받아들였다. 교회에 한 번도 나가시지 않으셨지만 천국으로 가셨을지 모르겠다.

장례 날이었다. 영구차가 할머님 고향의 친척들이 사는 마을을 지날 때였다. 친척분들이 할머님을 추모하는 노제를 지낸다고 마을 어귀에서 멍석을 펴고 제례 상을 준비했다. 흰 한복의 상복을 입은 분들, 아낙들, 어린애들 등 많은 사람이 노제 문상객으로 나왔다.

영구차가 마을 어귀에 도착하자 의식을 막 시작하려는 참인데 버스에 탄 기독교인들이 우르르 내려왔다. 노제를 지내려는 분들과 실랑이가 일어났다. 교인들이 멍석을 걷어치우고 절하려는 분들을 모두 내쫓는다. 노제는 결국 지내지 못하고 문상객들은 흐지부지 씁쓸한 모습으로 돌아가고 말았다.

어릴 때라 교인들과 노제 문상객 간의 시비를 말리지 못하고 지켜보기만 했지만 뇌리에는 지금까지도 선명히 남아 있다. 왜 그토록 기독교인들은 전통적인 풍습을 백안시하고 시골 사람들의 훈훈한 인정을 받아들이지 못하는가? 미신이라 간주하고 걷어차는 그 무례하고 편협된 사고는 과연 옳은가? 교리가 무섭다. 이후로 종교에 대한 부정적 인식이 강해졌다.

노제, 이게 미신인가? 돌아가신 분의 마지막 가는 길에 혼령을 위로하고자 나온 따뜻한 마음씨를 가진 사람이 미신을 믿는 사람으로 치부되어야 하는가? 그들의 소박한 정성은 또 다른 믿음이고 종교일 수 있다. 어느 누구도 상대의 사유 영역을 내가 믿는 종교의 잣대로 재단할 수 없다.

공군에 근무할 때 일이다. 최신 F4D 전폭기가 우리나라에 처음 들어왔다. 비행기 앞에서 돼지 머리를 두고 고사를 지냈다. 사단장, 편대장 등 많은 장병들이 절을 하며 항공기의 무사고를 기원한다. 삼성전자에 있을 때도 대형 첨단 통신 컴퓨터가 들어온 날

고사를 지냈다. 역시 돼지 머리를 놓고 공장장 이하 엔지니어들이 절을 하고 설비의 정상 작동을 기원했다.

첨단 컴퓨터나 신예 비행체가 돼지 머리와 어울리는가? 과학과 미신의 만남, 참 아이러니하다. 안전과 무사고를 기원하며 절을 하는 행위를 미신으로 치부하기 전, 소박한 인간의 소원을 갈망하는 풍속으로 보면 안 될까? 이것도 넓게 보면 나름의 종교적 의식이다.

어떤 종교이든 내재된 교리는 대부분 사랑이며 자비, 나눔, 헌신을 표방하고 있다. 그렇기에 많은 사람들이 종교를 믿는 이유이기도 하다. 죽어서 천국이나 극락을 가려는 소원도 결국 사랑의 실천에 있는 게 아닌가?

남을 존중하고 사랑하라는 정신이 종교의 근본이라면 남이 믿는 조상신을 걷어차는 행위가 정당한지 묻고 싶다. 모름지기 남이 갖는 사상, 풍습을 미신으로 예단하고 제어하며 통제하는 건 월권이고 인권침해일 수 있다.

내가 갖는 교리가 소중할수록 남의 풍습, 전통도 이해하고 존중해 주는 게 상식이다. 내가 믿는 종교만이 참 종교이고 남이 믿는 종교는 이단이라 하여 종교끼리 서로 이단이라 한다. 이거야말로 지극히 이기적이고 자기중심적 아집에서 비롯된다.

종교인의 입장에서 보자. 기독교든 천주교든 불교든 이슬람이

든 종교적 믿음과 신앙심이 없으면 그 또한 종교라 할 수는 없다. 자기가 믿는 유일신을 섬긴다는 건 이해한다. 유일이 전제된 이상 다른 신을 배격하고 미신으로 치부하는 건 종교가 갖는 특성이자 당위성이라 나무랄 것까진 없다.

그러나 내가 믿는 종교나 풍속을 인정받기 위해서는 남이 갖는 종교나 전통 풍습도 존중하고 배려해 줄 줄 알아야 한다. 종교, 미신, 풍속은 서로 대치점에 있어 구별이 난해하다. 설사 미신으로 비쳐도 나의 생각 밖의 영역까지 침해할 권리는 없다. 요즘에는 종교 간의 다툼이 예전보다 많이 없어졌지만 서로 배척하는 건 여전하다.

유명 종교 철학자인 로버트 퍼시그는 종교에 대해 이렇게 말했다. 이 문장이야말로 종교의 불편한 진실을 그대로 드러낸 명구절이다.

"한 사람이 망상을 하면 미치광이라 이르고
여러 사람이 함께 망상을 하면 종교라 일컫는다."

난 사모님이 아니야

웅진그룹의 렉스필드 골프장에 근무할 때다.

"사장님, 지금 회사에 난리가 났습니다. 빨리 좀 들어오셔야겠습니다."

"왜 무슨 일이냐?"

"손님 한 분이 사장님 불러달라고 캐디 마스터를 혼내며 자꾸 사장님을 찾습니다."

나는 회의 참석차 출타 중이라 당장 회사로 갈 수 없는 형편이었다. 우선 난리가 난 개요를 물었더니 여자 손님 한 분이 담당 캐디를 혼내고는 치던 골프를 중단하고 들어왔다는 것이다. 그리곤 마스터를 불러 캐디 교육을 잘못 시켰다고 엄청 화를 내면서 나를 찾는다는 것이다.

혼이 난 캐디는 울다가 짐을 싸서 집에 가버렸다고 한다. 나는 마스터에게 일단 죄송하다고 사과해 손님 마음을 가라앉힌 후 사장이 회의가 있어 출타 중이라 나중에 전화드린다고 전하라 하며 상황을 무마시켰다. 그리고 회의가 끝난 후 곧 회사로 복귀했다.

화를 낸 분에게 사과 전화를 드리고자 직원에게 자초지종 사고 내용을 들었더니 어이가 없다. 집으로 가버린 캐디와 동반 손님의 얘기까지 들었는데 캐디가 손님 보고 사모님이라 부르는 데 화가 났다는 것이다.

그 손님은 회원을 따라 자주 오는 사회적 여류 명사로 언론계 출신 고위 공직자다. 평생 독신으로 지내며 모 연맹의 회장이기도 하다.

그분이 화를 낸 동기는 단순하다. 내가 회장인데 왜 사모님으로 부르는가, 난 혼자 사니 남편도 없다, 회장으로 불러야지 왜 자꾸 사모님이라 하는가, 이게 화를 낸 이유다.

그분에게 전화를 했다. 평소 그분과 잘 아는 사이였지만 사과는 커녕 내가 화를 내며 따져 들었다.

"회장님, 왜 우리 애를 울립니까? 사모님 호칭이 뭐 그리 잘못됐다고 울릴 정도로 나무랍니까? 교육에 잘못이 있으면 점잖게 책임자나 저한테 얘기하면 될 걸, 딸 같은 애를 울리고 그렇게 야단쳐야 합니까. 회장님 자신은 스스로 대단하고 존경받아야 할 어른이라 여기실지 모르지만 아무리 유명한 분이라도 캐디들 입장에서는 모를 수가 있잖습니까.

모르면 사모님이라는 호칭도 큰 존칭인데 뭐 그리 잘못됐습니까? 회장님이야말로 인품이 높으시다면 그 정도는 이해하시고 애교로 봐주셔야지, 꼭 굳이 회장님이라고 해야만 합니까? 회장님, 사모님 호칭이 꼭 구분되어야 합니까. 모두 다 일상 쓰는 존칭 아닙니까?"

그분은 줄곧 캐디 교육을 잘못했다고 연신 나를 나무랐다. 그분과 한바탕 언쟁을 벌이고는 싸움 아닌 싸움으로 대화를 끝냈지만 화가 난 핵심은 자기를 알아주지 않았다는 데 있다. 즉, 그분의 자존 욕구가 충족되지 않은 탓이다. 유명인인 나를 왜 몰라보느냐다. 그날 공도 잘 안 맞은 이유도 있었을지 모르지만….

생각해 보면 비회원이라도 자주 오는 분은 고객 익히기를 해서 걸맞은 호칭을 부르도록 교육이 철저히 되어야 한다. 그 점은 회사가 조금 잘못되었다고 인정하지만 그만한 일로 내 가족 같은 어린 캐디를 울렸다는 건 나의 의협심으로 그냥 넘어갈 수가 없었다.

"벼는 익을수록 고개를 숙인다"라고 했다. 남을 존중하고 겸손해야 한다는 격언이다. 지식인이나 고위층에 있는 사람일수록 자기 낮춤이 절대 필요하다. 나이가 들수록 모름지기 겸손한 마음을 가져야 하며 제 잘난 척하는 사람이야말로 주변으로부터 존경은 커녕 힐난의 대상이 될 수 있음을 깨달아야 한다.

겸양지덕謙讓之德이란 말이 있다. 겸손은 노후 은퇴자가 가져야 할 덕목이자 기본적인 도덕률이다.

트로트를 부르는 어린이

〈내 나이가 어때서〉라는 노래가 있다. 여섯 살짜리 어린애가 이런 트로트를 부른다. 듣고 있는 어른들이 잘한다고 박수치며 환호한다. 전국에 상당수의 어린이들이 트로트 가수가 되는 게 꿈이 된 세상이다.

TV 방송에서 트로트 가수를 뽑는 오디션에 어린이를 등장시켜 방송국마다 시청률을 높이는 경쟁을 하고 있다. 한창 동요를 부르고 푸른 꿈을 키워야 할 어린이에게 유행가를 부르게 하는 게 과연 옳은 일인가?

푸른 하늘 은하수 하얀 쪽배는 어디로 가고 청춘을 돌려 다오, 한 많은 미아리 고개라니…. 초등학교 어린애들한테 가당한 노래인가? 가사의 의미를 새겨보는 것이 아니라 시청자들에게 재미있는 연출을 위한 쇼일 수는 있지만 지나치다는 생각을 지울 수 없다.

상대 경쟁 어린이한테 져서 탈락한 애가 울고 있다. 우는 장면과 일그러진 표정을 카메라가 클로즈업 시켜 여과 없이 내보낸다. 자라나는 어린이에게 상처 주는 일을 예사롭지 않게 여긴다.

노래 잘한 어린이한테는, "어린애가 저렇게 감정 표현을 잘하는가"라는 칭찬의 심사평을 한다. 어쩌면 어린애를 어린애답지 않게 키우라는 뜻인지…. 요즘 방송을 보면 애늙은이가 많다. 천진난만한 구석은 없고 똑똑할지는 몰라도 영악한 아이들로 보인다. 심한 경우는 옷을 선정적으로 입혀 요상한 댄스를 추게 하여 관객의 시선을 모은다.

이런 TV 프로그램을 제작하는 방송국이 문제다. 아니 이를 좋아하는 어른 시청자가 더 큰 문제다. 좋아하니까 광고가 따라붙고 아동이 상품화되고 있다. 지나친 말일지 모르지만 부모가 어린 자식을 내세워 돈벌이를 하고 있지 않은가.

돈 벌고 인기만 있으면 잘 키운 아이인가? 아무리 자본주의가 돈 위주라 하더라도 일찍부터 어린애를 돈에 물들게 하는 건 잘못된 일이다. 재능을 발굴하고 키워주는 것은 장려할 일이지만 너무 어리다는 데 문제가 있다.

무대에서 화려한 조명을 받는 어린이들이 있는 이면에는 가난한 가정에서 어렵게 자라는 어린이도 있다는 걸 알아야 한다. 부모를 잘못 만나 왕따 당하고 외톨이로 지내는 어린이도 화면을 응시하고 있다. 밝은 조명 뒤에는 어두운 그림자도 있다는 점을 생각하자.

감수성이 높은 어린 나이에는 자기 또래 아이들과 비교를 하게 된다. 오디션에 나간 어린애들을 대립과 경쟁 구도로 몰아넣고 나가지 못한 아이들은 그걸 보고 자기와 비교하게 되는데 어린이는 어른들의 오락감이 아니다. 귀엽고 노래 잘하는 아이들에게 박수칠 일이지만 그들의 미래를 생각해 보면 어른들이 분별심을 가지고 있어야 한다.

어린이는 어린이답게 키워야 한다. 그렇다고 늘 동요만 부르게하라는 건 아니다. 처한 환경과 사회적 정서에 따라 교육적인가를 고려해야 한다는 말이다.

오디션 프로그램에 어린 아동을 출연시키는 건 바람직하지 않다. 유행가를 뽕짝이라고 비하하면서 그 틀 속에 어린이들을 집어넣는 건 온당치 못하다. 왠지 불편하고 애처롭기까지 한 장면을 더는 보고 싶지 않다.

최근 각종 청소년의 범죄가 해마다 늘어나고 죄질도 포악해지고 있다. 원인이 어디에 있는가? 사회 환경에 적응치 못하고 정서적으로 불안정한 애들이 많기 때문은 아닌지?

방송의 독립성과 자율성은 존중받아야 한다. 하지만 언론 미디어가 사회에 부정적 영향을 끼치는 데 앞장서서는 결코 안 된다. 공영 방송은 공익 기구다. 다행히 이런 문제점을 알고 방송심의위원회에서는 방송 제작의 보도 지침을 만들었다고 한다. 예전보다는 아동 보호를 위한 관리 감독 기능이 강화되었다고는 하지만 아직도 많은 문제점이 보인다.

요즘에는 인구 감소가 사회 문제로 대두되어 아이를 많이 낳으라고 종용한다. 많이 낳는 것도 중요하지만 어떻게 키우느냐가 더 중요할지 모른다. 아이들이 정서적으로 안정되고 건전하게 자랄 때 사회도 건강해진다.

솔직히 무대에서 유행가를 부르는 아이들보다 골목길에서 깔깔대며 천진난만하게 뛰고 노는 아이들을 더 많이 보고 싶다.

PART 5

세상사를 돌아보다

찬찬하지 못하고 서두르다가
당하는 사고가 한둘이 아니다.
돌다리도 두들겨 보고 건너라 했다.
나이가 들수록 조급해하지 않고
차분하고 진중한 행동이 필요하다.

하루에 겪은 두 이야기

모 작가의 출판기념회에 참석하려고 전철역으로 향했다.

약수역에서 망원역으로 가기 위해 응암행 6호선을 탔다. 퇴근길이라 사람이 많아 겨우 비집고 들어가 손잡이를 잡고 서 있는데 앞 좌석에 앉은 청년이 벌떡 일어나 자리를 양보한다. 사회 초년생으로 보이는 젊은 친구다. 괜찮다고 얼른 눌러 앉혔지만 몇 번이나 일어서 앉으라며 자리를 권한다.

내심 내가 그렇게 늙어 보이나 하는 서운한 생각도 스쳤지만 앉고 싶은 맘이 없었기에 이렇게 둘러댔다. "젊은 친구, 고마운데 나곧 내려요"라며 사양했다. 하지만 "저도 곧 내립니다"라는 젊은 청년의 말을 더는 만류할 수 없어 양보한 자리에 앉았다.

젊은 청년이 출입문 쪽으로 가기에 곧 내릴 줄 알았는데 한 역, 두 역, 몇 역이 지나도 그냥 거기 서 있었다. 몇십 개 역이 지났을까…, 이윽고 망원역에 도착해 내렸다. 그 젊은 청년도 나를 힐끔 쳐다보더니 같이 내리는 게 아닌가. 좌석을 두고 실랑이를 벌였는데 곧 내린다는 두 사람의 거짓말이 서로 탄로난 셈이다.

내린 사람들이 우르르 출구 에스컬레이터로 몰려간다. 인파 사이로 그 젊은 청년의 잽싼 걸음이 보인다. 그런데 가다가 슬쩍 뒤돌아보는 게 아닌가. 계면쩍은 웃음 띤 얼굴이다. 눈빛이 마주치자 멀리서 얼른 손을 흔들었다. 젊은 청년은 빙긋 웃는 얼굴로 목례를 하곤 금세 인파 사이로 사라졌다.

전철을 가끔 타보지만 이처럼 기분 좋을 때가 없다. 순박하다고 할까, 예의 바르고 착한 젊은이를 만나기가 요즘 쉽지 않다. 끝까지 자리를 배려하는 그 멋있는 청년이 오랫동안 기억될 것이다.

그날 행사를 마친 후 늦은 귀갓길에 올랐다. 저녁을 못 먹어 배가 고팠다. 간단한 요기라도 하는 게 좋을 성싶어 길가에 언뜻 보이는 콩나물국밥집에 들렀다. 밤 10시가 넘었는데 손님들이 북적거렸다.

앉을 자리를 찾고자 두리번거리니 식당 직원이 대뜸 "지금 자리가 없어요" 한다. 한 40대로 보이는 젊은 여직원의 말이다. "조금 기다릴까요?" 했더니 답이 없다. '돌아갈까?' 하다 '곧 자리가 나겠지' 하고 입구에서 서성대고 있었다.

이윽고 두 사람이 일어나 자리가 났다. 얼른 들어가 앉았다. 치우지 않은 그릇 앞 식탁에 앉아 있는데 그 여직원이 소리친다.

"아니, 들어오라는 말도 안 했는데 왜 들어와요?"

목소리가 날카롭다. 내심 기분이 언짢았지만 밤늦게까지 손님에게 지쳐 그러려니 하고 참고 있었다. 치우지 않은 식탁에 허락 없이 앉은 것도 나의 불찰이기도 했으니까.

한참 있어도 그릇 치우러 오지도 않고 주문받으러 오지도 않는다. "여기 그릇부터 좀 치워 주세요" 했더니 또 답이 없다. 연신 다른 손님만 응대하고 있다. 조금 뜸한 시간이 났다. 이때다 싶어 다시 "여기 그릇 좀 치워 주실래요?"라고 말했다. 역시 대답이 없다.

나는 조금 부루퉁한 말로 "그릇도 안 치워 주니 안 먹고 그냥 나가도 돼요?" 했더니, 저만큼 떨어져 있는 직원이 이 소리는 알아들었는지 "그러세요!"라고 소리친다.

아무리 내 말이 거슬려도 그렇지, 자기 가게에 온 손님 보고 나가라는 듯 내쫓으니 참 어이가 없다. 불친절을 넘어선 '을'이 '갑'질하는 형국이다. 승낙 없이 식탁에 앉은 게 무슨 큰 죄인지 손님은 그럴 수도 있는 게 아닌가.

"바빠 미안합니다"라든지 "곧 치울게요" 아니면 "다시 밖에서 조금 기다려 주실래요?"라든지 그런 말을 당연히 해야 되지 않는가. 서비스 교육을 받고 안 받고의 문제가 아니다. 기본 품성이 안 된 직원이다.

그래도 점잔을 잃지 않으려고 참고 있다가 먹고는 나왔다. 내던지듯 주는 국밥 한 그릇이 맛은커녕 돌 씹는 기분이었다. 젊을 때

같았으면 절대 가만있지 않았을 거다. 어른이 되어 젊은 애들하고 싸워서야 되겠나 하는 생각 때문에 묵묵히 참았을 뿐이다.

위의 두 사례는 하루에 일어난 일이지만 누구나 흔히 생활 속에 겪는 일이다. 가는 길은 기분이 좋았는데 오는 길은 씁쓸했다. 집에 돌아와 생각하니 "그러세요!"라고 소리치는 굴욕적 언사를 듣고도 참고 먹고 나온 게 바보였다는 생각이 들어 다시 울컥 화가 치민다.

그래도 참길 잘했다는 생각도 들고…. 나올 때 그 직원을 불러 조용히 타일러 주는 말이라도 해줬어야 하는데, 그래야 이 사회가 눈곱만큼이라도 밝아지지 않겠느냐는 생각도 들었다. 그런다고 달라지기는커녕 언쟁으로 비화될 수도 있겠다는 생각도 들었다.

그날 잠자리에 들었지만 그 여직원 때문에 일어난 이런저런 상념 때문에 잠을 이루기 어려웠다. 그래도 자리 양보를 위해 "저도 곧 내립니다"라고 하얀 거짓말을 한 젊은이를 보았기에 아직 우리 사회는 밝고 건강하다는 위안을 받았다.

그날 밤, 웃음 띤 얼굴로 사라진 그 멋진 청년을 그리다가 못내 스르르 잠이 들긴 했나 보다.

경포호를 거닐며

작은 것이 높이 떠서 만물을 다 비추니
밤중의 광명이 너만 한 이 또 있느냐
보고도 말 아니 하니 내 벗인가 하노라

윤선도의 「오우가五友歌」 중 달에 관한 시구詩句이다. 강릉에 갈
기회가 있어 저녁을 먹고 경포호를 산책했다. 마침 동해에서 달이
떠오르니 교교한 달빛이 경포 호수에 드리운다.

달빛에 비치는 윤슬이 유난히 반짝인다. 오리 떼와 저어새들이
연신 늘찬 솜씨로 물속을 미끄러지듯 휘젓고 다닌다. 달이 붕긋 솟
아오르고 동해 파도 소리와 어우러지면서 달빛과 파도의 하모니
가 가슴을 설레게 한다. 그래서 그 많은 풍류객과 묵객들이 경포
호를 그토록 사랑했는가.

고려시대 박신은 강릉에 감사로 부임하면서 기생 홍장과 경포호에서 사랑을 나누었다. 그때 홍장은 박신에게 경포의 달은 다섯 개라고 일렀다. 하늘에 뜬 달, 호수에 비친 달, 술잔과 님의 눈동자에 달, 나머지 달은 님을 사랑하는 마음에 뜬 달이라 했다. 마지막 달이 연정戀情을 고백하는 풍류의 달이다. 그 달은 곧 그리움이요 애틋한 사랑이어라.

경포호는 이처럼 사랑하는 연인들의 가슴에 파고드는 애잔함이 녹아 있는 곳이요, 못내 그리운 어머니의 품 안같이 편안한 곳이다.

조선시대 『홍길동전』을 쓴 허균과 그의 누나인 허난설헌 시인도 경포가 고향이다. 허난설헌이 생전 그토록 그리워했던 곳이 바로 경포호다. 지금도 허난설헌의 고향집 바로 옆 나릿물도 호수와 같이 나란히 흐른다. 버들가지 흔드는 실바람에 빨래를 널던 어린 시절의 경포를 못 잊으며 멀고 먼 경기도 광주로 시집가서 젊디젊은 나이에 요절한 허난설헌의 애달픈 사연도 경포가 품고 있다.

박신도 홍장을 못 잊어 하다 안개 가뭇가뭇 피어오르는 경포호에서 죽은 줄로만 알았던 홍장이 조각배를 타고 나타나 극적인 재회를 한다. 박신은 홍장을 개경으로 데려가 후처로 삼고 여생을 행복하게 보냈다는 아름다운 사랑 얘기도 경포에서 비롯된 일이다. 경포는 비단 허난설헌과 박신뿐 아니라 문인들에게도 특별한 곳이다. 문필의 대가大家 이율곡도, 신사임당도 허균도 모두 경포에서 태어났다.

경포鏡浦의 '鏡' 字는 거울 경 자다. 문자 그대로 경포 호수는 거울이다. 해가 뜨고 질 때는 황금 거울이요, 달이 휘영청 밝으면 은 거울로 반짝인다. 그런 호수와 바다가 내려다보이는 경포대를 관동팔경의 으뜸이라 아니할 수 없다.

경포는 풍류가 넘치는 곳이다. 조선시대 문인의 거두인 정철, 심희수, 류성룡, 이정구, 이항복 다섯 대감이 모처럼 만나 술상을 펼쳤다. 술이 거나하자 서로 시작詩作 실력을 겨루고자 세상에서 가장 아름다운 소리가 무어냐고 내기를 했다.

먼저 송강 정철이 달빛에 흐르는 구름 소리라 했다. 심희수는 만산홍엽의 동굴 앞을 스치는 바람 소리라 썼다. 류성룡은 새벽녘 아내의 술 거르는 소리라 했고, 이정구는 서당에서 젊은 선비들의 글 읽는 소리라 했다.

마지막으로 이항복이 껄껄 웃으며 하는 말이 "양소가인 해군성良宵佳人 解裙聲이라" 하며 이게 소리의 으뜸이라 했다. 즉 '그윽히 깊은 밤 아름다운 여인의 치마끈 푸는 소리'라는 것이다. 과연 명작의 시구다.

모인 좌중들은 파안대소로 무릎을 치며 이항복의 시를 으뜸으로 꼽았다. 이 시詩가 외설스러운가? 전혀 아니다. 그야말로 풍류 중에 풍류가 넘치는 멋진 문체文體다.

경포는 바로 그런 곳이다. 그리움과 서정이 흐르며 사랑이 넘치는 곳. 강릉에 가면 달이 뜨는 어슴푸레한 저녁 경포 호숫가를 걸어 보시라. 안개 자욱한 몽환적 분위기를 만날 수 있다. 메마른 그대 가슴에 새로운 젊음과 사랑의 불씨가 지펴질 수 있다. 일상사 번뇌는 순식간에 사라지고 무아無我의 경지에 희열을 느끼는 행복감이 몰려올 것이다.

경포호는 나를 찾고 사랑을 찾고 행복을 찾는 그런 거울이다.

34話

골프 매너, 그 골 때려

얼마 전, 모 기업 K 회장과 골프를 쳤다. 퍼팅을 하는데, K 회장은 늘 그린 바깥으로 나가 팔짱을 끼고 내 퍼팅을 바라본다. 페어웨이에서도 내가 샷을 할 때 앞쪽에 서 있는 경우가 없이 항상 뒤쪽으로 물러선다. 그걸 보는 내가 같이 따라하지 않을 수 없었다.

K 회장과 플레이가 끝난 후, 그분과 다시는 골프를 치고 싶은 생각이 들지 않았다. 그저 매너 좋은 분으로 기억될 뿐, 그분의 정석 에티켓이 부담스럽게 느껴졌기 때문이다.

바른 에티켓이야 동반자 퍼팅 시 그린 바깥으로 나가 기다리는 것이 맞고 페어웨이에서는 샷 하는 사람 뒤에 있는 것이 좋다. 하지만 동반자 퍼팅 시 방해되지 않는 위치라면 그린 안에 함께 있어도 되고, 페어웨이에서 샷 하는 사람 앞쪽에 있어도 안전한 거리에서 동반자의 샷을 주시하면 위험하지 않다.

시합이 아닌 아마추어 친선 골프는 마음이 편하고 재미있어야 하는데, 룰과 에티켓에 너무 신경 쓰다 보면 공도 잘 안 맞고 스트 레스가 되어 편안함과 재미가 반감될 수 있다.

영국 여왕이 초청한 만찬에 중국 귀빈이 손 씻기용 물을 모르고 마시자, 여왕도 따라서 마셨다는 일화도 있듯 상대가 룰과 에티켓을 모르거나 어기면 맞추어 주는 것도 상대에 대한 좋은 배려가 될 것이다. 상대가 디봇 자국에 들어간 볼을 살짝 건드려 꺼내어 치는 것을 보고 골프를 잘못 배웠다고 힐난하기보다는, 친선 골프라면 그 정도는 용인하며 치는 것이 좋다고 본다.

골프 룰을 어기자고 서로 합의하는 경우도 있다. 이른바 변칙 Team 룰이다. '핀에 퍼트 한 클럽 길이 이내는 Ok', '오늘은 터치 플레이다', '멀리건 하나씩 받자' 등 동반자끼리 합의하면 마음이 편해져 골프를 더 쉽고 훨씬 재미있게 칠 수 있다.

어떤 골퍼는 룰대로 쳐야 골프 맛이 난다며 사소한 규칙 위반도 절대 용납하지 않으며 팀 룰에 동의하지 않는 사람도 있다. 이는 원칙대로 하자는 생각이지만 골프는 나 홀로의 운동이 아니다. 친목이 목적이라면 무엇보다 상대의 마음을 편안하게 하는 것이 더 중요하다고 봐야 한다.

골프 용어 사용에도 그렇다. 공이 핀 가까이 붙게 되면 '오케이!' 또는 '기브!' 라고 하면 된다. 굳이 '컨시드Concede!'라고 해야 옳을까? 숏홀 플레이 시 뒤 팀에게 '싸인 주자'라고 하면 다 아는 것을, 올바른 영어 표현을 한답시고 '웨이브Wave주자'라고 해야 될까?

'라운딩Rounding하자'는 틀린 말이라고 '라운드Round하자'고 해야만 할까?

올바른 영어를 쓰는 걸 나무랄 수는 없지만 유식한 척 상대에게 고치라고 가르치는 사람이 간혹 있다. 라운드 중에 지적을 받으면 신경 쓰여 그날 공이 더 안 맞는다. 옳은 영어를 알고만 있으면 되는 것을 우리나라 사람끼리 치는데 핀잔을 주고 고치라고 충고까지 할 이유는 없다.

일본 골퍼는 '도라이버', '구또~샷', '빳다' 등 발음상 일본식 엉터리 영어가 많지만, 일상화되어 있다. 언어는 그 나라 사람의 습성과 관행에 따라 변화하는 것일진대, 원래의 표현과 다르다고 구태여 지적할 일은 못 된다고 본다. 그런데 잘못을 꼭 알려주고 가르쳐 주어야 할 때도 있다.

예를 들어 티샷한 공이 OB구역 근처로 날아갔고, 추정 지점에서 공을 찾지 못해 새 공을 내어 칠 때, 이 공은 4타째 치는 공이 된다. 이걸 3타째로 생각하는 아마추어가 의외로 많다. 이건 분명 룰을 잘못 알고 있는 것이므로 적당한 때에 고쳐줘야 할 사안이다.

절대 위반을 하지 말아야 할 것도 있다. 분명 로스트 볼인데 알까기를 한다거나, 본인의 스코어를 내심 알면서도 상습적으로 타수를 우기거나, 공이 안 맞는다고 클럽을 내던지는 등의 행동으로 동반자를 기만하거나 배려하지 않는 사람은 골프를 즐길 자격도 없고 상종할 상대도 못 된다. 매너는 골프의 가장 기본적인 양심이고 상식이기 때문이다. 이같이 에티켓이나 매너, 룰, 용어 사용도 반드시 지켜야 할 것이 있고 적당히 어겨도 양해되는 것이 있다.

가장 재미있고 즐거운 골프는 욕 친구랑 치는 골프라고 한다. 거기엔 에티켓과 룰이 적당히 무시되지만 편안한 마음이기에 시종 웃음과 재미가 솟아나기 때문이다. 간혹 골퍼 마니아 중에는 아무리 친선 골프라 하더라도 골프의 생명은 에티켓과 룰이라고 여기며 그걸 지키지 않으면 골프가 성립되지 않는다는 논리를 펴는 분도 있다.

이런 분을 나무라고 싶지는 않다. 맞다 틀리다가 아닌 생각의 다름도 있다는 걸 말하려 한다. 다름은 틀림과는 다른 선택의 문제일 수 있으니까.

어쨌든 우리 나이에 골프를 치는 목적은 매너나 스코어도 아니라고 본다. 다른 플레이어에게 불편을 주지 않는 한 아마추어 친선 골프는 문자 그대로 친선에 있고 즐기는 재미에 있다.

즉, 첫째는 재미고 둘째가 매너다. 이건 잘못된 생각일까? 아니면 솔직한 생각일까?

외갓집의 추억

'내가 놀던 정든 시골길은 소달구지 덜컹 대던 길♪'이란 노래가 있다. 지금은 시골 어디에 가도 소달구지 덜컹대는 길이 없다. 대부분 포장된 길이다.

어릴 적 먼지 나는 시골길에서 소달구지를 탄 추억이 생각이 난다. 소달구지를 태워주면 신이 났다. 개울에서 잡은 송사리 몇 마리를 검정 고무신에 담고 소달구지를 타다 덜컹대는 바람에 송사리를 놓친 기억이 아스라하다.

시골에서 태어났지만 너덧 살 때 대구로 이사 와 고향집에 대한 기억은 없다. 하지만 초등학교 시절부터 고등학교 초 무렵까지 방학이 되면 청도 외갓집으로 가서 방학을 보냈기에 시골생활의 기억은 또렷하다. 외갓집은 언제나 마음의 고향이다.

외갓집은 가난한 집도 아닌데 6·25 동란으로 모두 어려운 때라 생활 자체가 검소하고 절약하는 분위기였다. 당시 부잣집은 촛불을 켰지만 대부분 호롱불로 밤을 밝힌다. 외갓집도 방 사이 벽에 구멍을 뚫어 호롱불 하나로 두 방을 동시에 밝혔다. 등유를 절약하기 위해서다. 희미한 호롱불에 등유가 들면 얼마나 든다고 몇 방울 아끼려고 벽까지 뚫었으니 옛 사람들의 검소한 생활은 참으로 대단했다.

외할아버지가 오일장에서 사온 간고등어 맛도 잊을 수가 없다. 요즘의 간고등어보다 엄청 짜다. 오래 보관하기 위해 소금을 많이 치기도 하지만 여러 사람이 나눠 먹을 수 있도록 일부러 짜게 만들었다. 한 마리면 온 식구가 먹는다. 중간 토막은 외할아버지 상에 오르고 새까맣게 탄 꽁지나 머리는 남은 식구들이 먹는다.

꽁지는 쪽쪽 빨고 머리뼈는 자근자근 씹는다. 그 짭짤하고 구수한 맛에 밥 한 그릇 뚝딱이다. 갈치도 그렇지만 대부분의 생선이 짰다. 그 짠 생선 맛이 그땐 왜 그리 좋았던지, 밥도 꽁보리밥이다. 삶은 호박잎에 된장과 함께 싸서 먹는 보리밥은 일품이다. 지금도 잊지 못해 가끔 해 먹는다.

개떡이란 것도 있었다. 밥 대용이다. 보리쌀이 떨어지면 방앗간에 가서 벼를 찧고 남은 등겨를 가져온다. 체로 쳐 보드라운 등겨 가루를 골라 반죽한다. 그걸 주물러 떡처럼 쪄서 만든 게 개떡이다. 개떡 맛이 개떡이지만 먹을 게 부족했던 그때는 맛있게도 먹었다.

쌀밥은 제삿날이라야 겨우 먹어 볼 수 있다. 혀끝 쌀밥의 보드라운 감촉이 얼마나 좋았던지 지금은 쌀이 남아돌고 탄수화물이 어쩌니 하며 기피하는 쌀밥이 됐으니 세월이 참으로 하 수상하다.

요즘은 시골이라도 수돗물이나 생수 아니면 정수기 물, 또는 지하수를 먹지만 그땐 대부분 샘물을 먹었다. 외가에 가면 샘물을 길어다 주는 게 일과였다. 깊은 샘에서 나오는 물은 어찌 그리 차고 시원한지 물맛이 좋다.

샘물을 길어 올리는 두레박질은 기술이 필요하다. 외갓집 이모는 두레박질 선수다. 30m나 되는 샘에 두레박을 한 번에 물 표면에 탁 떨구어 물을 푼 다음, 샘 벽에 부딪치지 않게 단숨에 끌어올린다. 나는 아무리 해도 벽에 부딪혀 물이 가득 담기지 않는다.

물지게도 물을 반 통만 담아도 다리가 후들거려 몇 발자국을 못 걸었다. 이모는 큰 독에 물을 가득 담아 머리에 이고도 잽싼 걸음으로 날랐다. 나이야 이모가 많았지만 막내 이모라 소녀였고 난 남자였는데 지금도 두레박질을 하면 이모만큼 해낼지 자신이 없다. 두레박질이 재밌어 해보고 싶지만 물 긷는 샘터가 지금은 어디에도 없다. 물 지게질과 두레박질은 외가의 그리운 추억으로 남아 있을 뿐이다.

외갓집 인근 새월이라는 곳에 큰 저수지가 있었다. 그곳엔 맑은 물에만 자라는 수초가 있다. 수초 이름이 말이다. 말 끝에 밤 색깔의 '말밥'이라는 열매가 달린다. 마치 별모양으로 뾰족한 침이 달려있고 크기는 성게만 한데 성게 침보단 침수가 훨씬 적지만 길고 아주 억세다. 그런데 말밥을 까면 밤처럼 하얀 속살이 고소하고 맛이 기막히다.

말은 주로 저수지 가운데 자란다. 말밥을 먹기 위해서는 말을 연못 바깥으로 끄집어내야 한다. 갈구리를 못 한복판까지 던져야 말덩굴을 걷어 올릴 수 있다. 이건 고난도 기술이다. 40~50m나 던져야 하니 동네 형은 갈구리를 노끈에 묶어 빙빙 돌려 던지는데 두세 번이면 성공한다. 나는 택도 없다.

말밥도 맛있지만 갈구리 던지는 것도 재밌다. 말밥은 사라진 옛날 맛있는 간식 먹거리였다. 지금도 어느 시골 연못에 말밥이 나온다는 소문이 있다면 얼른 달려가 따고 싶다. 그 독특한 향기와 고소한 맛을 잊을 수가 없다.

외가에는 무서운 곳도 있었다. 어릴 때는 근처에 있는 상여집이 얼마나 무서웠던지 대낮에도 근처에 얼씬도 안 한다. 어쩌다 길목에 상여집이 있으면 그 앞을 지나지 않을 수 없을 때는 100m 달리기하듯 냅다 뛰었다. 뛰다 보니 넘어진 일도 있었다. 그야말로 혼비백산, 그땐 귀신이 진짜 있는 줄 알았으니 외갓집 근처 상여집이 가장 무서웠던 장소다.

헛간에 있는 정낭화장실도 무섭다. 변을 보면 통~ 하고 공명을 울리며 떨어진다. 오물이 튀어 엉덩이에 붙는다. 뒤처리를 위해 짚이나 호박잎으로 닦는다. 엉덩이 항문 살갗이 지금보다 두꺼웠는지 아픈 줄도 몰랐다. 그땐 휴지는커녕 신문지도 귀한 시대다. 지금 애들을 정낭에 보내면 기겁을 할 것이다.

또 무서운 곳은 외갓집을 오갈 때 산마루에 있는 주막이다. 외가에 가려면 팔조령이라는 재를 넘어야 하는데, 지금이야 터널을 뚫어 순식간에 지나지만 옛날에는 한나절 걸어야 넘는 높은 고갯마루다.

마루 부근의 주막에 가끔 쉬어 가기도 했지만 호랑이도 나타났다는 얘기도 들어 무서운 곳이다. 부근에는 산적도 있었단다. 은근히 무서운 곳이다. 지금은 흔적도 없지만 그립기만 한 주막집이다. 호랑이 하면 외삼촌이 들려준 재미난 얘기가 생각난다.

"호랑이 잡는 법 알켜줄께. 긴 칡넝쿨에 참기름을 발라 놓고 숲에서 기다리면 돼. 고소한 냄새에 호랑이가 나타나서 확 집어 삼키거든? 그러면 그게 질겨 소화가 안 되잖아. 넝쿨 줄이 호랑이 똥구녕으로 빠져 나온다 말이야. 그게 냄새가 좋으니 다음 호랑이가 또 삼키지. 또 넝쿨이 나오면 또 다음 호랑이가… 이렇게 칡넝쿨에 참기름을 발라 놓으면 호랑이 서너 마리는 단숨에 잡지."

옛날 사람의 뻥은 참으로 대단했다. 어릴 때는 이런 얘기가 얼마나 재미있었는지 또 해달라고 조르곤 했다.

얼마 전 외가 동네에 갔다. 옛 모습이라곤 찾아볼 수가 없었다. 정다운 외갓집 초가는 간곳없고 기와집이나 현대식 전원주택만

들어서 있다. 그 맑고 시원했던 샘터도 없고, 상여집도 없고, 말밥을 따 먹던 저수지도 메꾸어졌다. 오직 마을 입구 서낭당 나무만 크게 자라 옛날을 어슴푸레 기억하게 한다. 명절이면 나무에 그네를 매어 뛰어놀고, 나무 그늘 아래 윷놀이하던 추억이 아련히 떠오른다.

진달래 붉게 물든 뒷동산, 소 풀 먹이러 다니던 오솔길, 증기 기관차가 연기를 뽀얗게 날리며 칙칙폭폭 하던 남성현 기차역, 연꽃이 만발하던 유등지 연밭…. 옛 흔적이 어렴풋이 남아 있긴 하나 정든 외가 동네 모습은 뇌리에만 쌓여있을 뿐이다.

누구나 어릴 때의 추억은 지니고 있다. 내 외갓집 추억은 나이가 들수록 그렇게 아름다울 수가 없다. 사람은 추억을 먹고 산다는 말도 있다. 추억이 마음을 풍요롭게 하기 때문이다.

아들한테 '보릿고개'며 '개떡'이며 '말밥' 얘기를 해주었더니 듣던 아들이 말한다.

"아빠, 다 세월 흐르면 세대 차이로 얘깃거리가 있는 거예요. 저도 훗날 손주 보면 '내 어릴 때는 라면이란 게 있었어. 그걸로 끼니 때웠지'라는 말을 해줄지도 몰라요."

아들 녀석 얘기에 웃고 말았지만 추억은 흐르는 세월 속에 남겨지는 아름다운 삶의 조각이다. '인생은 나그네 길 정처 없이 흘러서 간다♪'던 유행 가사가 떠오른다.

아름다운 쪽지

"사장님, 우리 차에 누가 흠집을 내놨습니다!"

출근하는 아침, 현관에 차를 대면서 기사가 하는 말이다. 난 차의 흠집을 살펴보았다. 뭐 그리 큰 자국은 아니고 줄을 그은 듯한 흠집이 나 있어 누가 이랬는지 궁금하던 차 대뜸 기사가 하는 말이, "흠집 낸 사람을 찾았습니다. 항의를 했더니 변상해 준다고 했습니다" 하는 게 아닌가!

대체 어떻게 그 사람을 찾을 수 있었냐고 물었더니 조그만 쪽지를 나에게 건네며 이 아줌마가 그랬다는 것이다. 그 쪽지를 보고 적이 놀랐다.

"제가 후진하다 차를 그었습니다. 밤중이라 제가 그만 잘못했으니 수리하고 전화해 주시면 변상해 드릴 테니 연락 주십시오. 정말 죄송합니다. 제 핸드폰 010-****-****."

알고 보니 이 쪽지를 보고 기사가 큰 소리로 항의했고 변상 약속을 받았다는 것이다. 틀림없는 이웃 아줌마였다. 기사에게 조용히 나무랐다. 큰 소리는 왜 쳤으며, 이런 쪽지까지 남긴 마음씨가 얼마나 갸륵한 분이냐, 다시 사과 전화라도 하라고 이르고 사무실에 도착하여 쪽지를 보며 곰곰 생각했다.

아파트 주차장에 CCTV도 없는데 그냥 모른 척 지나가도 될 일을 사과하며 전화번호까지 남긴 그 맘씨가 가상하기도 하여 전화를 했다.

"사모님 메모 잘 봤습니다. 제 비용으로 그냥 수리할 테니 변상 안 하셔도 됩니다. 크게 흠집이 난 것도 아니고 운전하다 보면 그럴 수도 있지요."

그런데 그 아줌마는 연신 미안하다 하시며 수리하고 거듭 연락 달라고 하신다.

그런 일이 있은 후 까맣게 잊고 며칠 지난 후에 퇴근하며 집에 들어서는데 아내가 말한다.

"여보, 웬 아줌마가 당신 차를 긁었다고 미안하다 하면서 과일 바구니를 가지고 왔어요. 뭔 일이 있었나요?"

그 아줌마였다. 차 수리 비용을 달라고 하지 않았더니 대신 과일 바구니를 들고 온 것이다. 차량 번호로 관리사무소를 통해 우리 집을 찾아내어 과일을 전달하고 간 그분의 성의에 놀랍고 감사한 마음에 뭉클했다.

그냥 모른 척 지나도 충분히 될 일을 메모까지 남기며 변상하겠다는 마음씨도 그렇지만 과일까지 사서 집까지 들고 온 그 성품과 잘못에 대한 미안함을 확실히 전달하는 마음 씀씀이가 아름답고 고마울 수밖에 없었다.

차량 접촉 사고, 생활 속에 흔히 일어나는 일이지만 서로 네 탓으로 돌리고 자기 잘못을 감추는 데 급급한 이 세태에 이런 분이야말로 칭찬을 받을 만한 정직하고 넉넉한 마음의 소유자가 아닌가.

과일 바구니를 받은 이튿날 동네 인터넷 게시판에 글을 올렸다. '우리 이웃에 이런 멋지고 아름다운 마음씨를 갖고 있는 분이 살고 계셔 행복하다'고….

작은 것 같지만 각박한 세상에 결코 작은 일이 아니다. 쉬울 것 같지만 막상 누구나 실천하기 쉽지 않다. 이런 양심이 있고 착한 마음씨를 가진 분이 넘치는 사회가 정말 살맛 나는 세상이 아닌가. 아직도 우리 사회는 건강하다.

나만큼 아파 봤어?

사람이 살다 보면 여러 가지 고통을 체험한다. 고통에는 정신적 고통과 육체적 고통이 있지만 뭐니 해도 더 감각적이고 신경을 후비는 참을 수 없는 고통은 육체적 고통이 아닐까 하는 생각이 든다.

내 삶에 다시는 당하고 싶지 않은 고통이 하나 있다. 어느 날 아내랑 애들을 데리고 고속버스를 타고 고향 대구로 가는 길이었다. 차가 영동 휴게소에 잠시 머물 때다. 바람도 쐬고 차에서 내려 휴게소에서 머뭇거리다 감기 기운이 있어 막 약을 먹으려는 참인데 마침 방송이 나온다.

"대구행 버스 탑승객은 지금 빨리 승차해 주십시오. 차가 곧 출발합니다."

나는 약을 재빨리 한입에 털어 넣고 얼른 뛰어가 버스에 올랐다.

근데, 자리에 앉자마자 갑자기 목이 막혀 숨조차 쉴 수 없었다. 목을 잡고 괴로워하고 있는데 집사람이 새파래진 내 얼굴을 보고 왜 그러냐고 묻는다. "약! 약!"이라며 간신히 내뱉는 소리에 집사람이 놀랐고 그걸 본 운전기사가 곧 경찰차를 불러주겠다고 한다. 차는 이미 고속도로를 달리고 있었다.

잠시 후 연락받은 경찰차가 비상등을 번쩍거리며 나타났다. 우리 가족은 경찰 순찰차로 옮겨 탔다. 경찰관의 왜 그러느냐는 질문에, "약! 약!" 하는 나의 숨넘어가는 소리를 듣고 경찰도 당황했는지 엄청난 속도로 내달리기 시작한다.

내심 약으로 숨 못 쉬어 죽는 게 아니라 교통사고로 죽을까 봐 그게 더 무서웠던 순간이었다. 경찰차는 금세 김천 톨게이트를 지나 가까운 병원에 내려 주었다. 병원에 도착하자 목에 엑스레이를 찍었다.

이런~! 감기약이 알약인데 알을 까지 않고 딱딱한 은박지에 싸인 채로 그냥 홀러덩 넘기다 보니 목에 걸려 네모난 은박지가 그대로 보이는 게 아닌가? 버스가 출발한다고 방송을 하니 급한 나머지 알약을 나도 모르게 은박지에 싸인 채로 꿀꺽 삼킨 탓이다.

그런데 의사 왈, 자기는 목에 걸린 은박지를 뺄 수 없으니 더 큰 병원에 가 보란다. 할 수 없이 더 큰 도립병원에 택시를 타고 갔다. 시간은 밤 10시경, 도립병원 응급 의사도 처치할 수 없다고 손을 저으며 이비인후과 전문의가 있는 병원으로 가보란다.

밤이 늦어 할 수 없이 우리 식구들은 다시 김천역에서 대구행 열차로 갈아타고 동대구로 향했다. 목을 움켜잡고 간신히 숨을 쉬며 이를 악물고 고통을 참고 참았다.

마침내 동대구 도착하자 잽싸게 택시를 타고 경북대학 병원 응급실로 갔다. 또다시 엑스레이를 찍었다. 지난 병원에서 찍은 것과 똑같았다. 딱딱한 은박지가 목줄에 걸려 있다. 곧 조치해 줄 줄 알았는데 응급 의사는 또 자기는 자신 없다면서 계명대 병원 이비인후과에 이물질 제거하는 유명한 의사가 있다며 거기로 가보란다. 그야말로 응급실 뺑뺑이다.

짜증이 났으나 할 수 없어 계명대 병원 응급실로 달려갔다. 밤 2시경 계명대 응급 의사가 엑스레이 사진을 보더니 모처로 전화를 건다. 고통 속에서도 전화로 주고받는 얘기가 들린다.

"환자가 숨을 쉬는 것으로 보아 기도가 막힌 건 아닌 것 같습니다."

그러더니 응급 의사가 내일 아침 담당 의사가 나오니 그때까지 좀 참으란다. 급하지 않으니 담당 의사가 밤중에 나오기 싫다는 뜻이다. 남은 고통스러워 죽겠는데! 그날의 저녁과 밤 시간은 얼마나 길고 지루한지…. 밤새 숨을 헐떡이며 눈 빠지게 날이 새기를 기다리다 드디어 날이 밝았다.

9시쯤 나타난 이비인후과 주치의는 머리가 하얗게 센 연세가 지굿한 분이다. 나를 보더니 침대에 누우란다. 그리곤 느닷없이 경비원을 부른다. 건장한 두 명의 경비원이 들어오더니 나의 팔다리를 꼼짝 못 하도록 누르는 게 아닌가.

의사는 반짝반짝 빛나는 철제 파이프를 들고 나온다. 길이는 50~60cm 정도, 꼭 가정의 수도관만 한 굵기다. 내 머리를 뒤로 제치고 이 파이프를 목구멍에 집어넣는다. 그리곤 숨을 깊이 들이쉬고 내쉬란다.

마취도 하지 않고 그냥 넣으니 고통이 말할 수 없다. 숨 한 번 쉴 때마다 1mm 정도 들어가려나… 약 30분 동안 넣는데 칼로 목구멍을 도려내는 아픔이다.

생전 다시는 생각하고 싶지 않은 그 고통은 차라리 죽는 게 낫겠다는 생각마저 든다. 이윽고 파이프가 다 들어갔는지 의사가 머리에 쓴 거울을 보며 긴 집게로 목구멍에 걸린 은박지를 꺼내는 듯 집게를 이리저리 휘젓는다.

그리고 다시 파이프를 꺼낸다. 꺼낼 때도 조금씩 숨을 쉬어가며 꺼내니 똑같은 시간이 걸린다. 꺼낼 때도 역시 살이 찢기는 아픔의 연속이다.

의사는 나를 앉혀 놓고 기침을 해보란다. 기침을 할 힘이 없어 제대로 못 하자 등허리를 후려친다. 그리고는 다시 눕혀 놓고 한 번 더 파이프를 넣어 보자고 한다. 은박지를 못 꺼냈다는 것이다. 나를 경비원이 꼼짝 못하게 누르며 두 번씩이나 겪게 하는 고통!

그야말로 돼지 멱따는 형국이다.

두 번째도 파이프를 통해 이물질인 은박지를 못 끄집어내자 의사는 "위 속으로 은박지가 넘어간 것 같으니 변을 볼 때 변 속에서 찾으면 될 거예요" 하며 치료를 끝낸다.

엄청난 고통의 시간이 지나자 진짜 은박지가 넘어간 건지 숨쉬기가 한결 편했다. 약 한 톨 먹은 일 없이 잠시 후 씻은 듯 정상으로 돌아왔다. 다행이었다.

집에 와 이틀 후 변 속에서 드디어 그 은박지를 발견했다. 얼마나 반가운지 나는 그 고통 이후 웬만한 아픔은 쉽게 참는 인내심이 생겼다. 목을 찢는 그 아픔은 생각만 해도 목이 저려온다.

보통 위장 건강검진 시 고통 때문에 수면 내시경을 하는 사람이 많다. 나는 수면 마취 없이 늘 그냥 한다. 그때의 파이프 고통에 비하면 말랑한 고무호스를 목에 넣는 건 식은 죽 먹기다. 경험으로 학습된 인내력이다.

찬찬하지 못하고 텀벙대다 당한 목을 찢는 그 아픔! 도저히 잊을 수 없는 삶의 한 토막이다. 나의 이 소중한 경험으로 언제나 행동이 차분하고 서두르지 않아야 된다는 교훈을 얻었다. 나이가 들수록 조급해하지 않고 진중한 행동이 필요하다.

미스 김과 김 양

회사에 입사한 지 얼마 되지 않은 날이다. 용건이 있어 본사로 전화할 일이 있었다.

"여보세요! 거기 김명자 씨 좀 바꿔 주세요."

잠시 후, "네, 제가 김명자인데요. 절 찾았어요?" 하는 목소리가 아주 상냥하며 젊은 아가씨 목소리 같다. 대충 용건을 얘기하고 전화를 끊었다.

그런데 깜박 잊은 것이 있어 다시 전화를 걸었다. 남자 직원이 받는다. "거기 방금 통화한 김 양 좀 바꿔주세요"라고 했더니 전화 받는 분이 "김 양?" 하며 얼핏 시큰둥 귀찮아하는 듯하더니 바꿔 준다.

"김 양이세요? 저 아까 말씀드린 것 중에 빠진 게 있어서 다시 전하려고…."

말을 이어가는데 응답하는 목소리가 처음 듣는 목소리와는 영딴판이다. 상냥스러운 음성이 갑자기 날카로운 음성으로 바뀌었다.

"아니, 그걸 나보고 고치라고요? 제대로 좀 써서 다시 보내욧!"

별것도 아닌 하찮은 부탁인데 대꾸가 쌀쌀맞기 그지없다.

"김 양! 미안합니다" 하고 전화를 끊었다.

잠시 후 본사에서 전화가 왔다.

"성상용 씨죠?"

"네, 접니다."

"지금 본사로 좀 와요. 빨리 오세요."

나의 첫 전화를 받은 그 남자다.

신입사원인 나를 부를 까닭이 없을 텐데 무슨 일로 부를까 의아해하면서 수원 공장에서 서울 본사로 향했다. 가면서 빨리 오라는 그 남자의 굵은 목소리가 자꾸 신경 쓰였다. 갓 입사한 신입생을 굳이 본사까지 불러올릴 만큼 용건이 뭔가 잘못됐나 내심 걱정하면서 본사 사무실로 들어섰다.

통화한 남자 직원을 만났다. 자리에 앉으라 하고는 대뜸 하는 말이 "성상용 씨! 어디서 그런 말버릇 배웠어요? 김 양이 뭐예요!" 한다. 나는 되받았다.

"아니 선배님, 김 양이라고 한 게 뭐 잘못됐습니까?"

"이봐요, 그분이 과장님이에요. 과장! 김 과장님이라고 해야지요!"

나는 과장인 줄 전혀 몰랐다고 했다.

"그럼 설사 과장인 걸 몰랐다고 합시다. 그럼 김 양이라니, 말이 됩니까? 미스 김이라고 불러야죠. 건방지게 겁도 없이 당신 몇 살이오!"

그제야 나를 부른 까닭을 알았다. 나는 경상도 토박이로 우리 시골 지방에서 결혼 안 한 처녀를 보고 미스 김!이라고 하지 않고 그냥 김 양!으로 호칭했다. 직책이 있으면 당연 성 뒤에 직함을 넣어 부르지만 경상도 사람은 미스 김보다 김 양의 호칭을 훨씬 많이 썼다. 사실 미스 김이나 김 양이나 한 치도 틀리지 않는 똑같은 뜻 아닌가?

영어로 호칭하면 존칭이 된다는 법은 어디 있는가? 단순히 관습일 뿐, 특히 서울 사람이 민감하다는 걸 나중에야 깨달았다. 김 양하면 그건 하대해도 될 사환이나 심부름하는 나이 어린 애들한테나 쓰는 거란다.

지금 생각하면 새까만 신입사원이 나이 많은 선배 여직원 보고 더욱이 과장 직책을 가진 분에게 김 양 했으니 혼날 만도 했다. 그런데 사회에 통용되는 관습을 고치기야 힘들겠지만 따지고 보면 미스 김보다 우리말 김 양이 오히려 더 다정다감한 느낌으로 들리지 않는가?

한글이 세계적 언어라 했는데 미혼 여성을 두고 굳이 꼭 김 양이 아닌 미스 김이라고 해야 하는가? 김 양!보다 결코 존칭으로 보고 싶지 않다. 호칭이야 이름까지 알거나 직책을 알면 그대로 불러주면 되지만 성만 알 때는 난감하다. 가능한 듣는 사람이 좋아하는 명칭으로 불러 주는 게 맞겠지만 난 지금도 여전히 김 양이라고 부르고 싶다. 미스 김보다 훨씬 다정한 말로 들리니까.

그런 나의 생각을 요즘 젊은이들이 알면 틀림없이 꼰대라고 여길 테니까 나의 고민만 깊어져 간다.

70대가 황금기라고?

인생의 황금기는 과연 어느 때일까?

이팔청춘 16세? 20대? 아님, 30대? 다 케케묵은 얘기다. 젊다는 사실만으로 인생의 황금기라 할 수 있을까? 몇 해 전 어느 교수가 『아프니까 청춘이다』라는 책을 펴내 베스트셀러가 된 적이 있다.

요즘 한창 나이인 젊은이의 감수성으로는 의식에 맞지 않는다. '아프면 환자다'라고 되받을지 모른다. 취업 걱정에다 자기 앞가림하기도 바쁜 청년을 두고 젊은 때가 좋다고 하면 사정을 모르는 꼰대 같은 소리라 할지 모른다.

민태원 작가는 그의 유명한 수필 『청춘예찬』에서 청춘의 피는 끓는다, 끓는 심장은 거선巨船의 기관機關처럼 힘이 있다고 예찬했다. 요즘 청춘의 피는 끓을지 모르지만 걱정이 태산이다. 기관은 헛돌 뿐이다. 정작 끓는 건 성질이다. 세파에 시달려 내는 화뿐이다.

40, 50대도 마찬가지다. 일에 파묻히고 애들 키우랴, 가정을 돌보랴 온갖 풍상을 겪는 그 시절이 과연 좋을까? 어렵고 바쁘고 힘든 젊은 시절을 황금기라고 함은 잘못이다.

옛날에는 60까지 살면 오래 살았다고 회갑연을 했다. 100세 시대, 이제는 60부터 인생의 시작이라 하니 격세지감이다. 70은 갓 10살이다. 푸른 꿈을 꿀 나이다. 노학자 106세 김형석 교수도 살아 보니 70 전후가 황금기였다고 하셨다.

지금은 70이 넘어도 건강한 체력과 경제력을 바탕으로 사회 활동을 하는 시니어도 많다. 이른바 '노노족'이라는 유행어가 있다. 영어 'No'와 한자 '늙을 노老'를 합성한 말로 늙음을 의식하지 않고 활발하게 일하는 엑티브 시니어를 일컫는 말이다.

그런데 70대를 한창 일할 나이로 착각하고 노노족처럼 되는 것도 문제다. 건강을 과신하고 너무 일에 몰두한 나머지 어느 날 갑자기 비명횡사하는 경우도 있다. 70이 넘어가면 몸이 노쇠해 가는 자연의 이치를 어찌하랴.

일을 하더라도 건강을 위해 쉬어 가며 해야 한다. 일과 여유를 함께 즐길 나이가 딱 70대다. 망팔望八의 나이에 내공이 쌓여 돈을 벌며 여유를 즐기는 사람은 복 받은 행운아다.

70대는 돈보다 건강과 여가를 우선시할 때다. 넓게 보면 취미생활도 일이다. 남을 위해 봉사하는 일, 독서와 글쓰기, 교양을 높이는 일, 꽃을 가꾸는 일, 그간 접해보지 못한 음악, 미술 등을 배우는 것도 일에 속한다.

70대는 축구의 링크 같은 포지션이다. 장년과 노년을 이어 주는 허리 같은 역할이다. 공을 공격수에게 잘 연결해 줄 때 골이 난다. 다가올 80대, 90대, 인생의 마무리 성공 여부도 70대가 좌우한다.

올해 발표된 평균 수명이 83.3세라 한다. 곧 85세가 평균 수명이 된다. 70대는 한창 살아갈 연령대다. 70대는 그간 긴 야생의 삶을 용케 살아온 스스로를 위로하며 주변에 도움 줄 사람이 없는지도 살펴볼 때다. 갖고 싶은 마음보다 주고 싶은 마음을 충족시킬 때 훨씬 더 행복감을 느낀다.

김형석 교수는 30까지는 배우고 60까지는 일하고 70부터는 사회에 환원하는 삶을 살아야 한다고 하셨다. 자선, 나눔, 배려, 봉사라는 단어의 뜻을 실현시켜 보는 것도 70대의 과제다.

따져 보면 70대가 가장 살맛 나는 시기다. 누구를 의식해 눈치볼 필요도 없고 간섭받지 않고 살아갈 나이다. 마누라 외에는 상사가 없다. 슬리퍼에 헐렁한 바지를 입고 동네를 쏘다녀도 누가 뭐라 할 사람이 없다.

남과 비교하지 않아도 되는 나이, 질투와 원망 없이 사랑과 온정을 베풀 수 있는 나이, 감사를 생활화하는 나이, 있는 대로 입고 먹고, 편안한 대로 행동할 수 있는 나이가 70대.

공자는 일찍이 70의 나이를 종심소욕불유구從心所慾不踰矩라 했다. 줄여서 종심從心이다. 사실 공자는 성인이라고 하지만 부인과 이혼하고 그의 아들에게는 어머니를 못 만나게 하여 천륜을 거스른 행동을 한 사람이다. 이혼한 사유도 철 따라 제철 반찬을 만들지 못하고 밥상도 가지런히 정돈해서 차리지 않는다고 아내를 소박했다.

요즘 같으면 말도 안 되는 소리다. 공자는 그가 말한 종심소욕불유구가 아닌 종심소욕수유구從心所慾雖踰矩를 행한 사람이다. 공자조차도 비록 도리에 어긋나더라도 내 맘대로 사는 게 좋다고 했다.

종심從心, 가만 생각하면 내 편한 대로 할 수 있는 자유, 하기 싫은 것은 안 할 자유, 이 얼마나 편한 70대인가? 내 맘대로라도 타인에게 불편을 줘서는 안 되지만 내키는 대로의 삶, 이 얼마나 푸근하고 여유로운 삶인가?

70대는 귀신도 무서워하지 않을 나이라 했다. 두려울 게 뭐 있는가? 거침없이 사는 70대, 행복이 무엇인지 확실히 깨닫는 나이다. 70대는 결코 거선의 힘찬 기관을 부러워 않는 나이이다. 돛을 단 배가 낫다고 여긴다. 훈풍에 잔잔한 수평선을 미끄러지듯 천천히 파도를 헤치며 유유히 뱃놀이를 즐기는 나이가 70대다.

가끔은 따라오다 사라지는 갈매기를 보듯 손주들의 재롱도 보고, 갑자기 덮치는 파도를 만나듯 어쩌다 삶에 부대낄 때도 있지만, 그게 인생의 희로애락喜怒哀樂이란 걸 금세 깨닫고 평온해지는 것도 70대다.

진정 70대는 인생의 황금기임에 틀림없다.
70대여 영원하라! 70대 만만세!!

PART 6

지혜를 배우다

친구와 자주 만나 밥 먹고 떠드는 것이
건강에 많은 도움을 준다.
수다는 쓸데없는 짓이 아니라
아주 쓸모 있는 짓이다.
헛소리나 농담, 웃음은 정신 건강에 큰 보약이다.

백두산 가자

노인들의 로망으로 유행한 '9988234'란 말이 있다. 99세까지 팔팔하게 살다가 이틀이나 사흘만 아프다가 죽자는 뜻이다.

100세 장수시대를 맞은 요즘 새로 생긴 유행어가 '백두산 가자'란다. 북녘에 있는 백두산에 가자는 말이 아니다. 이 말의 뜻은 102살까지 살자는 의미다. 인간의 수명이 계속 늘어나고 있으니 앞으로 또 어떤 유행어가 나올지 모른다.

성경에 보면 최초의 인간인 아담은 하나님 말씀을 거역한 죄가 있음에도 930살까지 살았다_{창세기 5장 5절}고 기록되어 있다. 출애굽을 한 모세도 120살을 살았다고 한다.

이러다간 '아담처럼 살다 가자', '모세만큼 살자'란 말이 유행어로 나오지 말란 법도 없다. 믿거나 말거나지만 현대인의 상식으론 이해가 가지 않는다.

우리나라도 빠른 속도로 인구가 노령화되고 있다. 고령화 속도가 OECD 국가 중 최고로 빠르다는 통계가 있으니 몇 년 안에 한국은 세계 최고의 노인 국가가 될 것이다. 가는 세월을 붙잡거나 정지시킬 수 없으니 사실로 받아들여야 하는데, 과연 노인의 삶은 어떻게 살아야 바람직한 삶인지 다급한 과제가 아닐 수 없다.

노년에 들어서면 가장 큰 소망이 건강하게 살다가 적당히 며칠만 아프다 세상을 떠나고 싶어 한다. 연세가 높은 분들은 자다가 죽는 게 소원이라고 한다.

그러나 자다가 갑자기 당하는 죽음은 본인에게나 남은 자들에게 허무함과 아쉬움을 남긴다. 마지막 눈을 감기 전에 보고 싶은 사람들도 보고, 하고 싶은 말도 남기려면 적어도 2~3일은 아프다가 눈을 감는 것이 행복한 죽음일 것이다.

현재 우리나라의 평균 수명이 여자가 86.4세, 남자가 80.6세이다. 평균 수명이 늘어났다고 좋아할 것만은 아니다. 건강심사평가원에서 조사한 노후의 삶 평균을 살펴보면 남자는 13년을 병마와 투병하며 살다 가고, 여자는 9년 8개월을 병과 싸우다 간다는 통계가 나와 있다. 평균 수명이 늘어난 만큼 병마와 투병하는 고통의 시간도 그만큼 늘어났다는 것이다.

멀쩡하던 사람이 갑자기 심장마비로 가지 않는 이상 대부분의 노인들은 마지막에는 길게 혹은 짧게 투병하다가 세상을 떠난다. 나이 많은 노인에게 가장 무서운 병은 무엇인가. 암도 무섭지만 뇌혈관 질환이다. 뇌출혈이나 뇌경색도 있지만 무서운 병은 치매가 아닐까 싶다.

정상적인 사고思考로 내 몸을 내 맘대로 움직일 수가 없고 뇌의 인지 기능과 기억 상실로 인하여 엉뚱한 말과 엉뚱한 행동을 하게 된다. 이 병은 서서히 지속되기에 본인은 물론이고 돌보는 가족까지 고통을 준다. 누구나 나만은 비껴가고 싶은 치매이지만 발병이 되면 현대 의학으론 완치가 어렵기에 참 나쁜 질병이다.

치매에 걸리는 가장 큰 이유는 노화다. 80세 이상의 40%가 치매 전 인지장애 환자라고 한다. 그럼 노화를 막을 수는 없는가 하는 질문에 답하려면 먼저 왜 노화가 되는가를 알아야 한다.

우리 몸은 수십 개 조의 세포로 이루어졌다. 그 세포는 끊임없이 죽고 새로 태어나기를 반복하는데 그때마다 각 세포의 끝에 마치 손가락 끝의 손톱 같은 존재인 '텔로미어'라는 염색체가 있다고 한다.

이 세포가 분열을 할 때마다 그 길이가 조금씩 짧아진다. 세포의 생멸 주기는 피부세포가 28일, 뼈세포가 200일, 적혈구가 120일, 장내 점막세포는 3~5일이란다.

이렇듯 우리 몸을 형성하는 기관별로 세포의 생멸 주기가 있기 때문에 피부에 상처가 생기면 저절로 딱지가 앉고 새살이 돋아나는 것이다. 세포가 주기별로 생명을 거듭할 때마다 텔로미어의 길이가 짧아져서 더 줄어들 수 없는 지점에 이르면 결국 사망한다고 한다.

그렇다면 텔로미어를 짧아지지 않게 한다면 노화를 늦출 수 있다는 얘기다. 뇌 손상을 입었을 때 언어 중추 세포가 손상되면 말을 못하게 되고, 운동 중추 세포가 손상되면 몸을 마음대로 움직일 수 없다.

한때 뇌세포는 한번 손상되면 재생되지 않는다는 설이 있었으나 꾸준한 운동과 치료로 뇌세포도 재생된다는 논문이 여러 편 발표되었다. 이는 정지되었던 뇌세포가 세포 분열 활동을 통해 텔로미어의 길이가 늘어났다는 결과다. 즉, 뇌세포마저 운동으로 노화를 늦추었다는 얘기다.

나이가 들면 누구나 건망증도 많이 겪게 된다. 그때마다 혹시 치매 전조 증상이 아닐까 불안해하기도 한다. 나도 대화를 하다가 적당한 단어가 생각나지 않거나, 모임에서 인사를 받고도 누구인지 생각나지 않아 당황스러울 때가 있다.

바로 그런 건망증을 이겨 내는 방법이 있다. 잠자기 전에 생각이 나지 않았던 단어나 사람 이름을 노트에 열 번씩 쓰는 습관을 가지면 도움이 된다고 한다. 그렇게 지속하다 보면 짧아지기만 하던 뇌세포의 텔로미어 길이가 다시 늘어난다고 하니 치매 예방으로 실천해 볼만한 일이다.

텔로미어를 통해 세포의 노화 메커니즘을 규명한 사람은 노벨 생리학상 수상자인 캘리포니아대학의 엘리자베스 블랙번Elizabeth

Blackburn 교수와 존스홉킨스 의과대학의 캐롤 그레이더Carol Greider 교수 등으로, 이들에 의해 밝혀진 과학적 사실이다.

그럼 텔로미어의 길이가 줄어드는 것을 생활 속에서 최대한 늦출 수 있는 방법은 없을까. 수많은 의사들의 연구 결과를 토대로 실천할 수 있는 방법을 찾은 게 있다.

첫째, 스트레스를 줄여야 한다. 그 방법으로 명상을 권한다. 하루에 20~30분의 명상은 스트레스를 줄이고 텔로미어를 보호한다고 하니 노후의 삶에서 비교적 쉽게 실천할 수 있는 일이다.

둘째, 걷기와 적당한 운동이다. '맨발 걷기'와 '슬로우 조깅'은 노인들에게 알맞은 운동이다. 특히 근력이 아주 중요하다. 엉덩이와 허벅지, 종아리 근육의 상태가 건강의 척도란다. 쓰지 않는 근육은 급격히 소실되기 때문에 적당한 운동으로 근육이 유지되도록 해야 한다.

셋째, 사회적 유대감도 중요하다. 친구와의 교류가 장수에 큰 도움을 준다. 또 한두 가지라도 남을 위한 봉사 활동을 하는 것도 자존감과 삶의 의미를 높이고 뇌 건강에도 아주 좋다고 한다.

넷째, 섭생으로 항산화제가 들어가 있는 베리류의 식단을 권하고 있다. 또 칼로리를 제한하는 것도 중요하다. 과식을 피하고 소식을 하는 것이 좋다.

다섯째, 유해 환경을 피하고 수면이 중요하다. 가능하다면 비타민과 텔로미어제라는 보조 식품의 도움을 받는 것도 좋다.

또 중요한 게 있다. 매사 '긍정적 사고'다. 즐겁게 살아야 질병도 없고 노화도 느리고 뇌도 건강하여 치매도 물리칠 수 있다. 매사 웃으며 즐거운 삶을 살도록 노력해야 한다. 화를 내거나 불평불만을 토로할 때 몸속의 세포가 먼저 반응하기 때문에 마인드 컨트롤을 통하여 늘 수용적 태도를 갖는 게 중요하다.

긍정적 사고에 관해 어느 노익장老益壯이 이런 말을 했다.

"나는 늙는 것도 참 행복하다고 느낀다.
어떤 사람은 소년 시절에 요절했고, 어떤 사람은 청년 시절에 일찍 갔고, 어떤 사람은 화장실에서 넘어지는 황당한 사고로 세상을 등졌다.
그러나 나는 지금까지 하늘이 준 천수를 누리며 무사하게 살아왔으니 이는 천우신조요, 필시 행운이 나를 돌봄이니 이에 감사하고 만족하리라.
해마다 수많은 사람이 질병으로 죽어가는데 지금 나는 배고프면 먹고, 졸리면 자고, 생각나면 전화하고, 보고 싶으면 만나고, 필요하면 구입하고, 어디 가고 싶으면 달려가고… 나는 참으로 복 받은 행운아다.”

위의 말은 지극히 평범한 말이지만 이런 긍적적 사고가 텔로미어의 길이를 늘여 치매를 예방하며 건강하게 사는 비결이라 할 수 있다. 흔히 ‘목숨은 하늘에 달렸고 건강은 본인의 노력에 달렸다’고 했다. 당연한 말이다.

노년들이여! 건강비법이 따로 없다. 이런 평범하고 당연한 말이 장수의 진리다. 곧 백두산으로 가는 길이다.

노후라도 돈 벌 곳은
천지 삐까리

인생도 사업도 절망은 없다. 궁하면 통한다는 말이 있다.

IMF는 잊을 수 없는 내 인생의 변곡점이자 위기를 찬스로 만드는 기회이기도 했다. 1997년부터 시작된 IMF 금융위기는 기억조차 하기 싫은 암울한 경제 환경이었다. 연 40%의 살인적 고금리에 부동산 매물은 넘쳐나고 기업은 문을 닫고 실업자는 거리로 쏟아져 나왔다. 현금을 많이 가진 사람만이 부자 행세를 했다.

나 역시 그간 맡았던 렉스필드CC 건설공사가 중단되어 무료하게 지낼 수밖에 없었다. 이 어려움을 어떻게 극복해야 하느냐는 초미의 관심사였다. 이대로 가다간 끼니도 못 이을 궁핍한 생활이 닥칠지 모른다는 불안감에 휩싸였다. 집에서 마냥 빈둥거릴 수는 없어 궁여지책의 고심 끝에 아이디어 하나를 생각해 냈다. 골프부킹을 상품화하여 돈을 벌자는 착상이다.

골프장 근무 경험상 비회원은 골프부킹이 매우 어려웠고 특히 주말 부킹은 하늘의 별 따기였다. 남는 여유 부킹타임을 인터넷에 올려 부킹이 성사될 때 이용 수수료를 받으면 돈이 될 성싶었다. 무엇보다 회원권이 없는 일반 골퍼들이 반색할 거라 생각됐다.

골프장 측 입장에서는 평일엔 비어 있는 부킹타임이 수두룩했고 주말도 비가 예보되거나 사정이 생겨 못 나오는 팀이 있으면 그대로 빈 시간으로 손실이 된다. 시간은 곧 돈인데 이걸 인터넷상에 실시간으로 남는 부킹타임을 올려 골퍼들과 골프장을 연결시켜주면 서로가 윈윈될 거라는 생각에서 착안한 것이다. 틈새시장인 셈이다.

부킹 수수료는 평일은 건당 2,000원 주말은 4,000원 정도 받아 이걸 수입으로 잡자고 생각했다. 지금이야 인터넷으로 온갖 물품을 구입하는 시대지만 그 당시는 획기적 발상이었다. 90년대 중반에 인터넷이 생겨 향후 유망 사업이 될 거라는 추측이야 있었지만 초기에는 난관이 많았다.

첫째, 아직 일반인은 인터넷에 생소해 대중성이 없었고 둘째, 통신 환경이 열악하여 접근 자체가 어려웠다. 두루넷이란 통신망이 있었지만 1분 정도 지나야 비로소 화면이 뜨는 느려터진 케이블로는 사업을 할 수 없는 정도였다.

하지만 나는 미래를 보고 과감히 승부수를 띄웠다. 앞으로 잘만 하면 대박이 된다는 꿈에 부풀어 투자를 했다. 투자라고 해봐야 사무실을 빌리고 직원 인건비에 컴퓨터 등 사무집기를 구입하는 금액 정도였지만 나로서는 남아 있는 돈을 끌어다 쓰는 큰돈이었고 모험이었다. 안 되면 쪽박신세지만 위기는 또 다른 기회라는 신념을 굽히지 않았다.

강남역 근처에 있는 코리아빌딩의 20층 한 간을 임대했다. 퇴직한 전산 직원을 고용해 부킹시스템을 개발하기 시작했다. 첫 사업이라 어느 누구에게 물을 수도 없고 벤치마킹할 데도 없었다. 오직 나의 머리만 믿고 밤이 이슥하도록 전산개발에 몰두했다.

98년 봄이라 기억된다. 드디어 한국 최초 아니, 세계 최초 인터넷 골프부킹 시스템이 개발되었다. 이름을 '골프토피아'로 짓고 주소는 www.golftopia.com으로 등록했다. 다음 문제는 광고와 홍보였다.

고객인 골퍼들과 골프장이 이 시스템의 편의성을 알아야 써먹을 텐데 알리는데 돈이 필요했다. 당시 몇몇 신문에 광고하려니 최소 5천만 원 이상의 돈이 들었다. 이를 아끼고자 발로 뛰기로 했다.

광고 전단지를 만들어 골프 연습장에 세워둔 골퍼들의 차에 뿌리면 효과가 있을 것이라 보고, 전단지 내용에는 "회원권 없어도 골프부킹을 내 마음대로!"라는 카피 문구를 넣고 인터넷 주소도 크게 넣었다. 이걸 명함 크기만 하게 만들어 승용차 창틀에 꽂았다. 연습장 경비원은 버려지는 전단지 청소가 힘들다고 나가라고 고함친다. 양해해 달라고 담뱃값으로 회유도 하며 열심히 꽂았다.

연습장이 제일 붐비는 시간이 퇴근 후 저녁 무렵이다. 으슥한 밤길을 집사람과 함께 돌아다니며 수없는 전단지를 돌렸다. 그 전단지를 얼마나 보느냐 궁금하여 골목길 모퉁이에 숨어 지켜보면 10명 중 대부분 버리지만 1~2명은 포켓에 넣어갔다.

'됐다! 100장을 뿌린다면 10~20명이 우리 사이트를 열어 볼 것이다. 편리하다고 여기면 그들의 입소문을 타고 내 사이트가 뜰 것이다.'

나는 기대를 갖고 전단지를 수시로 뿌리고 다녔다. 삼성에서 배운 '안 되면 되게 하라', 'I can do!' 정신의 발로다. 홍보 전략은 돈 들이지 않고 진행되었다. 골프장 사장들은 친분 있는 사람이 많았기에 그들에게 남는 부킹타임을 실어 달라고 읍소했다.

얼마간의 시일이 지나자 사이트가 제법 수요 공급의 밸런스를 맞추며 틀이 잡혀가고 안정되어 갔다. 처음에는 하루 몇십 명 정도만 부킹을 하더니 광光 케이블이 나와 접속 속도도 빨라지며 부킹 편의성이 입증되자 몇 달 안 되어 몇백 명으로 불어났고 가입 회원 수도 몇천 명으로 늘어났다. 입금 구좌에는 자동적으로 돈이 수북이 쌓여 갔다. 이용객 수는 만여 명에 달했다.

나는 이 양질의 고객을 대상으로 골프 쇼핑몰도 구상하고 더 넓혀 향후 종합 인터넷 쇼핑 사이트로 만들자는 원대한 구상도 품었다. 당시 나와 같이 출발한 '인터파크' 사이트도 지금 큰 기업으로 발전했지만 그때 내가 꿈꾸던 사이트가 바로 지금의 '쿠팡'과 같은 기업이었다. 벌써 25년 전에 생각해 낸 나의 아이디어인데 그걸 못 이룬 게 안타깝지만 사업 운運이라 여겨 후회는 없다.

잘되는 골프토피아 인터넷 사업을 그만둔 이유는 인간관계 때문이다. IMF 금융 위기가 차차 안정되어 가면서 금리가 내리자 렉스필드CC 공사가 다시 재개되었다. 렉스필드 오너이신 웅진그룹의 윤석금 회장님이 다시 부르니 복직하지 않을 수 없었다.

지금 생각하면 고마운 것이 IMF 당시 웅진이 그렇게 어려웠지만 몇 개월만 월급을 못 주셨지, 계속 월급을 보내 주시니 의리상 다시 가지 않을 수가 없었다. 어려운 시기에 보살펴 주신 은덕을 잊을 수가 없다. 일신상의 부富를 위해 사표를 냈더라면 배신행위나 다를 바 없다.

나는 흔쾌히 복직하여 렉스필드를 명문 클럽으로 탄생시키는 데 온 힘을 쏟았다. 지금 생각하면 인터넷 사업을 계속 했더라면 돈을 엄청나게 벌었을 텐데 하는 미련이야 남았지만 그때 판단이 옳았다고 여긴다.

돈보다는 의리를, 인간관계에서 인생의 흠결을 남겨서는 안 된다는 생각에서였다. 몇몇 오너분들을 모셔 봤지만 그분만큼 성품이 인자하시고 존경심이 우러나는 분도 사실 없었기에 아끼고 키운 부킹 사이트를 기꺼이 포기했다.

렉스필드로 복직 후 골프토피아 사이트를 매물로 내어놓자 SBS

에서 매입 의사를 밝혀 와 매각하니 투자 대비 수익을 벌게 되었다. 지금까지도 인터넷 골프부킹으로는 한국의 효시이자 최고의 사이트로 잘 운영되고 있다. 젊은 시절 한때 온 정력을 쏟아부어 탄생시킨 골프토피아 사이트는 엄혹했던 IMF 시절, 위기를 찬스로 만든 나의 역작이자 내 삶의 흔적이다.

"구하라 그러면 얻어진다"라는 말이 있다. 노후에 빈곤으로 고통받는 사람이 많다고 한다. 나에겐 이해가 안 가는 말이다. 돈을 벌기 위해 노력하면 돈이 들어온다.

나는 젊을 때부터 돈 버는 일이 어렵지 않았다. 신문 돌리는 알바 일부터 시작하여 회사 다니면서 탁구장도 차려 봤고 커피 자판기를 사서 커피도 팔아 봤다.

어떤 궂은일이라도 돈 버는데 머리를 쓰고 팔을 걷어붙였다. 결과는 노력한 만큼 돈이 들어오더라는 것이다. 비록 큰돈이 아니었지만, 만일 지금도 빈곤이 나를 불편하게 한다면 돈 버는 데 주저함이 없을 것이다.

노후라도 노력하면 돈이 생긴다. 경상도 말로 "일자리는 천지 삐까리"다.

확실한 장수의 비결

건강하게 오래 사는 건 모든 사람들의 소망이다.

장수를 위한 정보가 차고 넘친다. 운동하라, 근육을 키워라, 과식을 삼가라, 짜게 먹지 마라, 물을 자주 마셔라, 잠을 잘 자라, 머리를 두드려라, 걸어라, 걸어도 황톳길이 좋다, 바닷가 갯벌이 더 좋다 등 모두 다 맞는 말이고 일리가 있다.

사람마다 자기가 선호하는 운동도 있고 가리는 음식도 있지만 누구에게나 공통적으로 반드시 필요한 게 있다. 바로 '대화와 교류'다. 살아가는 데 대화 상대가 있어야 하고 말을 나눌 수 있는 사람이 곁에 있어야 장수한다는 것이다. 독신자보다 부부가 함께 사는 사람이 훨씬 오래 산다는 것은 통계상으로 이미 증명되어 있다.

일본 동경대 의대에서 나온 신체 활력에 관한 연구 결과가 있다. 하루 한 번 이상 외출하는 사람을 외출족으로, 일주일에 한 번 이상 친구나 지인을 만나는 사람을 교류족으로 분류하고 4년 뒤 이들을 조사했다. 그 결과 신체적 건강이 훨씬 좋은 부류가 교류족이었다는 결과를 얻었다고 한다.

즉, 혼자 자주 등산을 하거나 운동을 한 사람보다는 여럿이 모여 자주 대화를 하고 깔깔대며 웃는 사람이 더 신체적으로 건강했다는 것이다. 만남, 어울림, 수다, 웃음, 감사하는 생활 등 생활 속에 일어나는 교류 행위가 장수에 도움이 된다는 사실이다.

나이가 많을수록 집에 있기보다는 외출하는 것이 낫다. 또 외출만 하는 사람보다는 친구와 교류하는 사람이 더 건강하다는 얘기다. 교류족이 정신적으로 우울증이나 치매가 적고 육체적으로도 튼튼하고 활력이 있어 장수한다.

얼마 전 작고하신 문화계 거목인 이어령 교수님도 죽음을 앞두고 얘기한 『마지막 수업』이란 책에서 친구와 밥 먹고 커피 마시며 수다를 떠는 사람들이 부러웠는데 자기는 시간이 없어 그렇게 하지 못해 뒤늦게 후회한다고 하셨다.

이 교수님은 돌아가시기 전, 한 인터뷰에서 "나에게는 친구가 없다. 나의 삶은 실패했다. 혼자서 나의 그림자만 보고 달려왔던 삶이다. 동행자 없이 숨 가쁘게 여기까지 달려왔다. 더러는 동행자가 있다고 생각하였지만 나중에 보니 경쟁자였다"라고 말씀하셨다. 교류가 부족했다는 스스로의 탄식이다.

이런 연구 결과도 있다. 영국의 장수를 연구하는 한 협회에서 세계 장수촌을 돌며 100세 이상 사는 사람들의 생활환경을 조사해 봤더니 아래 공통된 점을 발견했다고 한다.

첫째, 장수하는 사람들은 대체로 공기가 맑고 물이 좋은 지역에 산다.
둘째, 그들 옆에는 누군가 말벗이 있고 대화를 하는 상대가 있다.
셋째, 그들은 끊임없이 움직이며 늘 뭔가 하는 일을 갖고 있다.

위 3가지를 장수의 환경으로 특정했다.

이 연구 기관에서 네팔의 산중에서 밭을 일구고 홀로 사는 106세 된 노인을 인터뷰했는데 수십 년 혼자 살면서 장수하는 것이 궁금하여 장수 비결을 묻자 그도 역시 깊은 산중에 친구가 있다고 했다.

산 너머에 친구가 있어 말벗으로 친하게 지내고 서로 친구 집을 찾아 먼 길을 마다하지 않고 험준한 산길을 오간다는 것이다. 걸어 다니니 운동이 될 수밖에 없는 장수의 세 가지 요건을 완벽히 갖춘 셈이다.

또한 장수 연구 중 이채로운 사실은 장수자 중에는 담배를 피우거나 술을 마시는 사람도 많았다는 것이다. 금연, 금주가 장수에 도움은 되지만 필수는 아니라는 사실도 알았다. 위 두 기관의 공통된 연구 결과 핵심은 '교류와 운동'이라는 것이다.

식사도 중요하지만 비교적 먹거리가 풍부해진 요즘에는 못 먹어 영양실조에 걸리거나 음식섭취가 부족해서 병에 걸려 사망하는 경우보다 음식의 과다섭취로 병에 걸리는 경우가 더 많은 시대이다.

오래 사는 비결은 인간관계 교류이고 몸을 움직이는 운동에 있다. 공기 좋고 물 맑은 시골에서 살면 금상첨화겠지만 도시인에겐 쉽지 않다. 교류와 운동, 이 두 가지라도 우선적으로 실천하며 건강하게 살자.

친구와 자주 만나고 밥 먹고 수다를 떠는 것이 장수의 비결이다. 수다는 쓸데없는 짓이 아니라 아주 쓸모 있는 짓이다. 헛소리나 농담, 웃음이 정신적으로 육체적으로 보약이 된다. '교류와 운동'은 장수의 확실한 비책이다.

그라믄 안 되지라잉~

가을 단풍이 물들면 떠오르는 추억이 있다.

지리산 구경을 간다고 승용차에 아내랑 애들을 태우고 나들이에 나섰다. 창밖 단풍 풍광에 넋을 빼앗기며 지리산 부근 국도를 신나게 달리고 있는데 갑자기 삐익! 삐익! 하며 경찰차가 뒤를 바짝 쫓는다. 불을 번쩍거리며 정차하라는 신호를 보낸다.

갓길에 차를 세웠다. 경찰관 한 명이 다가오더니 경례를 척! 붙이고는, "선상님 차 좀 빨랐당께요" 하며 면허증을 내란다. 말씨로 봐서 전라도 경찰이다.

'아, 속도위반했구나.'

순간적으로 딱지를 떼고 싶지 않아 주머니에서 면허증을 꺼내고 돈을 같이 주려고 지갑을 더듬대는데 경찰관이 퉁명스런 소리로, "뒤로 오시라요"라며 가 버린다.

나는 뒤에 서 있는 순찰차로 갔다. 면허증에다 만 원을 얹어 내밀며 "아저씨, 좀 봐주세요!" 선처를 부탁했다. 즉, 딱지 떼지 말고 돈 받고 속도위반 눈감아 달라는 알량한 술수다.

그런데 경찰관이, "아니 선상님, 차 안의 애들 앞에서 돈을 꺼내면 안 되지라잉~ 애들이 뭘 배우겠어라우. 애들 교육상 그라믄 안 된당께요. 봐드릴 테니 천천히 운전하며 가시오잉~" 하며 한 마디 뱉고는 휙~ 사라진다.

나는 순간 한 대 얻어맞은 듯 멍했다. 저 경찰관이 내 자식들 교육을 걱정하며 아버지로서 그러면 못쓴다는 엄한 훈계를 한 것이 아닌가? 내 자식의 장래 인성을 걱정해 주는 그 경찰관을 보며 잘못을 뼈저리게 후회했고 부끄럽기 짝이 없었다.

요즘이야 카메라를 곳곳에 설치하여 직접 단속을 하는 일은 없지만 그때는 딱지를 몇 푼 돈으로 무마시키는 세태였기에 그만 나의 속 검은 행동이 나타났던 것이다. 그 일이 있은 후, 나를 가르친 그 구례경찰서 소속 교통경찰관을 지금껏 못 잊고 있다.

그런데 불과 그 일이 있은 며칠 후 또 다른 일이 일어났다. 경기도 광주 곤지암 톨게이트를 들어서며 통행증을 막 뽑으려는데 갑자기 교통경찰이 나타나 휙~ 통행증을 낚아채며 차를 옆으로 세우란다. 대뜸 하는 말이, "안전띠 미착용입니다"라며 딱지를 끊는다.

좀 봐달라 했지만 들은 척도 않는다. 통행증을 뺏는 그의 소행이

괘씸해서 "여보, 당신 단속은 좋은데 왜 내 통행증을 강탈해요? 그 통행증은 유가 증권이나 마찬가지요. 돈이란 말이오. 돈 뺏는 건 범죄지, 더욱이 법을 지켜야 할 경찰인데 당신도 지금 죄를 지었으니 나도 고발할 거요"라고 맞불 작전을 펴며 고함을 쳤다. 그런데 교통 단속원의 답이 가관이다.

"저희도 단속 건수도 올려야 하고, 통행증을 뺏지 않으면 달아나는 차도 있고, 또 오늘 날씨가 더운데 이곳은 그늘도 있어 여기서 단속하고 있습니다."

참, 어이가 없는 답변이다. 통행증을 담보로 하는 이 치사한 단속 방법에 화가 났다. 더욱이 경찰관이 덥다고 그늘을 찾아 단속하는 게 말이나 되나? 이런 근무 태도와 사고를 가진 경찰관과 더는 시비를 논할 가치가 없다고 생각하며 안전띠를 안 맨 나의 잘못도 있기에 순순히 딱지를 끊어 받긴 했다.

며칠 후 나는 곤지암 지역과 회사 관할 소속이기도 한 광주경찰서장을 일부러 초대해 식사 자리를 만들었다. 그 자리서 구례경찰서 교통 단속과 광주경찰서의 극명하게 대비되는 단속 방법에 대해 나름대로 서장에게 일갈했다. 서장은 연신 죄송하다며 사과를 했고, 이후 광주경찰서장 지시로 곤지암 톨게이트 단속이 없어진 건 물론이다.

나는 10월 21일 경찰의 날이 되면 해마다 경찰서나 지구대에 과

일이나 떡 등 조그만 사은품을 전달하며 그들의 노고에 감사를 표한다. 사실 그 이유는 남들은 모르지만 내심 그때의 구례 교통경찰관이 생각나서다. 내 자식 교육 걱정을 해 주며 나를 훈계하며 봐준 그 마음에 감사하고 보답하기 위해서다.

여행을 하다 보면 의외의 곳에서 의외의 사람을 만나 나 자신을 성찰하는 교훈을 얻기도 한다.

논어에 '삼인행필유아사三人行必有我師'라는 말이 있다. 세 사람만 있어도 그중에는 배울 스승이 있다는 뜻인데 의역하면 누구한테도 반드시 배울 게 있다는 뜻이다. 구례 경찰관이 그렇고 곤지암 경찰관에게도 반면교사反面教師로 배울 게 있다.

"애들 앞에서 그라믄 안 되지라잉~."

나를 부끄럽게 한 그 한마디가 지금도 귓전을 맴돌고 있다.

007가방, 007작전

군 복무 시절 얘기다.

김해 비행단에 근무하며 장교 숙소에서 생활했다. 숙소가 부산 구포역 부근에 있어 주말이나 쉬는 날이면 열차를 이용하여 대구에 있는 집에 자주 들르곤 했다.

구포역에서 열차를 타면 동대구역까지 한 시간 반 남짓 걸리는 거리다. 어느 날 여느 때나 다름없이 소지품을 이것저것 챙겨 넣은 007백을 들고 열차를 타고 대구로 향했다.

당시에는 납작하며 각이 져 있고 세련되게 보여 007백이 크게 유행했다. 백을 열차 선반에 얹어 놓고 좌석에 앉아 책을 보다 깜빡 졸았는지 눈을 뜨니 어느새 동대구역에 도착해 있는 게 아닌가?

얼른 백을 가지고 내려야겠다고 선반에 올려놓은 007가방을 찾으니, 앗차! 내 백이 없는 게 아닌가? 누가 내 백이 탐이나 훔쳐 가기라도? 그런데 바로 옆에 모양이 아주 흡사한 다른 가방이 보였다.

순간 '아! 먼저 내린 사람이 착각하여 자기 백을 두고 내 백을 가지고 내렸구나. 그럼 빨리 출구 앞에서 그 사람을 만나 서로 바뀐 백을 교환하면 되겠지'라는 생각에 남겨진 백을 급히 들고 후다닥 출구로 뛰기 시작했다. 내가 먼저 가서 백을 들어 보이며 서 있어야 하니까.

그 많은 인파를 헤집고 열심히 뛰고 있는데 갑자기 뒤에서, "저 사람 잡아라! 도둑이다!" 고함을 치고 헐레벌떡 뛰어오는 사람이 있는 게 아닌가? 내가 갑자기 날치기범이 된 셈이다.

난 그 자리에 섰다. 그 많은 사람들의 시선이 나에게 온통 쏠렸다. 뛰어온 사람은 "왜 남의 백을 들고 달아나느냐?"라며 고함쳤고, 나는 "왜 내 백을 당신이 갖고 있느냐?" 하고 시비가 붙었다.

그 사람 손에는 내 백이 들려 있었으니 서로가 남 탓이다. 그 사람도 순간적으로 잘못하여 남의 백을 들고 나오다 돌아보니 자기 백을 들고 뛰어가는 나를 보고 뒤따라 쫓아오며 고함을 친 것이다.

서로 오해가 풀리긴 했으나 언쟁을 하는 걸 보고 열차에 내린 사람들의 시선엔 누가 도둑인지 헷갈렸으리라. 실수는 그 사람이 먼저 했는데 내가 도둑으로 비쳤으니 우연한 일이지만 기분이 떨떠름한 하루였다.

여리박빙如履薄氷이라는 고사성어가 있다. 매사 조심하고 신중해야 한다는 중국의 순자가 남긴 말이다. 삶이란 살얼음 위를 걷는 것과 같으니 항상 주의를 해야 한다는 말이다.

순자는 죽음을 맞아 이제 여리박빙에서 해방이 되어 편하다면서 숨을 거두었다고 한다. 우리들의 일상엔 언제 어느 때고 위험이 닥칠 수 있고 생각지 못한 이외의 실수를 범할 수 있다.

여리박빙, 노후생활에는 꼭 필요한 격언이자 삶의 지침이다.

나는 우골탑牛骨塔 출신이다

세상에 타계하신 부모님을 그리워하지 않는 이가 있을까?

부모에 대한 그리움은 가없다. 아버님은 74세로 어머님은 89세로 타계하셨다. 옛날 분 치고는 아주 일찍 돌아가셨다고 할 수는 없지만 사무치는 그리움은 끝이 없다. 그야말로 손발이 다 닳도록 고생만 하시다 가신 두 분이다.

60, 70년대 '우골탑'이란 말이 유행한 적 있다. 학문을 연구하는 대학을 상아탑象牙塔이라 했는데, 농촌에서 소 팔고 논 팔아 오직 자식 대학 교육비에 다 쓰다 보니 대학을 상아탑 아닌 소 우牛자를 써 우골탑牛骨塔이라고 빗댔다.

당시 사회상은 가난해도 자식만큼은 공부를 시켜야 한다는 교육열이 대단했던 때다. 우리나라 근대 산업화의 성공은 바로 이 교육에 기인하였음은 부인할 수 없는 사실이다. 나는 우골탑 출신이다. 소와 논을 팔아 학비를 조달했기에 대학을 졸업할 수 있었다.

돌이켜 보면 일제 말 대동아 전쟁을 전후로 일본의 억압과 경제적 수탈이 극에 달했다. 많은 사람이 가난과 기아를 못 이겨 고향을 버리고 만주로 떠났다. 바로 그즈음 부모님 두 분 모두 경북 청도에서 출생하여 그곳에서 결혼하고 사시면서 해방 후 나를 낳으셨다.

6·25 사변이 터지자 아버지는 보국대로 강제 징집을 당하셨는데, 요행으로 간신히 살아 돌아오셨지만 시골에서는 농사지을 땅이 없으니 살길이 막막하여 대구로 이사와 맨몸으로 부딪치며 도시생활을 시작하셨다.

그 당시 취사용 땔감으로 쓰이는 숯과 나무 장작을 패 그걸 팔아 생활비로 쓰셨고 남는 돈으로 고향 시골에 논을 사셨다. 아버님이 사 둔 논이 20여 마지기였다. 그걸 조금씩 팔아 학비를 대 주셨다.

지금 생각하면 도시에 땅을 사 놓았으면 엄청난 부자가 되었을 텐데, 시골에 계실 때 워낙 땅에 대한 애착이 크셔서 논을 산 것이다. 어머니는 시장에 옷가게를 차려 살림에 보태시는 등 우리 부모님은 그렇게 억척스럽게 사셨다.

6·25 전쟁의 폐허 속에 그 당시 어려웠던 격변기의 사회상을 겪어보지 못한 요즘 젊은 세대들은 그때의 상황을 듣긴 했지만 실감

은 할 수 없을 것이다.

말만 들은 보릿고개며 독일 광부로, 간호사로, 공장 여공으로, 사우디나 중동의 노동자로 가난을 이기고자 돈을 벌러 나가던 시기다. 이제 그때 그 시절의 얘기는 차차 아스라이 사라져 가는 옛이야기일 뿐이다.

나는 자랄 때 아버지로부터 넌 장차 봉급을 받는 월급쟁이가 되라는 말을 많이 들었다. 평생을 노동자로 생활하셨으니 육체적으로 얼마나 고달팠으면 사무실에서 월급 받는 사람으로 살라 하셨을까? 그런 연유인지 나는 평생 월급쟁이 삶을 살았다.

나의 부모는 가족의 생계와 자식 교육을 위해 온몸을 불사르셨다. 두 분이 열심히 일한 덕으로 우리 가족은 끼니를 걱정하지 않아도 됐다. 그리고 어느 정도 생활이 안정될 무렵 그만 훌훌히 세상을 떠나셨다.

자신은 제대로 입고 먹고 편안한 노후를 채 즐길 사이도 없이 평생 고생만 하시다 유명幽明을 달리 하셨다. 일제 말기로부터 6·25 동란 전후까지 사신 분은 비단 우리 부모님뿐만이 아니라 국민 대다수가 어렵고 힘든 시절을 보내던 때라 태어나는 시기도 운運이 아닌가 싶다.

부모님이 남기신 유품 몇 점을 갖고 있다. 아버님이 돈 벌 때 사용하시던 꼬작꼬작한 손때가 묻은 긴 저울대와 저울추, 어머님이

해어진 옷을 기울 때 돌리는 부라더미싱, 긴 치마나 적삼을 다릴 때 숯불을 넣고 다리는 다리미, 그때 그 시절 부모님이 고생하시며 살아온 삶의 징표다. 볼 때마다 머리가 숙연해진다.

궁핍한 어려운 시기에 태어나셔서 자식을 위해 온갖 궂은일을 마다 않으시고 가시밭길 삶의 현장을 온몸으로 뚫고 나오신 두 분을 생각하면 눈물이 나지 않을 수 없다. 아버님 어머님 은혜는 노랫말처럼 정말 가없고 하늘 아래 그 무엇이 높다 하겠는가.

"하늘에 계신 아부지 어무이! 참으로 고생 많았슴니데이~ 덕분에 지금 잘 살고 있슴니더. 갚을 길 없는 은혜 너무너무 감사함니더~!"

누가 폐암이라 했어요?

동창 친구로부터 전화가 왔다.

좋은 일이 있어 한턱 쏘겠으니 부부 동반 참석해 달란다. 평소 먼저 만나자고 제안하는 친구가 아니라 웬일인가 궁금해하면서 참석했다. 가보니 상을 떠억 벌어지게 차려 놓은 게 아닌가.

술이 한 잔 돌자 초대한 친구에게 오늘 제목이 뭐길래 한턱 내느냐고 물었더니 놀라운 답이 돌아왔다. 몇 주 전 기침도 나고 흉통이 있어 병원에 갔더니 의사가 폐가 안 좋다고 조직 검사를 해 보자고 했다고 한다.

결과를 보더니 의사가 "조직 검사와 X-ray 판독 결과 폐암 4기에 해당됩니다. 저희 병원보다 큰 병원에 가 보시는 게 좋겠습니다"라고 했단다.

친구는 청천벽력 같은 소리에 놀라 잠도 제대로 못 잤다고 한다. 다시 큰 병원을 찾아가 2차 똑같은 검사를 받았는데 의사는 "아이고! 좀 늦었네요. 폐암 말기입니다. 일찍 조처를 했으면 좋았을 텐데"라며 집에서 맛있는 거나 잡수시고 쉬라 했단다.

그 말을 듣고 이젠 죽는구나 하는 생각에 탈진 상태가 됐다는 것이다. 다른 암도 아니고 치사율 100%의 폐암 말기 진단을 받았으니 생을 포기할 수밖에 없었다. 친구는 생각 끝에 걱정한다고 집사람한테 알리지도 않고 조용히 생을 정리해야겠다고 마음먹고 몰래 영정 사진까지 찍었다.

며칠이 지나자 가슴이 더 아파오는 듯했다. 할 수 없이 그간의 진료 과정을 아내한테 얘기를 하고 통증이나 줄이고자 진통제 약을 사 먹겠다고 했더니 놀란 아내가 더 큰 병원에 가 보자고 했다.

아내의 손에 이끌려 세 번째 병원에 가 다시 재진을 받았다. 검사 결과를 본 의사 왈, "누가 이걸 폐암이라 했어요? 염증이 좀 심하지만 며칠 약 먹으면 나아요"라며 약 처방을 내렸단다. 친구는 날듯이 기뻤다. 무덤에서 되살아난 기분이었다고 한다.

이후 몇 차례 그 병원을 방문하고 약을 먹자 이제 완전히 쾌유됐다는 것이다. 다시 탄생한 기념으로 친구들을 불러 한턱 내게 된 것이다.

친구 말을 듣고 보니 어이가 없다. 어떻게 두 명의 의사가 똑같이 오진을 할 수 있을까. 의사 말에 환자는 그야말로 죽음 직전까지 가는 탈진 상태가 되었다.

들은 얘기지만 암 말기 시한부 선고를 받은 사업가가 공장이랑 회사를 헐값에 처분하고 마지막 관광 여행이나 하자고 외국으로 나갔다고 한다.

얼마간 돌아다니다 귀국 길에 일본에 들러 혹시나 하여 암 진료를 받았는데 암이긴커녕 아픈 곳도 없어졌다고 한다. 돌아와 암 판정을 내린 의사를 상대로 손해배상 청구 소송을 냈다고 한다.

우리나라 빅 5에 드는 상위급 병원의 오진율이 15% 안팎이라는 보도를 본 적이 있다. 첨단 의료 시설과 실력 있는 의사들이 있다는 곳에서 이러하니 나머지 병원들은 오진율이 더 많을 게 뻔하다. 환자 6, 7명 중 1명이 오진을 받는다는 얘기이니 심각하다는 생각이 든다.

의사도 사람이라 실수가 있고 명의라도 오진이 없을 수 없겠지만 의사에 대한 신뢰가 떨어진다. 어느 의사가 그랬다. 명의라는 말이 있는 이상 의학은 과학이 아니라고. 일리가 있는 말이다.

앞으로 AI 인공지능이나 로봇 기술이 발전되면 오진율 제로가 될 날도 멀지 않으리라. 아직까진 오진에 대한 분쟁이 심심찮게 보도되는 걸 보면 중병일 경우 반드시 의사를 두세 사람 바꾸어 진료를 받아 보는 게 현명한 생각이라 본다. 주변에는 명의도 있지만 돌팔이 의사도 있는 게 사실이다.

친구가 초대한 그날 회식에서 모두가 쾌유를 축하해 주었고 덩달아 기분이 업 되어 술맛이 어찌나 달고 맛있는지 모두들 곤드레가 되었다. 술 취한 코맹맹이 소리에다 더듬대며 축하 인사를 건넨다.

"이봐 친구! 자넨 두 번이나 죽다 살았으니 120까지 살 거야. 그런 의미에서 술 한 병 더 가져와!"

옆에 세워 둔 친구의 영정 사진이 그 소리에 빙그레 웃고 있다.

극일克日 민족정신 교육

삼성은 자타가 인정하는 글로벌 기업이다. 세계 1위 애플과 경쟁하는 초일류 기업으로 성장한 이면에는 민족정신 교육이 한몫을 했다.

50여 년 전에 삼성전자는 LG의 전신인 금성사보다 작은 기업이었다. 하물며 일본의 SONY와는 비교조차 안 되는 초라한 기업이었지만 회사 창립 후 10여 년 만에 금성사를 따라잡았고 얼마 후 세계 1위 SONY까지 앞질렀으니 당시로서는 상상조차 하기 힘든 일이었다.

그러나 삼성은 해냈다. SONY의 그 유명한 워크맨, 무선통화기, TV, 카메라 등 SONY 제품이 전 세계 시장을 석권하고 있을 때였다. 삼성은 한국반도체를 인수한 이후 반도체에 집중 투자하면서 조금씩 일본을 따라잡기 시작했다.

그 당시 삼성전자에서는 SONY를 비롯해 마쓰시다, 토요타 등 일본의 일류 기업을 벤치마킹하러 일본으로 부지런히 출장을 다녔다. 출장을 가도 어느 곳 하나 삼성 직원을 반길 리가 없었다.

한국인에게 알뜰살뜰하게 고급 기술을 가르쳐 줄 리 만무했으며 경계심마저 보이는 것이 당연지사였다. 기술 습득은 늘 수박 겉 핥기 식이었다.

따라서 삼성에서는 일본을 어떻게 따라잡느냐는 것이 큰 과제였다. 생각 끝에 전략적인 측면의 하나로 교육을 꼽았다. '일본을 이기자'라는 극일克日 정신 교육을 집중적으로 하기로 계획하고 간부들부터 시행하는 정신 교육 프로그램을 만들었다.

그 프로그램 중 하나가 일본으로 출장 가는 간부들이 승선한 배 위에서 시행한 선상船上 역사 교육이었다. 사학을 전공한 교수를 모시고 부산항을 떠나 현해탄에 들어서면 갑판 위에서 강의를 들었다. 저녁을 먹고 휘영청 뜬 달을 보며 밤바다에서 가르치는 역사 의식 교육은 지금도 잊을 수 없다. 강의 요지는 이러하다.

"여기 승선하신 삼성맨 여러분! 여러분은 이 밤에 일본의 선진 기술을 배우러 현해탄을 건너고 있습니다. 이 현해탄이 어떤 바다입니까? 우리 조상들이 일본을 가르치기 위해 떠난 바다였습니다.

일본은 옛 삼국시대부터 우리의 선진기술을 배우기 위해, 도예를 비롯해 백제 문물을 익히고자 우리의 사신이나 도공을 초대했고 이들이 일본에 도착하면 엄청난 환대를 받았습니다.

우리 선조들은 말을 타거나 가마를 타고 수많은 사람의 환영 인파 속에 융숭한 대접을 받으며 일본에게 기술을 가르쳐 줬습니다. 그 역사의 현장은 일본 곳곳에 남아 있어 지금도 옛 우리 조상들의 은덕을 기리고 추모하고 있다는 걸 여러분은 잘 알고 계십니다.

그런데 말입니다. 여러분이 내일 아침 항구에 도착하면, 일본인 그 어느 누구도 환영하러 나온 사람은 단 한 명도 없을 것입니다. 여러분이 방문하는 일본 기업은 사실 여러분을 달갑게 생각지 않습니다. 때론 여러분을 무시하는 그들의 태도를 보면서 기술을 구걸하는 초라한 자신의 모습을 발견하게 될지 모릅니다.

여러분, 옛 조상들은 일본을 가르치러 떠났는데 여러분은 일본을 배우러 갑니다. 기술을 구걸하러 지금 현해탄을 건너고 있습니다. 이 얼마나 조상들에게 부끄러운 일입니까? 얼마나 우리의 자존심이 상합니까? 옛 조상들의 얼을 이어받아 일본을 꼭 이겨야 합니다. 일본을 앞지르는 길이 우리의 나아갈 길이고 우리가 살 길입니다.

우리 국민들이 여러분을 지켜보고 있습니다. 삼성이 못 하면 어느 기업이 일본을 이기겠습니까. 선진 기술은 여러분의 손에 달렸습니다. 기어코 일본을 이겨 세계 시장에 우뚝 서는 그날을 만드셔야 합니다. 하루빨리 조상들의 자랑스러운 후손이 되도록 빛나는 대한민국을 만듭시다! 빛나는 삼성을 만듭시다."

달 밝은 현해탄 밤바다, 민족정신 교육은 삼성 직원들의 기술 습득의 염원이 골수에 사무치도록 하는 큰 성과를 거두었다. 이 교육을 받은 삼성 직원들은 이후 일본 공장의 구석구석을 누비며 기술 하나하나를 습득하는 데 온 열정을 쏟아부었다.

도쿄 아키하바라 골목, 우리의 용산이나 청계천 전자상가 같은 곳을 샅샅이 돌며, 일본 제품과 부품을 사들여 와 두들기고 해체하며 그들이 숨긴 기술의 노하우를 배우고 익히는 데 혈안이 되었다.

이런 직원들의 각고의 노력으로 삼성전자는 나날이 기술의 발전을 거듭하여 이제는 일본의 SONY가 도저히 따라올 수 없는 큰 격차로 따돌렸다. 아니 일본의 전 전자 회사의 매출을 다 합쳐도 삼성전자 한 회사보다 적다. 적어도 전자 부문만큼은 일본을 완전히 제압했으니 한국의 완승이다.

이제 삼성은 자타가 공인하는 초일류 세계 1위인 미국 기업 애플과 경쟁을 벌이는 기업으로 성장했다. 삼성의 기업 정신은 머지않아 애플을 누르고 명실공히 세계 최고의 기업으로 우뚝 설 날이 곧 올 것으로 믿어 의심치 않는다.

민족정신 교육, 오늘의 삼성전자가 있기까지는 이 교육이 밑바탕이 되었다고 해도 과언이 아니다. 비단 전자 부문뿐만 아니라 일본 기업을 속속 따라잡는 한국 기업이 늘고 있다. IT가 그렇고 철강, 조선, 스포츠, 음악, 문화도 우위에 있다. K-팝은 세계인이 모르는 사람이 없다. 자동차도 세계 1위 토요타를 넘보고 있다.

죠센징이라고 비하하던 일본이 이제는 한국을 두려워한다. 한민족의 끈기와 슬기, 한국인의 자긍심과 저력, 여기에 불을 지피면 못할 게 없는 우리의 민족정신이자 얼이요, 혼이다. 세계 속에 자랑스러운 대한민국이다.

PART 7

삶을 즐기다

대부분 사람이 임종 시
'좀 더 재밌는 인생을 살아볼 걸'
후회한다고 한다.
남을 의식해 눈치를 보고 체면을 찾고
지나치게 자신에게 엄격히 살다보면
아무 재미가 없는 삶을 살게 된다.

불량노인으로 살아가자

뭐, 불량노인으로 살아가자고? 무슨 도발적인 말이냐고 나무랄지 모르겠다. 일본 세키 간테이라는 작가는 그가 지은 『불량노인이 되자』라는 책에서 시들어 가는 노인이 되기 싫으면 불량노인으로 살라는 얘기를 한다. 사회 통념적 노인들이 사는 방식에서 탈피하여 보다 젊게 살라는 메시지를 전하고 있다.

간테이 씨는 스스로 자신을 '불량노인'이라 불렀다. 만나고 싶은 사람 만나고, 가보고 싶은 곳 가보고, 맛있는 집 찾아가 먹는다. 그는 글을 쓰는 작가이지만 화가요, 조각가이기도 하다. 또 골동품도 사 모으는 민속품 수집가다. 이렇듯 다양한 취미생활을 즐긴다.

그러면서 저녁엔 술집에 드나들며 가무歌舞를 즐기고 젊은 여자들과 노는 걸 좋아한다. 사귄 여자는 버스 한 대분까지 된다고 했으니 그야말로 자유분방한 생활을 즐기는 한량이다. 어찌 보면 방탕한 사람으로 볼 수도 있다.

간테이 씨가 일반 노인에게서는 볼 수 없는 행위를 하기에 불량노인으로 비춰질 수 있지만 꼭 그렇지만은 않다. 우리나라와 일본은 엄연한 문화 차이가 있다. 그가 주장하는 정신적, 육체적 건강을 생각하면 도덕적인 윤리를 제외하고는 '불량노인으로 살자'는 말은 일리가 있는 말이 될 수 있다.

그의 남다른 행각이 돈이 있으니 그럴 수 있다 할지 모르지만 돈이 많아도 그럴 수는 없다는 게 우리 한국의 문화이자 정서다. 그의 글에는 은퇴하고 일에서 벗어나 쉽게 자기 자신을 찾는 자유스러움을 가지면 늙어감을 훨씬 늦출 수가 있다고 했다.

그는 나이 81세에 이 책을 썼다. 살아온 경험을 바탕으로 쓴 내용이기에 많은 사람이 공감하고 동의를 한다. 그는 나이 들어 은퇴를 하면 노인이라는 스스로의 선입관에 갇혀 열정과 패기를 잃고 이곳저곳 배회하다 보면 단 한 번밖에 없는 인생 노년 시절의 즐거움을 놓쳐 버린다고 했다.

맞는 말이다. 노인이라는 인식에 체면과 체신을 생각하고 눈치를 보고 근엄하고 점잔을 빼는데 타성이 생기고 습관이 되면 바로 진짜 늙은 노인이 되는 끝장 길이라는 것이다.

간테이 씨가 말하는 불량이란 '놀아나는 난봉꾼'이 아닌 '놀 줄 아는 노인'이 되자는 데 있다. 즉, 때로는 바람 부는 대로 흔들려도 보고, 하고 싶은 일을 마음대로 해보는 활기찬 생활을 할 때 젊음이 유지되고 '시들지 않는 삶'으로 장수한다는 것이다. 공감이

가는 얘기다. 자신이 하고 싶은 일을 하느냐, 자기가 자기 삶의 주인공으로 사느냐는 얘기다. 내 인생 내가 주연이 되고 있을 때 행복하다.

문화 심리학자인 김정운 교수도 삶이 재미있을수록 행복지수가 올라간다고 말한다. "재미가 있으려면 매사에 감탄거리를 만들라. 감탄할 때 우리 몸의 신경 물질인 다이돌핀이 많이 나와 뇌를 즐겁게 한다"라고 했다. 또 잘 노는 만큼 성공한다고 주장했다.

친구를 만나 객쩍은 짓도 할 줄 알고 헛소리도 해보고 때론 흐트러진 모습을 보일 필요가 있다는 것이다. 올곧은 생각만 하고 얌전하고 조용하고 착하기만 한 사람에게 치매가 빨리 온다는 연구결과가 있다고 한다. 이건 정신과 의사들이 똑같이 하는 말이다.

건강한 정신을 가지려면 외부로 감정을 표출하는 것이 중요하다고 했다. 한마디로 많이 웃고 떠들고 화가 날 땐 화를 내고 울고 싶을 때 우는 게 정신 건강에 도움이 된다는 것이다. 정신은 곧 육체적 건강과 직결된다. 놀 줄 알아야 건강하고 행복하다.

은퇴 후 날마다 집에서 TV나 보고 고루한 생각에다 변화 없는 일상이 올바른 삶인 줄 착각하는 사람도 있다. 그러다 보면 마음도 몸도 빨리 늙고 쇠약해진다. 고독한 노인, 꼬장꼬장한 노인, 초라한 노인, 시들어가는 노인이 되지 않으려면 재미를 찾아야 한다. 감탄과 감동을 찾아야 한다. 놀 줄 알아야 한다. 난봉꾼이 되어서는 안 되지만 활량은 되어도 좋다.

대부분 사람이 죽을 때 '좀 더 재밌게 살 걸' 하며 가장 많이 후회한다고 한다. 남을 의식해 눈치를 보고 체면을 찾고 지나치게 자신에게 엄격하게 살다 보면 아무 재미가 없다. 행복감도 그만큼 낮아진다. 남으로부터 핀잔받거나 피해를 주지 않는 이상, 나를 찾는 시간을 만들어야 한다.

시들지 않는 삶을 살고 싶다면 '불량한 삶'을 살아서는 안 되겠지만 '불량기는 있는 삶'을 살 용기를 가져야 한다. '잘 놀 줄 아는 노인'이 될 때 노후가 즐겁고 건강하며 젊음이 오래 유지된다. 그래서 친구가 중요하고 취미생활이 절대적으로 필요하다.

모름지기 은퇴 후는 간테이 씨 말처럼 '불량노인'으로 살아가자. 재미있는 불량노인으로….

차박 캠핑의 묘미

여행은 움직이는 책이다.
여행은 돌아올 집이 있기에 여행한다.
인생은 단 한 번의 여행이다.

여행에 관한 명언은 많고도 많다. 바쁜 도시인의 희망은 일상으로부터의 탈출이다. 지친 삶의 현장을 떠나 낯선 곳에서 얻는 경험은 배울 것도 많고 느끼는 점도 많다.

여행은 어떻게 어디를 누구와 어떤 방법으로 다니느냐에 따라 달라진다. 은퇴 후 차박 여행을 가끔 즐긴다. 호사스러운 카라반이나 대형 SUV까지는 필요 없다. 누울 자리만 있는 차량이면 족하다. 차박은 혼자 떠나도 좋다. 우선 돈이 별로 들지 않는다. 차에서 자면서 먹고 싶은 것을 조리해 먹으면 된다. 차박 캠핑은 불편한 점도 많지만 좋은 점이 훨씬 더 많다.

스케줄이나 목적지 없이 다니다가 마음에 드는 곳이 보이면 머무르면 되고, 싫증 나면 떠나면 되고, 한마디로 정처 없이 떠다니는데 차박 캠핑의 묘미가 있다. 현대판 김삿갓 여행이다. 이부자리, 식사 도구 챙겨 넣고, 책 몇 권 끼고 블루투스 스피커 들고 그냥 집을 나서면 바로 내 세상이다.

한적한 숲속에 자리 잡고 밤을 지새워 보라. 별이 쏟아지는 밤하늘을 보리라. 가끔 쏜살같이 내달리는 별똥별도, 이름 모를 풀벌레 소리도, 졸졸 흐르는 개울물 소리도, 때론 파도 소리도 달빛 교교한 숲속에서 대자연이 연주하는 화음이 어떤지 귀 기울여 보라. 이보다 더 멋지고 아름다운 교향곡이 있을까? 도시에서는 언감생심焉敢生心, 느낄 수 없는 희열이다.

비가 오면 더 좋다. 차 지붕 위에 떨어지는 빗소리는 감성을 자극하기에 충분하다. 차 안에서 빗소리를 들으면 외롭고 소외된 좁은 공간이 갑자기 가슴 벅찬 뮤직홀이 됐다가, 고즈넉한 산사山寺가 되기도 한다. 가느다란 빗줄기, 굵은 빗줄기가 각각 여리게, 세게, 그쳤다, 내렸다 시시각각 음률이 다르다. 자연이 들려주는 멋진 연주다. 귀가 감미롭다.

여행을 하다 보면 뙤약볕 갯벌에서 조개 캐는 진흙투성이 아낙네 얼굴에서, 시골 오일장 나물 한 줌을 놓고 온종일 손님을 기다리는 주름진 할머니 얼굴에서, 바닷가에서 멸치를 털어 일당을 버는 땀방울 맺힌 남정네 얼굴에서 삶이 무엇인지 가슴 뭉클한 감동으로 다가올 것이다. 자신이 반추되면서 말이다.

여행하다 나무 그늘 좋은 쉼터라도 보이면 캠핑 의자를 펴놓고 편안히 등을 기대어 책을 읽어 보라. 잔잔한 음악을 틀어 놓고…. 집에서, 사무실에서, 독서실에서 읽는 분위기와는 비교할 수 없는 몰입감을 느낀다.

난해한 고전古典도, 두꺼운 철학 책도 술술 읽힌다. 독서도 주변 분위기에 따라 차이가 난다. 어려운 숙제가 풀리는 듯 자신을 발견하는 느낌이다. 그러다 배가 출출하면 애호박을 삶고 계란도 부치고 김을 넣어 국수를 만들어 먹어 보라. 꿀맛이 따로 없다.

물론 사람마다 여행을 하는 관점이 다르고, 삶을 바라보는 시각, 가치관에 따라 다르긴 하다. 취향은 각자의 자유다. 어떤 취미든 나름대로의 특색과 장단점이 있다. 차박 캠핑도 맛을 들이면 불편한 점도 자연스럽게 극복된다.

화장실, 샤워실이 없어 곤란할 때도 있지만, 몸이 지치면 동네 사우나나 온천에 들러 보라. 뜨거운 물에 몸을 푹 담가 보면 또 다른 행복감이 찾아온다.

얼마 전 절친한 친구와 함께 열흘간의 긴 차박 여행을 떠났다. 낚시 좋아하는 친구를 낚시터에서 만나 하룻밤을 지새며 옛 추억을 더듬는 즐거움이 있었다.

또, 청송 주왕산에서 달기약수 물에 삶은 닭다리를 뜯는 즐거움, 제주 일출봉이 보이는 해변에서 장엄한 해돋이를 보는 즐거움, 완도의 장보고와 진주의 논개에 대해 실체적 진실을 알았을 때 서툴게 배운 역사 지식이 잘못됐다는 새로운 앎의 즐거움을 새삼 느낀다.

친구와의 차박 여행의 재미를 만끽하고 돌아왔다. 여행은 갈 때마다 늘 색다른 선물을 안겨 준다. 낯선 곳이란 낯설게 여기는 여행자 자신의 시각일 뿐, 늘 그 자리 그곳에는 푸근한 인정과 함께 아름다운 자연이 기다리고 뭇 군상들의 애환이 머물고 있다.

자연, 사람, 역사, 풍속, 인정, 맛 등을 통해 차박 캠핑은 남들이 살아가는 모습에 내가 투영되어, 참 나를 깨닫는 가슴 뿌듯함을 안고 돌아온다.

여행 작가 마르세 프루스트는 진정한 여행이란 새로운 풍경을 보는 것이 아니라 새로운 눈을 가지고 오는 데 있다고 했다. 여행은 쏠쏠한 삶의 충전이자 마음까지 살찌운다. 역시 여행은 움직이는 책이다.

쓰지 말아야 할 책 '자서전'

자서전은 써도 될 사람이 있고 쓰지 말아야 할 사람도 있다.

나는 후자에 속한다. 처음에는 자서전을 써볼까 생각도 했지만 자서전을 낼 만한 삶을 살지 못했기에 포기했다. 굳이 유명 인사가 아니니까 쓰지 않겠다는 뜻은 아니다.

자서전은 대체로 자기가 살아온 삶을 반추하는 내용으로 쓰인다. 인생을 정리하는 뜻에서 적지만 그것이 남에게 읽혀지리라는 기대감이 있다면 문제는 달라진다.

자기 삶의 행로에 남들은 별로 관심이 없기 때문이다. 그 누구도 나의 삶에 대해 궁금해할 까닭이 없다. 자기 삶의 개인적인 정리를 위해, 아님 가족에게 남기고 싶은 얘기를 중심으로 쓴다면 이해는 한다. 즉, 자기만족을 위해 자서전을 낸다는 데 나무랄 이유는 없다.

모든 글이 다 그렇지만 진실성이 없거나 자기 미화를 담는다면 그 글은 이미 죽은 글이나 다름없다. 자서전은 이런 유혹에 빠지기 쉽다. 살아온 삶에 대해 양심을 속이고 자기 잘못에 대한 철저한 반성과 성찰이 없는 글은 하등 의미가 없다. 변명과 숨김이 있고 솔직하지 않은 글은 쓰레기나 같다.

특히 정치인들이나 사회적으로 이슈를 안고 있는 유명 인사들의 자서전을 보면 대개 자기 미화와 변명의 글이 난무한다. 책 제목은 그럴싸하게 써 놓았지만 알맹이는 온통 각색된 글투성이다.

그것도 대개 직접 쓴 자필이 아닌 대필이다. 심한 경우 자서전을 가지고 출판 기념회라는 명분으로 모금 행사를 하는 경우 뜻있는 사람들의 빈축을 사는 경우도 많다.

사람은 저마다 자기만이 특별한 삶을 살아온 듯 착각하기가 쉽다. 흔히들 "내 인생을 생각하면 책을 써도 몇 권은 될 거다"라는 얘기를 곧잘 한다. 어느 누구를 막론하고 살아온 과정을 살펴보면 즐거웠던 일, 슬펐던 일, 억울하고 안타까운 사연들이 없는 사람은 없다. 때론 자랑하고 싶은 얘기도 있을 것이다.

사람마다 나름대로 자기 인생행로가 드라마 같고 한 편의 소설 같은 것으로 생각되나 남이 볼 때는 그게 보통의 인생행로로 보인다. 그렇게 특별하지도 않은 것을 특별한 듯 잘못 인식해 자서전을 쓴다면 남들한테 관심을 받을 수 없고 빛을 발할 수가 없다.

그렇다면 누가 자서전을 쓸 사람인가? 학식과 지체가 높고 권위와 명예를 가진 사람인가? 물론 그런 사람도 당연히 쓸 수 있겠지만 글도 제대로 못 읽는 할머니도, 시장에서 가게를 하는 아줌마도, 건설 현장의 막노동자도, 간호사도, 회사원도, 어느 누구를 막론하고 자서전을 쓸 수 있다.

자서전을 써도 될 자격이라면 그 글이 세인들의 주목을 받는 솔직담백하고 가식 없이 쓴 글인가에 있다. 여기서 중요한 것은 '세인들의 주목'이다.

주목이 될지 안 될지 책이 나오기 전까지는 모르지만 결과가 주목될 자신만 있다면 써도 된다고 생각한다. 과연 남들이 관심을 가져주는 글이 될까, 객관적으로 냉철하고 신중히 생각하라는 얘기다.

어느 문인이 이런 말을 했다. 적어도 국립도서관에서 귀중 도서로 취급 소장할 가치가 있어 구입할 거라고 생각된다면 자서전을 써도 좋다고 했다. 아니면 시중에 6개월 이상 베스트셀러로 기록될 자신이 있다면 펴내도 된다고 했다.

대부분 독자들은 타인의 삶에 대해 별로 관심을 가지지 않는다. 일반적 수필이나 시, 소설이면 모를까. 자서전 대신 일기로 기록을 남기는 건 적극 권장할 만하다. 어디까지나 개인이 보기에 일상을 글로 남겨두면 훌륭한 자서전이 될 수 있다.

일본의 98세 할머니 시바타 도요 씨가 쓴 『약해지지 마』란 책은 자서전적 형식의 시집이다. 일본과 한국에서 수백만 부가 팔린 베스트셀러가 됐다. 이 책은 일상사를 교훈적으로 쉽고 짧게 얘기한 할머니다운 감성이 담긴 따뜻한 글이다. 또 98세라는 나이가 주는 흥미도 한몫했기에 수많은 독자로 부터 사랑을 받았다.

나는 수필 형식을 빌린 자서전을 생각했다. 엄밀히 얘기하자면 신변의 사소한 글이다. 이런저런 경험을 통해 노후를 어떻게 보내는 것이 보람 있는지 고민하며 개인사를 넌지시 투사해 봤을 뿐이다.

자서전을 쓸 자격도 안 되고 용기도 없기에 조용히 노후의 삶을 관조하는데 도움이 되는 글이라도 써서 나와 같이 노년을 보내는 사람들과 마음으로 교류해 볼 요량으로 쓰게 된 것이다.

자서전, 함부로 쓸 책이 절대 아니기에….

제주의 진주, 세 개 오름

트레킹은 은퇴 후 여가를 즐기는 멋진 취미 중의 하나다. 걷는다는 자체가 힐링이요, 마음과 몸을 다스리는 선약仙藥이다. 건강에 도움이 되고 여유를 즐기는 데 트레킹만 한 스포츠가 없다.

요즘 웬만하면 동네 주변에도 걷는 길을 조성, 너도나도 걷는 열풍에 빠져 있다. 걷기 좋은 장소는 얼마든지 있다. 우리나라에서 최고로 걷기 좋은 코스로 제주 올레길을 꼽는다. 하지만 올레길도 지루하고 따분할 때가 많다.

그러나 같은 제주도에 있지만 오름길은 그렇지 않다. 변화무쌍한 오름길을 걷다 보면 풍광이 다채롭고 이채로워 지루할 틈이 없다. 올레길은 27개 코스로 총 437km이다. 하루 한 개 코스를 걷는다면 한 달여 걸린다. 제주도에 있는 오름의 개수는 총 368개다. 하루 하나씩 오른다 해도 족히 1년은 걸리는 거리의 오름길이다.

나는 제주도에 가면 오름을 골라 오른다. 지금까지 31개 오름을 올랐다. 오를 때마다 느끼지만 같은 곳이 하나도 없다. 높은 오름, 낮은 오름, 가파른 오름, 완만한 오름, 분화구가 있는 오름, 없는 오름, 숲이 있는 오름, 민둥 오름, 바다를 품고 있는 오름, 억새가 무성한 오름, 독특한 나무 군락지를 이룬 오름, 민속적 전설이 깃든 오름 등 실로 다양하다.

자기 취향대로 소요 시간이나 체력을 감안하여 골라 오르면 된다. 매번 가보지 못한 오름을 오르고 있지만 가도 또 가보고 싶어 늘 찾는 오름도 있다. 나는 오름 중에서 말미오름, 아끈다랑쉬오름, 큰노꼬메오름을 자주 오른다. 그만큼 매력이 넘치는 오름이라 추천하고 싶다.

'말미오름'은 풍광이 빼어나다. 입구에 주차해 놓고 왕복 1시간이면 다녀오는 야트막한 오름이다. 사람마다 관점이 달라 말미오름이 제일 낫다고 장담할 수는 없지만 일출의 경관은 압권이다.

성산일출봉은 이름 그대로 일출이 유명하지만 막상 오르거나 가까이 가도 감흥이 별로 없으니 적당히 먼 거리에서 봐야 제맛이 난다.

말미오름은 바로 일출봉의 일출을 보는 최적의 명당이다. 덤으로 아름다운 우도도 함께 본다. 일출 시간대 날씨 예보를 보고 괜찮다 싶으면 새벽녘 말미오름에 올라보라. 이슬 맺힌 숲속 오솔길의 청아함이 온몸을 상쾌하게 만든다.

운 좋으면 고라니로부터 아침 인사도 받는다. 언덕 숲길을 30분 남짓 오르면 정상이다. 새벽녘 소슬바람에 심호흡을 하면 폐부 깊숙이까지 깨끗해지는 기분이다.

이윽고 해가 떠오르면 일출봉, 우도가 한눈에 들어온다. 카메라 앵글을 잡으면 좌우로 두 섬이 서로 마주 보고 선다. 계절에 따라 다르지만 좌측의 우도와 우측의 일출봉 중간쯤에서 해가 뜬다. 맑은 바닷물에 막 세수를 하고 둥실 떠오르는 해는 다른 어느 곳에서도 볼 수 없는 장관이다.

황금빛 햇살이 부챗살처럼 솟아오르면 흐릿하던 우도와 일출봉이 선명하게 나타난다. 끝없이 펼쳐진 수평선 아래 마치 소 한 마리가 바다에 앉아 평화롭게 되새김질하는 모습이다. 우도를 왜 우도牛島로 부르는지 비로소 알게 된다.

동트는 우도항은 바쁘다. 통통배들이 떠오르는 햇빛을 받아 반짝거리며 항구를 나선다. 뒤에는 하얀 물보라가 아침 바다를 수놓는다. 말미오름 정상 아래 펼쳐진 밭들이 서서히 제 빛깔을 드러내기 시작하면 마치 조각보를 펼쳐 놓은 듯 형형색색이다.

검정 밭, 노랑 밭, 초록 밭, 붉은 밭, 갈색 밭, 회색 밭들이 색색의 퍼즐조각 같다. 색을 구분하는 이랑들이 정답게 어깨동무를 하고 있다.

이곳은 남해의 다랭이 논과 비슷하지만 각기 다르게 심은 식물의 종류에 따라 모두 다른 풍광을 그려 낸다. 색채로 면(面)을 구분, 물감을 찍는 팔레트를 보듯, 이 밭 저 밭 다채로운 색상이 아름답기 그지없다. 밭에 심은 작물이 각기 다르니 색상이 다를 수밖에 없다.

계절에 따라서도 달라지니 변화무쌍한 아름다움이 있다. 말미오름에서 바라보는 색채 밭과 푸른 바다, 수평선, 우도, 일출봉, 통통배, 다양한 풍광에다 황금빛 아침 햇살이 드리우면 자연이 그려내는 화폭은 실로 환상 그 자체다.

'아끈다랑쉬오름'은 또 어떤 곳인가. 우선 이름부터 이채롭고 예쁘다. '아끈'이란 제주도 방언으로 '작다', '둘째'란 뜻이다. '다랑쉬'는 분화구가 달처럼 생겨 '달'과 '랑쉬'가 합쳐 '다랑쉬'가 되었다고 한다.

이곳은 억새가 정말 아름답다. 제주 서쪽 새별오름의 억새도 유명하지만 동쪽의 아끈다랑쉬오름을 따라올 수 없다. 가을철 분화구를 가운데 껴안고 흔들리는 억새는 은빛 파도처럼 장관의 물결을 이룬다. 해질 무렵 역광으로 나부끼는 억새는 한마디로 몽환적인 천국으로 변한다. 오름의 생김새도 자그마하고 귀엽다.

공중에서 내려다보면 분화구가 도넛을 닮았다. 이런 풍광을 한눈에 보려면 여왕오름으로 불리는 옆 '다랑쉬오름'에 오르면 된다. 다랑쉬오름은 아끈다랑쉬오름의 엄마 격이라 할 수 있는데, 그 중턱에 올라가 보면 아끈다랑쉬오름이 발 아래 엎드려 있는 모습을 볼 수 있다.

분화구는 중간에 구멍이 뻥 뚫려 있다. 동그란 도넛, 포크로 콕 찍어 먹고 싶다. 겉모습도 예쁘거니와 속살은 더 이쁘다. 여왕 오름이 딸 공주 오름을 데리고 모녀가 나란히 우아한 자태로 앉아 있는 품새다.

'큰노꼬메오름'은 제주 서편의 제일 높은 오름이다. '노꼬메'는 '큰 뫼'라는 뜻의 제주 방언이다. 이 오름은 실로 장쾌하다. 가장 남성적인 오름이다. 한라산 허리 격인 긴 능선이 고래 등같이 보인다. 그 능선을 초원이 휘감아 올라간 경관이 가히 절경이다.

정상에 서면 애월 앞바다가 훤히 내려다보이고 서쪽 평원의 자잘한 오름이 한눈에 들어온다. 천군만마千軍萬馬를 호령하는 장수가 된 기분이다.

말미오름이 일출을 보는 적소라면 큰노꼬메오름은 일몰을 보는 적소다. 황금 노을빛으로 물들어가는 일몰이 장엄하다. 트레킹 소요 시간은 넉넉잡아 3시간으로, 오름치곤 난이도가 비교적 높지만 올라 보면 그만큼 보상을 받는 멋진 오름이다. 아무리 여러 번 올라도 질리지 않는 제주 서쪽 최고의 오름이다.

오름 트레킹을 처음으로 하는 사람은 위에 소개한 세 오름을 먼저 올라 보면 오름의 진가를 알게 되고 묘미를 느낄 수 있다. 제주의 역사와 문화, 제주민의 삶의 애환을 제대로 알려면 흔히들 가

보는 관광지가 아닌 오름과 곶자왈, 올레길을 걸어 보라고 말하고 싶다. 제주에 대한 상식이 그만큼 넓어짐은 물론이고, 훨씬 재미 있고 흥미로운 여행이 된다.

은퇴 후 제주 여행을 무작정하지 말고 계획을 세워 오름 정복도, 올레길도, 곶자왈도 시간과 여유를 가지고 차근차근 실행해 보라. 트레킹 재미가 쏠쏠함을 절감할 것이다. 무엇보다 건강과 힐링을 동시에 얻을 수 있는 일석이조다.

"가슴이 떨릴 때 떠나라. 다리가 떨리면 늦다."
여행의 명언이다. 지금 떠나 보시라.

일석삼조一石三鳥의 취미생활

여행을 자주 다니는 선배가 있다.

임업을 전공한 분으로 노후를 정말 멋지게 보내는 분이다. 여행을 하면서 여러 가지 취미를 동시에 즐긴다. 이분은 은퇴 전에는 조경造景 관련 일을 해 오다 우리나라 산림의 생태 변화를 목격하고 외래 수종 침투에 관한 연구를 하는 분이다.

물에 사는 물고기도 외래 어종 때문에 문제가 되고 있다. 내수면에는 이미 많은 외래 어종이 서식하여 토종 물고기를 잠식하고 있다. 산림도 마찬가지라고 한다.

선배는 산림청 등 관련 기관을 방문하여 외래 수종의 종류와 폐해 현황 등을 알아보았으나 자료가 없었다. 조사된 피해 사례가 없으니 당연히 대책이나 방어 전략이 있을 리 없다.

이분은 노후에 전공도 살릴 겸 우리나라 산림 전역에 서식하는 생태계 교란 외래 수종의 분포 및 피해 상황을 도식화하기로 결심했다. 남은 생애를 산림 발전에 이바지하는 것도 큰 보람이라 여겼기에…. 먼저 피해 실태를 알고자 지방 곳곳을 두루 다녀 보기로 했다. 여행도 본인의 취미요, 하는 일도 전공에 맞는 일이라 들뜬 마음으로 나섰다.

다니다 보니 외래 수종의 피해를 가장 잘 아는 사람은 시골의 경로당 노인들이었다. "여기 앞산에 말이야. 옛날에는 아름드리 소나무가 많았어. 그런데 칡 같은 넝쿨이 자라더니 소나무를 덮어 다 죽였잖아"라는 식의 얘기를 들려준다.

시골 경로당이 외래 수종 침투 피해 사례를 가장 잘 알려주는 정보 제공처다. 나이 드신 어른들께 듣는 얘기만큼 상세하고 유익한 정보가 없다는 걸 알고 전국의 경로당 방문이 일과가 되었다. 그런데 연세 든 노인분들이 처음 보는 외지인에게 쉽게 말문을 열지 않는다.

경계심이 있으니 신분과 취지를 얘기해도 응대가 잘 안 된다. 알량한 음료수나 간식거리도 통하지 않는다. 근데 어느 노인의 "어이! 젊은 양반 노래나 한 곡 해 봐요. 노래 부르면 말해주지"라는 청에 마지못해 노래를 부른다. "오늘도 걷는다마는 정처 없는~ ♪"

거기 모인 노인들이 박수치며 환호한다. '아! 이분들이 적적하게 지내시니 노래나 음악을 좋아하는구나.' 그는 그때부터 경로당에

다니며 노래를 불러 분위기를 띄우고 대화를 시작한다.

그런데 한두 번도 아니고 못 부르는 노래를 부르기도 민망하여 차라리 악기를 연주하는 것이 좋겠다 싶어 색소폰을 배웠다. 그간 배운다고 힘은 들었지만 이제는 으레 색소폰을 들고 다닌다. 경로당에 가 불면 노인들이 즐거워한다.

할배, 할매들이 트로트 멜로디에 막걸리 한 사발이라도 돌리면 저절로 대화가 트였다. 거기다 그분들이 먹을 것도 주고 잠자리까지 마련해 주니 일거양득이다.

여행을 즐기며 색소폰을 부는 재미를 동시에 만끽하는 취미생활, 얼마나 좋은가? 산을 누비며 갖가지 산나물이며 약초를 채집하는 이득까지 그야말로 일석삼조—石三鳥다.

그뿐만 아니다. 시골을 다니다 어슴푸레 해 질 녘 노래방이나 색소폰을 불만한 주점이라도 발견되면 주인을 불러 "제가 색소폰을 좀 부는데 한 곡조 연주해 봐도 되겠습니까?" 양해를 구하면 대부분 허락해 준다고 한다.

무대에 올라 연주하면 분위기가 갑자기 고조된다. 색소폰 소리가 울리면 흥겨워 술이 더 잘 팔린다. 주인 좋고 손님 좋고 흥이 한껏 무르익는다.

선배 다음 말이 재미있다.

"이쁜 아줌마가 보이면 구석에 앉아 있어도 그쪽 방향으로 색소폰 나발을 돌려대고 불어요. 그러면 아줌마들이 꺅! 꺅! 소리를 지르고 오빠! 오빠 최고라며 박수 치고 난리가 나요."

연주가 끝나면 아줌마들이 권하는 공짜 술에다 맛있는 안주에 거뜬히 식사까지 해결된다고 한다. 색소폰 하나면 만사형통이다.

여행의 묘미도 찾고 색소폰으로 낯선 이에게 즐거움도 주고 산림 보호라는 보람된 일도 겸하게 되니 이만한 멋진 노후생활이 어디 있겠는가.

노후 행복은 따로 있지 않다. 생활 속에 잔잔한 즐거움을 창조해 가면 누구나 얻어진다. 그는 오늘도 어느 시골 노인정이나 주점에서 멋진 색소폰을 연주하고 있을 게다.

진경금당산수화 眞景錦塘山水畵

조선 후기의 화가 정선鄭敾이 그린 〈금강전도金剛全圖〉는 우리나라 국보로 지정된 유명한 작품이다. 이 그림은 금강산을 실경 그대로 그린 진경眞景산수화로, 작고하신 이병철 회장님이 수집해 현재 용인에 있는 호암미술관에 가면 볼 수 있다.

나도 이와 비슷한 진귀한 동양화 한 점을 소장하고 있다. 작품 이름이 〈진경금당산수화眞景錦塘山水畵〉다. 실경 그대로의 산수화인데 화가 정선鄭敾도 이보다 더 진경을 잘 그리지는 못했을 것이라 생각한다.

이 그림은 평창의 유명한 해발 1,170m의 금당산을 그린 작품으로 너무나 사실적이어서 사진을 찍어도 이보다 더 적나라한 실상을 표현을 할 수 없다.

액자틀은 목재로 특별히 제작되었고 사각 틀에 끼운 통유리를 통해 실경을 그대로 보여주고 있다. 특별하게 보존하고자 수고할 것도 없다. 가끔 유리만 닦아주면 그림이 더욱 선명하게 보인다.

이 작품은 집을 지을 때부터 동쪽 벽면에 걸리도록 설계했다. 동편 금당산에 해가 뜨면 액자에 바로 해가 보인다. 밤이 되면 달도 그곳에서 뜬다. 낮과 밤의 그림이 다르고 아침, 저녁도 다르다. 사계四季에 따라 그림이 확연히 바뀐다. 한 폭 안에 여러 풍경이 시시각각 번갈아 걸리는 요술 같은 신비스러운 작품이다.

낮엔 파란 하늘에 구름이 흐르고 새들이 날아다니는 동영상으로도 보인다. 밤엔 달이 휘영청 솟을 때는 병풍 속의 한 폭의 오묘한 묵화가 된다. 낮엔 색상이 화려하다.

봄날에는 화사한 산벚과 선홍빛 진달래가 피고, 여름엔 초록 신록의 싱그러움도, 가을엔 울긋불긋 단풍이 불타고, 겨울엔 눈 덮인 하얀 설경도 변화무쌍하게 그려진다.

이 작품의 작가는 성이 조造 씨요 이름은 물주物主다. 조물주造物主 씨가 그린 그림보다 더 위대한 그림을 본 적이 없다. 아무리 봐도 싫증이 나지 않는다. 볼수록 신비스럽고 형형색색의 조화에 실로 감탄치 않을 수 없다.

금당산이 너무 아름다워 6년 전, 이곳 평창으로 와서 이 그림틀을 만들어 붙이고 매일 쳐다보지만 늘 새롭고 흥미롭다. 바다도 좋지만 산처럼 변화가 없어 지겨울 수 있다. 금당산의 변화는 그야말로 조변모개朝變暮改다. 그게 좋아 이젠 산속에 사는 자연인이 됐다.

이 그림의 또 하나 좋은 점은 절대 도둑맞을 염려가 없는 점이다. 누가 떼어 갈 염려도 없기에 소장하기 편하다. 이 그림이 TV 쇼 프로그램인 〈진품명품〉에 나갈 수만 있다면 기막힌 작품으로 평가받을 터인데 아쉽기만 하다.

가격은 얼마일까? 돈을 운운할 처지가 아니다. 조물주가 그린 작품에 값을 논하는 자체가 신성한 작가에 대한 모독冒瀆이요, 불경不敬이다.

나는 아름다운 금당산을 항시 감상코자 거실 벽을 과감하게 뚫어 트이게 했다. 사각 벽에 가장자리를 액자틀처럼 만들고 통유리를 붙여 금당산이 거실 안으로 확 들어오게 만들었다.

이 액자에 담긴 그림이 이름하여 〈진경금당산수화眞景錦塘山水畫〉다. 우리 집 최고의 가보家寶다.

스포츠는 곧 인생

스포츠마다 삶의 가르침이 있다.

골프에는 골프가 곧 인생이라는 말이 있다. 골프의 목표는 공을 홀컵에 넣는 것이다. 공을 넣되 누가 횟수를 적게 쳐서 넣는가의 게임이다.

우선 드라이버로 멀리 보내기를 한다. 아이언으로 정확한 지점에 공이 떨어지도록 한다. 마지막엔 퍼터로 공을 홀컵에 넣는다. 이것이 골프 동작이다.

이 간단한 동작의 횟수를 줄이기 위해 드라이버, 아이언, 퍼터를 수백수천 번 연습한다. 하지만 언제나 치는 순간은 불안하다. 공이 마음먹은 곳으로 가느냐가 걱정이다. 삶도 마찬가지다. 어떻게 하면 가장 빠르고 편안하게 안락한 삶을 살 수 있을까를 궁리한다.

교육은 멀리치기의 드라이버와 같다. 기술을 배우고 재능을 키우는 건 아이언과 같고, 돈을 벌고 집을 사는 것은 퍼팅 격이다. 자신의 미래를 위해 공부하고 일하고 돈을 벌며 삶을 살아가는 자체가 골프와 같다.

골프에는 수행불안Performance Anxiety이라는 게 있다. 남이 나를 어떻게 보느냐? 내 치는 폼이 멋있게 보이느냐? 오늘 내 스코어는? 이런 것들이 수행불안이다. 이 병에 걸리면 그날 골프는 망친다.

프로 골퍼도 "오늘 어떤 기분으로 시합에 임하세요?" 질문하면, 십중팔구 "다른 사람에게 신경 안 써요. 그냥 골프 즐기러 나왔지요"라고 한다. 사실은 수행불안에 안 걸리려고 태연한 척하지만 속으론 긴장감이 팽배하다.

인생도 마찬가지다. 오늘 무슨 일이 일어날지 내일 어떻게 될지 모른다. 나의 미래는? 골프 샷이 걱정되듯 불안해하며 삶을 살아간다. 남을 의식해 행복한 양, 잘 사는 양, 걱정 없는 척, 건강한 척하지만 수행불안의 심리가 속으로는 깔려 있다.

골프에는 또 온갖 장애물이 널려 있다. 벙커며 헤저드며 깊은 라프며 디봇 자국이며 오비며 앞이 안 보이는 블라인드며… 그 많은 장애물을 헤치고 홀컵에 이른다.

인생도 온갖 장애물을 만난다. 시험에 낙방하고 사업에 실패하고 교통사고를 당하고 병을 앓고 때론 가족의 죽음도 마주한다. 운 좋게 불운을 피해 좋은 친구, 스승, 상사, 사업파트너를 만나면 인생은 성공의 길로 가지만 그렇지 못하면 험난하다.

이 모든 것이 대부분 자신의 노력 여하에 달렸다. 골퍼들도 자기 수련과 끊임없는 연습을 하지 않으면 곧 퇴보한다. 골프가 인생의 축소판이라는 말은 불변의 진리다. 즉, 열정 없는 인생이 성공할 리 없고 연습 없이 필드로 나가 좋은 스코어가 나올 수가 없다.

야구를 보자. 야구는 목표가 홈으로 들어오는 경기다. 많은 사람이 집을 나갔다가 누가 집으로 많이 돌아오느냐의 게임이다. 그래서 야구를 보면 가장 많이 외치는 고함 중 하나가 "홈으로! 홈으로!"다.

인생살이도 늘 집으로 돌아오는 것이다. 일을 끝내고 집에 들어옴으로써 비로소 휴식과 안락이 있다. 야구가 집으로 들어오기 쉽지 않게 둥근 방망이에 둥근 공을 치도록 어렵게 만들었다.

또 공을 잘 맞추기 위해서는 순간적 판단이 중요하다. 스트라이크냐 볼이냐에 따라 방망이를 휘두르거나 가만히 있거나 해야 한다.

타자들이 치기 좋은 스트라이크 공은 놓치고 나쁜 공을 치면 그날 집으로 들어오는 사람이 적다. 게임 성적은 꽝이다. 야구는 그래서 순간의 선택이 중요하다. 피쳐와 타자 간의 눈치 싸움이다.

인생도 늘 선택의 연속이다. 취업도 결혼도 사업도 선택을 잘할 때 야구의 홈런이 나오듯 인생에도 홈런이 나온다. 야구엔 '끝나야 끝난다'는 말이 있다. 0:3으로 지고 있어도 9회 말 만루 홈런 한 방이면 역전승이다.

인생도 슬럼프에 빠져 허덕일 때가 있다. 하지만 희망과 용기를 잃지 않고 기다리면 찬스가 와 다시 재기에 성공할 수 있다. 삶에 절망이 없다는 건 야구에서 배울 수 있는 인생의 귀한 교훈이다.

축구는 또 어떤가? 축구는 팀워크가 중요하다. 벌떼처럼 공격하고 벌떼처럼 수비한다. 금방 슛 찬스를 얻었다가 금방 위기를 맞기도 한다. 현대 축구는 전원 공격, 전원 수비 체제다. 체력과 스피드가 따라 주지 않으면 안 된다.

선수 각 개인기도 중요하지만 무엇보다 중요한 건 팀플레이다. 손흥민 선수가 한 골 넣는 건 11명 선수의 합작품이다. 슛 찬스는 팀원들의 패스에서 나온다. 파도처럼 밀려가고 밀려오는 게임에서는 팀워크에 의한 정교한 패스가 있을 때 비로소 골인이 나올 수 있다.

인생도 마찬가지다. 부부 일심동체는 물론 가족 간 화합해야 한다. 가화만사성家和萬事成이다. 직장에선 선후배 동료들과 협업이 잘 되어야 성과가 나온다.

사회에서 독불장군이 되어 성공한 사례는 없다. 배우고 익히는 과정이 모두 남의 조력 없이는 안 된다. 요즘은 여러 부문의 전문가가 모여야 하나의 제품이 나온다. 산업 사회가 발전할수록 협업의 중요성은 더욱 강조된다.

자동차를 보자. 철강, 섬유, 유리, 페인팅, 반도체, 디자인, AI,

로봇 등 각 전문가가 벌떼처럼 달려들어 만든다. 전문가가 많을수록 우수한 제품이 나온다. 이 같은 팀플레이가 아니면 좋은 제품을 만들 수 없다.

큰 기업이 아닌 개인 사업도 직장생활도 사람과의 관계에서 재화가 만들어진다. 축구나 사업이나 인생사 모두가 팀워크에서 결실이 나온다.

골프, 야구, 축구의 예를 들었지만 모든 스포츠가 자세히 보면 삶의 교훈이 안 들어 있는 게 없다. 올림픽 금메달은 엄청난 피와 땀으로 얻어진 결실이다. 삶은 곧 스포츠다. 인생의 성공도 땀을 얼마나 흘렸느냐에 달려 있다.

스포츠를 통해 배우는 인생의 교훈을 한마디로 요약한다면 '세상에 공짜는 없다'이다.

쥐새끼와 만취

회사에 다닐 때다. 직원들의 노고를 위로하고 격려하고자 가끔 술자리를 마련한다. 술잔이 돌고 분위기가 무르익으면 정말 술이 술을 마시게 한다. 여러 사람에게 잔을 나누다 보니 누구 술은 받고 누구 술은 안 받을 수 없다. 홀짝홀짝 마시다 보면 과음으로 가기 십상이다.

술에 취하면 노래가 절로 나온다. 한 차례 노래가 돌고 나면 내 차례가 오니 부르지 않을 수 없다. 반 음치라 박자 음정은 아예 무시한다. '앉으나 서나 당신 생각에⋯♪' 현철 씨 노래 한 곡을 부른 데까지는 기억이 났지만 그 다음은 모른다. 세칭 필름이 끊긴 셈이다.

숙소에서 자고 있는데 얼굴에 뭔가 스멀스멀 기어다니는 느낌이다. 눈을 떠보니 아뿔싸! 쥐새끼 두 마리가 내 얼굴을 핥다가 냅다 도망치는 게 아닌가. 문은 닫혔는데 어디서 들어왔는지, 급한 나머지 베개를 들고 잡으려고 두들겨 패니 뭔가 처절뻑! 소리가 난다. 얼른 불을 켜니 방 안이 말이 아니다.

내가 토한 구토물이 이불 이곳저곳에 널려 있다. 처절뻑한 게 구토물이다. 쥐새끼가 내가 구토한 것을 먹으러 들어온 것이다. 시큼하고 퀘퀘한 냄새가 진동한다. 얼른 이부자리를 닦아 봤으나 닦아서 될 일이 아니었다. 그냥 둘둘 말아 쓰레기통에 버릴 수밖에 없었다.

나중에 알게 된 일이지만 직원들이 노래하다 술에 취해 넘어진 나를 택시에 태워 내 숙소 방에 데려다 놓고 이불까지 덮어주고 갔다고 한다. 술로 인해 감기라도 들까 봐 이불까지 푹 덮어 줬으니 토할 수밖에는 없었으리라. 토한 줄도 모르고 잠에 빠졌던 것이다. 쥐새끼가 나를 깨우지 않았으면 계속 잤을지 모른다. 급히 샤워를 하고 출근했다.

책상에 앉아 있는데 엊저녁 술 먹인 직원들이 내 사무실을 기웃기웃한다. 죽었는지 살았는지 확인을 하는 건지, 뒷날 나보고 독한 사람이라 한다. 그렇게 엄청나게 마시고도 정상 출근하여 자리를 지키고 있으니…. 종일 속이 쓰렸지만 아무렇지도 않은 척했다. 속으론 참 괴로운 하루였다.

몇 주가 지난 뒤 또 술 먹을 일이 생겼다. 과음은 말아야지라는 생각을 하면서도 접대하는 자리라 피할 수 없었다. 초청한 손님이

술을 즐기는 분이라 따라 마시지 않을 수 없다. 웬만큼 술이 돌아 그만 끝냈으면 좋겠는데 손님이 연신 권한다.

비즈니스 술자리라 상대 비위를 맞추어야 한다. 부탁해 놓은 일이 잘못될 수도 있다. 허리를 고쳐 세우고 술잔을 주거니 받거니 끝까지 마셨다. 정신을 가다듬고 배웅까지 잘 마쳤다.

그리고는 숙소로 돌아왔다. 그런데 웬일인가 내 방을 열려니 키가 맞지 않는다. 술에 취해 몸이 흔들거려 못 여는지 아무리 열려 해도 도무지 열리지 않는다. 문을 부술 수도 없고 생각다 못해 가깝게 있는 회사에서 자는 것이 좋을 성싶었다.

몸을 가눌 수 없었지만 가까스로 택시를 불러 회사에 도착하자마자 사무실 소파에 벌러덩 누워 잠들었다. 새벽에 일찍 출근한 친구가 나를 깨운다. 얼른 일어나 세수하고 정신을 차렸다. 어제 일이 생각나 왜 숙소 키가 맞지 않았는지 호주머니를 뒤져 키를 봤다.

회사 금고 키였다. 두 키가 비슷하여 금고 키로 방문을 열었으니 열릴 까닭이 없다. 술 취한 탓이다. 지갑을 봤다. 접대한다고 큰 지폐를 꽤 준비했는데 천 원짜리 지폐만 소복이 있고 오만 원, 만 원짜리 돈이 없다. 아뿔싸! 택시비를 지불할 때 잘못해서 큰 지폐를 헤아려 준 것이다.

통상 8천 원 내외 드는 거리인 것을 돈 받는 기사는 알았을 텐데도…, 술이 취한 걸 알고는 그냥 많은 돈을 삼킨 양심불량의 기사다. 도대체 손실이 몇십만 원인가!

술 때문에 실수하는 경우가 많다. 누구나 경험하는 일이기도 하다. 직장 다닐 때는 이런저런 핑계가 있지만 은퇴 후는 이유를 찾기가 힘들다. 술·담배를 끊는 건 순전히 본인 의지에 달려있다. 더욱이 건강을 생각할 나이에 술·담배를 계속하면 노후가 불안정할 수밖에 없다. 술 한두 잔쯤은 괜찮겠지만 말이다.

선배 가운데 술로 유명세를 탄 사람치고 오래 사신 분이 없다. 노후는 자기절제, 자기통제가 안 되면 단명할 수밖에 없다. 노후는 첫째도 둘째도 건강이다. 건강관리가 안 되면 노후란 게 절대 없다.

은퇴,
불량한 반란

PART 8

행복을 찾다

세상에 태어나 알게 모르게
어려운 이웃을 돕고 사랑을 몸소 실천하는 사람이
아름다운 삶을 살고 있는 사람이다.
남을 배려하는 건 삶의 큰 기쁨이자 보람이다.
그럴 때 행복은 배가 된다.

우주의 미물, 만물의 영장

인간은 미물이라는 말이 있다. 또 인간은 만물의 영장이라는 말도 있다. 앞의 말은 인간의 존재 가치가 아주 초라하고 보잘것없다는 뜻이요, 뒤의 말은 인간이 세상의 주인이고 최상위 존재라는 뜻이기도 하다. 우리가 삶을 살면서 위 두 가지의 서로 상충되는 말을 새겨볼 필요가 있다.

왜 미물인가? 우주의 넓이와 크기를 보라. 빛의 속도는 1초에 지구 일곱 바퀴 반을 돈다고 했다. 1광년은 1년 동안 가는 빛의 거리다. 1광년이라 해도 생각하기도 힘든 엄청나게 머나먼 거리다.

별이 보인다는 것은 그 별빛이 지구에 도달했다는 뜻이다. 별까지의 거리를 보통 몇백 광년 몇만 광년이라 말한다. 실로 상상조차 안 되는 먼 거리다.

지구 나이가 38억 년이라 하는데 어떤 별은 39억 년이 지나도 거리가 너무나 멀어 아직 빛이 지구에 도착하지 않아 발견될 수 없다고 한다. 이 우주의 크기와 넓이가 짐작이나 되는가. 그런 별이 수없이 많다고 하니 인간의 머리로는 도저히 가늠조차 할 수 없는 무한대의 광활한 우주다.

우주의 크기에 비하면 지구라는 별은 티끌만 한 크기도 안 된다. 우리는 이 티끌의 어느 한쪽 아시아라는 땅에다 대한민국이라는 먼지 크기만도 안 되는 곳에서 서울이라는 동네에 몸을 담고 살고 있다. 얼마나 우리의 존재가 작고 작은 보잘것없는 존재인가.

그래서 미물이라 한다. 산다면 또 얼마나 사는가. 백 년을 산다 해도 우주 창생의 역사에 비교한다면 백 년은 그야말로 찰나다. 시공간時空間을 따져 봐도 인간은 미물 중의 미물이고 삶은 찰나 중의 찰나다.

이런 찰나의 순간만을 사는 미물이 무엇 때문에 재물을 탐하고 권력을 탐하고 명예를 얻고자 그토록 야단들인가? 왜 욕망은 끝이 없는가? 티끌보다 작은 땅에서 서로 아등바등 바락바락 싸워야만 하는가?

경쟁 사회는 공정하게 경쟁해야지, 서로 헐뜯고 싸우는 건 경쟁이 아닌 인간의 추한 모습일 뿐이다. 이 산업 사회가 그렇고 정치는 더하다. 권력욕에 눈이 시뻘겋다. 입신을 위해서 온갖 술책을 다 쓴다. 여與와 야野가 그렇고 지역 간 세대 간까지 서로 자기주장이 옳다고 치열하게 싸운다.

나를 내려놓고 마음을 비우자. 비우면 채워진다고 했다. 법정 스님의 『텅빈 충만』이 생각난다. 빈방에 홀로 있을 때 비로소 충만함을 느낀다고 했다. 청담 스님은 돌아가실 때 가진 것이라곤 너덜너덜 꿰맨 누더기 한 벌과 신발 한 짝뿐이었다고 한다.

우리 같은 미물인 범인들이 어찌 고매하신 스님을 본받을 수 있겠느냐마는 마음을 비운다는 것은 나이가 들수록 가져야 할 덕목임에 틀림없다.

노욕老慾은 독약과 같다. 동서고금을 통해 존경받는 사람 치고 재물과 권력으로 존경받은 사람은 없다. 있었다면 그들의 최후는 비참한 말로였을 뿐이다. 미물인 인간이 분에 넘치는 재물과 권력을 가지면 스스로 해침이 있음을 깨달아야 한다.

논어에 나오는 말이 있다.

"반소사음수飯疏食飲水하고 곡굉이침지曲肱而枕之라도 낙역재기중樂亦在其中이니라."

즉, 나물 먹고 물 마시고 팔을 베고 잠자는 궁핍한 생활을 할지라도 그 안에 즐거움이 있다는 뜻이다. 미물은 그렇게 소박하게 사는 것이 행복이 아닐까.

한편 인간을 만물의 영장이라고도 했다. 어느 동물학자가 실험을 했는데 동물이 들끓는 야생에서 사자의 울음소리를 스피커로 내보내니 주변 동물들이 다 도망가더라는 것이다. 그런데 코끼리는 가까이 와서 두리번거리다 소리 나는 스피커마저 부쉬 버렸다고 한다.

이번엔 사람 소리를 스피커로 내자 코끼리는 물론 사자 등 모든 동물이 도망갔다고 한다. 동물의 세계는 덩치 큰 코끼리가 대장임이 확인됐지만 인간이야말로 만물의 최고 영장임이 증명됐다.

인간이 힘으로는 약하지만 머리로 모든 동물을 제압한다. 힘이 아닌 도구로 동물을 잡아먹기도 하고 동물을 사랑하고 치료도 한다. 만물의 영장이긴 하다. 그렇다고 인간은 과연 만물의 영장일까? 답은 아니다.

철학자 데카르트는 "인간은 생각하는 존재다. 고로 만물의 영장이다. 그러나 그 생각 때문에 시행착오로 수많은 비극을 만들어 영장이 될 수 없다"라고 했다. 인간 본성의 심성을 볼 때 영장으로서는 문제가 있음을 간파한 말이다.

실제 인간은 최상위 존재인가? 아니다. 인간 위의 더 상위 존재가 있다. 미세한 박테리아와 바이러스가 인간을 잡아먹는다. 의학과 과학이 눈부시게 발달해도 인간을 괴롭히는 미세한 균들을 아직 이기지 못하고 있다. 인간이 죽으면 박테리아가 완전 소멸을 담당하고 있다.

중국의 사상가 장자는 제자들에게 "내가 죽으면 벌판에 아무 데나 버려라"라고 말했다. 제자들이 답하기를, "까마귀나 동물이 해

칠 텐데요"라고 하자 장자는 "땅 속의 벌레나 까마귀나 뭐가 다
르냐"라고 했단다. 장자는 죽음의 본질을 깨친 사람이기도 하다.

생물학자들은 지구상에서 살아남을 최후 승리자는 사람이 아닌
박테리아 세균이라고 예측한다. 만물의 영장 게임에서 인간은 참
패하게 되어 있다.

이게 우주의 순환 원리다. 이기고 지고가 아닌 거스를 수 없는
신이 만든 윤회의 법칙이다. 심호흡을 하며 별이 빛나는 밤하늘
을 보자. 무한대의 우주를 보고 인생을 잠시 생각해 보자. 언젠가
올 생의 마지막을 생각하며 모든 욕심을 버리고 마음을 훌훌 털
어 비우자.

미물로서 찰나의 순간을 살다 갈 것을 뭘 그렇게 바랄 게 있나.
우주에 존재하는 삼라만상森羅萬象의 생성과 소멸의 섭리를 생각하
면 마음이 절로 편해진다.

운명아 길을 비켜라

여름 저녁 해 질 무렵이다.

집안일을 하다 구입해야 할 소품이 있어 잠깐 밖으로 나왔다. 동네 가게에 들러 물건을 사고 막 들어오는데 갑자기 소나기가 후드득 쏟아지는 게 아닌가.

비가 그치길 기다렸지만 그칠 비가 아니었다. 우산이 없었지만 집이 바로 앞이라 빨리 들어가야겠다는 생각으로 장대 같은 빗속을 뚫고 아파트 현관까지 부리나케 뛰었다.

숨을 헐떡이며 엘리베이터 앞에 급히 정지하는 순간, 바닥에 뿌려진 빗물에 그만 미끄러지는 바람에 꽈당! 하고 넘어졌다. 나무토막 쓰러지듯 뒤로 벌러덩 자빠지며 머리를 시멘트 바닥에 쿵 찧고 말았다. 이후로 정신을 잃어 어떻게 됐는지 모른다.

얼마나 시간이 지났을까. 누가 흔들어 깨우는 바람에 눈을 떴다.

정신을 차려 보니 옷은 흥건히 젖었고 머리 뒤통수에는 혹이 불쑥 돋아나 있었다. 다행히 피는 흘리지 않았는지 핏자국은 없었다.

천만다행이다. 죽다 다시 살아난 기분이다. 집에 오니 사정 모르는 아내는 왜 늦었냐고 푸념이다. 자초지종 얘기를 했지만 죽음 앞까지 갔다 온 느낌을 알 까닭이 없다.

마치 과음하면 필름이 끊어진 경우와 같았다. 술로 필름이 끊겨도 죽었다는 얘기는 들어보지 못했지만 뇌진탕으로 급사했다는 얘기는 종종 들었다. 바로 뇌진탕으로 급사할 뻔한 경험을 했으니 남의 얘기가 아니었다.

그날 저녁 운이 좋았다고 해야 할지, 나빴다고 해야 할지 코뼈가 부러져도 살았으면 다행으로 여겨라 했으니 일진이 좋았다고 여기기는 했다.

'운명'이란 단어가 생각났다. 운명이란 신이 이미 정해 놓은 숙명으로 인간이 인위적으로 바꾸거나 어찌할 수 없는 처지를 뜻한다. 한마디로 체념적 마음, 어쩔 도리가 없다는 자기 위안의 심리 기제다.

인간은 불행한 일을 당했을 때 언필칭 '운명이다', '운運이 안 좋았다'란 말로 위로를 한다. 고故 노무현 대통령의 유서에도 "운명이다"라는 말을 썼다. 그 짧은 한마디에 함축된 죽음의 이유를 나타냈다.

운명이란 뜻을 재해석한, 얼마 전 작고하신 이어령 교수님의 말씀이 생각난다. 교수님은 삶이 너무 운명론에 얽매이면 안 된다고 했다.

"운명이라는 글자를 봐라. 한자로 쓰면 '運命'으로 쓴다. 옮길 '운運' 자에 목숨 '명命' 자다. 운명이란 스스로 목숨을 제어하고 움직이는 것이다. 핸들을 좌로 돌리면 좌측으로 가고 우로 돌리면 우측으로 간다. 인생도 마찬가지다. 자기가 어떻게 운전하느냐에 따라 삶의 운명이 결정된다."

이 교수님 말씀에 공감한다. 사람들은 운명론에 너무 안주한다. 인생도 운運, 사업도 운運, 정치도 운運, 모든 것을 운으로 해석하는 경향이 있다. 그러나 운은 바꿀 수 있고 옮길 수 있는 것이 아닐까?

교통사고를 보자. 죽거나 다친 사람의 대다수가 평소 교통도덕을 안 지키는 습성이나 법규를 어기는 생활 습관에 기인한다는 심리 분석 통계가 있다.

사고가 나면 운이 안 좋아서, 그날 일진이 나빠서가 아니라 평소 본인 스스로 교통안전에 대한 의식이 모자랐기에 발생한 것으로 봐야 한다. 이미 정해져 있는 운명이 아니라 노력 여하에 따라 운명도 달라진다는 논리가 설득력이 있다.

병의 원인도 알고 보면 대부분 생활 습관에서 온다고 했지 않은가. 생활 습관이란 본인의 노력에 달린 것이지 운에 달린 것이 아님이 분명하다.

　암으로 세상을 떠나도 운이 아닌 평소 건강에 대한 관심이 부족해서 암이 발생했다고 보는 게 맞지 않을까. 소나기 빗속을 후다닥 달려가다 넘어진 사고도 생각해 보면 평소 급하고 덤벙대는 습성과 성질 탓이다.

"운명아 길을 비켜라 내가 간다."

　노후생활의 좌우명으로 새길 만한 글귀다.

너나 잘해!

가끔 결혼식 주례 부탁을 받는다. 어느 날 가까운 친척의 결혼식이 있어 주례사를 하게 되었다.

"에~~! 다음은 신랑에게 부탁합니다. 신랑은 장가가면 처가 어르신을 잘 섬겨야 돼요. 맛있는 음식이나 귀한 것이 있으면 장인 장모를 내 부모보다 먼저 챙기세요. 그래야 아내가 더 잘해 줍니다."

주례사를 근엄하게 하고 있는데 식장 안으로 갑자기 집사람이 들어온다. 앞줄에 앉아 나를 쳐다본다. 다음 말을 이어가야 하는데 말이 막힌다.

처가에 잘해줘야 사위로서 대접받는 얘기를 할 차례인데 집사람이 빤히 쳐다보고 있으니 갑자기 머릿속이 하얘진다.

'이거 나도 실천 안 하는데 이 얘기를 해야 하나 말아야 하나.'

집사람 얼굴이 앞에 아른거리니 말이 주저주저 버벅댄다. 대충 얼버무리고 끝냈지만 그날 주례사는 별로 알맹이도 없는 치레식 주례사였을 뿐이다.

집에 돌아오니 아니나 다를까? 집사람이 한마디 뱉는다.

"주례 잘합디다. 당신이나 우리 친정에 잘해요! 자기는 잘 못하면서 새신랑한테 뭘 훈시한다고."

한마디로 '니나 잘해!'라는 말이다. 나의 말과 행동이 다르니 욕을 먹을 수밖에.

나는 자녀들한테 차를 몰 때 교통질서 잘 지키고 늘 운전 조심하라고 잔소리를 한다. 어느 날 교통 범칙금 납부 고지서가 날아왔다. 속도위반한 내 차의 딱지다. 딸이 이걸 보고 나에게 대뜸 핀잔을 준다.

"제발 아빠나 운전 좀 잘하세요!"

할 말이 없다. 아버지로서 체면이 말이 아니다. 이후로 운전 조심하라는 말을 애들에게 할 수가 없다. 영(令)이 설 리가 있겠는가? 해야 할 소리를 참을 수밖에 없으니 그것도 스트레스다.

언행일치가 쉽지 않다. 인터넷을 검색해 보니 나와 비슷한 사례가 있다. '무병장수 건강 비법'이라는 제목으로 열강을 하다가 갑자기 강단에서 돌연사한 의사가 있었다고 한다. 본인은 못 지키면서 남들에게 건강을 지키는 비법을 강의하다니, 참 아이로니컬

하다. 의사의 말은 듣되, 의사의 행동은 본받지 말라는 말이 실감
난다.

어느 길가에 이런 팻말이 붙어있었다고 한다.

"나무 밑에 쓰레기나 담배꽁초를 버리지 마세요. 나무가 아파
해요."

자세히 보니 팻말을 나무에다 대못질해서 걸어 놓았다. 이 팻말
을 본 사람들이 웃지나 않을는지. 장마철에 "빗속의 콘서트를 즐
기세요"라는 현수막을 걸어 놓고는 막상 가보면 비 때문에 공연이
취소되었단다. 공공을 상대로 이렇게 말장난을 쳐서야 되겠는가.

정치인들의 내로남불은 다반사로 일어나는 언행불일치의 표본
이다. 野가 되니 與일 때를, 與가 되니 野일 때를 모른다. 역지사
지易地思之를 생각해 보면 알 텐데 아랑곳하지 않는다. 오직 당리당
략黨利黨略에만 매몰되어 국민을 호도하고 기만한다.

양두구육羊頭狗肉이란 말이 있다. 양의 머리를 걸어 놓고 개고기
를 판다는 뜻이다. 양고기인 양 속임수를 쓴다는 의미다. 정치인
도 그렇지만 성직자나 예술인 가운데에도 양심을 속이는 사람이
있다. 목사나 스님, 신부, 화가, 문인의 일탈이 심심찮게 보도된다.

겉으론 고매한 인품인 척하지만 뒤로는 추악한 모습이 드러난
다. 인간의 감성이나 정신세계를 선도하는 사람들이 악마의 모습
으로 나타날 때는 아연실색하지 않을 수 없다. 비록 소수이긴 하
지만 그들도 인간이고 실수를 할 수도 있겠으나 그들의 직책을 볼

때 왠지 씁쓸한 마음을 감출 수가 없다.

나이가 들수록 표리부동表裏不同한 언행을 삼가야 한다. 겉과 속이 같고 말과 행동이 일치할 때 신뢰가 가고 어른으로 대접받는다.

그러기 위해서는 자신을 끊임없이 수양하고 채찍질하지 않을 수없다. 양두구육은 결국 개고기로 들통이 나기 때문이다. 솔직히 나역시 언행불일치가 많다. 반성을 거듭하고 있다.

언행일치言行一致, 노후에 잊지 말아야 할 중요한 생활 덕목이다.

못난이 사과만 골라 담다

우리 동네 부근에는 나물, 채소 등 먹거리를 파는 조그만 골목 장터가 있다. 장터라기보다 행상 몇 분만 모이고 두세 개 가판대가 있을 뿐이다. 대개가 할머니이거나 조그만 트럭에 과일을 싣고 파는 아저씨들이다. 동네 주부들이 물건을 팔아 준다. 단골 행상에 단골 주부들이 만난다.

가끔 들러 푸성귀라도 사오곤 하지만 과일을 사러는 처음 갔다. 웬 아줌마가 트럭에서 사과를 고르고 있었다. 소쿠리에 사과를 담는데 이상하다. 크고 잘생긴 사과를 고르는 게 아니라 작고 흠이 있는 못난 사과만 주섬주섬 주워 담는다. 나는 크고 잘생긴 사과를 고르고 있는데 반대다.

그 아줌마가 계산하려고 사과가 든 소쿠리를 트럭 아저씨에게 내밀자 아저씬 검은 비닐에 사과를 부으며 좋은 사과 하나를 골라 덤으로 쓰윽 넣어 준다. 순간 아줌마는 넣지 말라고 극구 사양한다. 아저씬 들은 척도 안 하고 후다닥 싸서 아줌마에게 주며 "고맙습니다!" 인사를 깍듯이 한다.

아줌마가 간 뒤 아저씨께 물었다.
"저 아줌마는 왜 나쁜 사과만 골라 담지요?"
"저분은 일부러 그래요. 저를 도와주는 마음이 고마운데 늘 미안하지요."
이 말을 들은 옆의 나물 파는 할머니가 한마디 거든다.
"저 아줌마는 나물 사도 그런다니께. 덤으로 넣어 주면 싫어해유~. 다른 사람은 값을 깎거나 조금 더 넣어 달라지만 저 아줌만 그런 거 없슈~. 참 좋은 분이셔!"
그들의 대화 속에 좋은 사과만 골라잡는 내 손이 겸연쩍고 부끄럽다. 어느 책 속에서 그런 얘기를 얼핏 읽은 적이 있지만 직접 보기는 처음이다.

돌아가신 김수환 추기경님도 "노점상에서 물건을 살 때 가격은 절대 깎지 마라. 부르는 대로 주고 사면 희망과 건강을 선물하는 것이다"라고 하셨다. 삶이 팍팍한 서민을 배려해야 한다는 사랑의 정신에서 나온 말씀이다. 남에게 선물하는 사과야 좋은 걸 골라야겠지만, 자기가 먹을 사과야 좀 작고 흠이 있으면 어떠랴? 어렵게 살아가는 길거리 행상하시는 분에게 도움을 주는 게 이웃 사랑의 작은 실천이다.

사실 쉬운 일인 것 같지만 어렵다. 잘사는 분도 좋은 사과를 고르지, 나쁜 사과를 고르는 사람이 과연 얼마나 될까? 일부러 흠결 있는 사과만 골라 담는 그 아줌마야말로 힘겹게 사람들에게 베푸는 사랑의 실천적 행동이다. 존경의 마음이 저절로 우러난다.

몇 해 전 경찰서 지구대에서 본 목격담이다. 교통 범칙금 운전자 확인을 받을 일이 있어 들렀는데 웬 방문객이 경찰관하고 언쟁을 벌이고 있다. 가만 들어보니 교통 위반 딱지를 떼 달라고 하고 경찰관은 떼 줄 수 없다고 하는 희한한 시비다.

"내가 빨간 불에 그냥 지나가 건널목 보행자 분이 위험할 뻔했어요. 왜 위반 딱지를 못 떼 줘요? 자진 신고하는데 떼 줘야지요."

딱지를 떼고 벌금을 내야 다시는 그런 위반을 안 한다는 철저한 자기반성이다. 양심에 스스로 벌을 가하는 속죄인 셈이다. 경찰관에게 들으니 간혹 그런 사람이 있다고 한다. CCTV상 확인되면 모를까, 아니면 떼 줄 수 없다고 한다.

세상에는 보통 사람들의 생각과 다르게 사는 사람이 있다. 양심에 걸려도 남이 안 보면 그냥 지나쳐 버리는 게 예사인 사람이 태반인데…. 교통 범칙금을 군이 내겠다는 사람이나 상처 난 못난 사과만 고르는 사람이나, 이런 사람이야말로 세상을 아름답게 살 만한 세상을 만든다.

도로에 넘어진 트럭에서 쏟아진 맥주병, 소주병을 가던 길을 멈

추고 쓸어 담아주는 시민들의 미담을 가끔 듣는다. 위험을 무릅쓰고 불 속으로 뛰어들어 이웃을 구출한 젊은이의 용기 있는 행동에 우리는 힘찬 박수를 보낸다.

세상인심이 야박하다 해도 이런 멋진 사람들이 우리 주변에 꽤 많이 있다. 기부나 봉사도 좋지만 생활 속에 조그만 실천으로 남을 배려하고 이웃 사랑을 몸소 실천하는 사람들이 있기에 우리 사회는 밝고 건강하다.

세상에 태어나 남이 알든 모르든 이런 아름다운 일에 솔선 동참하자. 남을 배려하는 건 삶의 큰 기쁨이자 보람이다. 그럴 때 행복은 배가 된다.

사랑이라는 이자 利子

아침에 아내와 빚진 돈 얘기를 나누었다.

"여보! 딸에게 빌린 돈 갚아야제. 모두 얼마지?"

아내가 대뜸, "돈 빌려준 애가 잘 알지, 난 잘 몰라요"라며 생활비가 모자라 딸에게 빌린 돈이 있는데 아내는 모른단다. 딸한테 전화했다.

"얘야, 우리에게 빌려준 돈이 얼마지?" 물었더니 "아빠, 저 몰라요. 계좌 열어 봐야 알아요" 한다. 우리 가족은 서로 돈이 얼마나 오가는지를 잘 기억 못 한다.

뭐 가족끼린 신뢰가 있기에 그럴 수도 있겠구나 하는 생각이 들었지만, 내가 빌린 돈이 칠백만 원, 생활비로 부쳐온 돈이 약 삼백만 원 정도로 여겨져 이자를 붙여 천백만 원을 부칠까 생각하고 있는데 아내가 말한다.

"여보, 아무리 딸이라 해도 계산은 철저하게 정확히 해서 갚아야 해요. 근데 이자는 안 줘도 돼요. 부모 자식 간에 이자까지야 뭘. 근데 여보, 돈 빌려주는 딸이 있다는 것만으로도 우리가 복이 많다는 걸 알아야 해요."

난 아내 말에 짐짓 가족이라 하더라도 빌린 돈 계산은 철저히 하라고 하면서 이자는 안 줘도 된다는 모순된 말에 의아한 느낌이 들었다. 가족이니 대수롭지 않게 여겨도 된다? 아니면 으레 안 받을 것이라 지레 짐작하여?

'철저히', '정확히'란 어휘의 뜻이 갑자기 모호해진다. '돈 계산은 정확히'란 말에 이자의 산입 여부가 가족 간에는 왜 모호해지는지 한동안 고개가 갸우뚱해졌지만, 이내 아내의 말에서 답을 찾았다.

"쟤 때문에 우리가 복 받은 사람이라는 걸 알아야 해요"라는 말 속에는 '사랑'이라는 이자가 담겨 있다는 뜻이다. 자식에게 빌려준 돈이나 부모에게 빌려준 돈이나 이자는 줘도 그만, 안 줘도 그만, 가족 간에는 원금마저 안 갚는 사람들도 허다히 많다는데….

'빌린다'는 말에는 갚는다는 약속이 전제된 것이고 이자는 자연 따라가는 게 일반적 상식인데 가족 간에는 다소 모호해지는 점이 없지 않다.

남한테는 '철저히'와 '정확히'가 당연히 강조돼야 하지만 식구 간에는 철저함 속에 사랑이라는 윤활제가 들어 있음을 뒤늦게 깨

닿는다. 마치 무릎 연골처럼 말이다. 뼈끼리 닿으면 아픈 환자이고 사랑이라는 연골이 있으면 건강한 사람처럼 말이다.

딸에겐 이자를 안 줘도 되는… 아니 어쩜 오히려 정확히 쳐서 줘야만 하는… 답이 없는 과제를 안고 속으로 낑낑대는 나 자신의 모습 속에 사랑의 의미를 다시 한번 되새겨 본다. 사실 내 딸애는 자랑 같지만 우리 부부 생일이나 어버이날엔 큰돈을 어김없이 부쳐 온다. 다른 친구들의 가족 간에는 듣지 못하는 큰돈을….

딸애는 출가한 평범한 월급쟁이다. 월급이라야 뻔한 금액 아닌가. 돈을 모으고 싶은 마음 왜 없겠는가. 돈이 남아서가 아닌 돈 속에 부모를 애틋하게 섬기는 사랑의 크기를 담아 보내는 느낌이니 귀한 돈일 수밖에 없다.

어쩜, 사랑과 섬김 앞에는 돈을 두고 부피처럼 크고 작다를 따질 일이 아니다. 무게처럼 많다 적다도 아니다. 힘들여 애써 번 돈을 뚝 떼어 보내는 효심, 그 자체가 기특할 수밖에 없다. 아무리 많은 돈도 셀 수는 있지만 사랑이 깃든 돈은 헤아릴 수가 없기에 더없이 소중하다.

내 비록 은퇴하여 수입이 없지만, 딸에게도 많든 적든 진 빚을 갚아야지. 사랑이라는 이름의 이자를 원금에다 합쳐 듬뿍!

골프장에 아내가 보인다

"나 좀 쪼인_{join}해 줘 봐!"

90 넘은 노인이 사전 부킹도 없이 혼자 나와 골프를 하시겠단다. 다른 사람과 합류하여 골프를 치게 해 달라고 부탁하신다.

삼성에버랜드 골프장에 근무할 때 일이다. 백발에 단장을 든 노인이 사무실에 들어와 세 사람 치는 팀에게 자신을 넣도록 양해를 구해 달라는 것이다.

참, 난감한 부탁이지만 그분은 오랫동안 안양 CC 회원이시기도 하고 변호사로 계시면서 작고하신 이병철 회장님과도 각별하신 사이였다. 아들도 삼성그룹 사장이어서 그룹에 기여가 크신 분이라 박절하게 거절하기 어려웠다.

세 명 오시는 팀에 정중히 양해를 구하고 조인시켜드렸다. 그런데 플레이를 마치고 나올 때는 같이 친 팀들의 그린피를 혼자 다 부담하여 계산하는 것이 아닌가. 그들에게 감사의 표시인 셈이다.

같이 친 분들은 극구 사양했지만 어쩔 수 없이 받아들였다.

몇 주가 지나고 노인이 또 방문하셨다. 똑같은 부탁을 하신다. 세 명 치는 팀에게 또 합류시켜 드렸다. 이후에도 번번이 부탁을 들어 드렸지만 저 연세에 그토록 골프를 치고 싶어 하시는 이유가 무엇인지 궁금했다. 골프 친구들이 다 돌아가셨으니 예약을 할 수 없음은 이해하지만 적은 돈도 아닌 함께 친 다른 분들의 요금까지 부담하면서까지 치셔야만 할까?

같이 친 분들의 얘기를 들어 보면 걸음도 느리고 공도 잘 못 치신다고 한다. 90세의 나이니 당연한 얘기다. 그런데 한번 합류한 분들은 다시는 그분과 조인시키지 말아 달라는 말씀을 한다. 나이 든 노인과 공을 같이 치고 싶겠는가? 팀 분위기도 그렇고 더욱이 공도 잘 못 치시는 90된 어른과는 그린피를 다 내줘도 달가워하지 않는다.

공을 치고 싶은 까닭을 알고자 본인한테 여쭙기도 뭣해 동반한 캐디들을 불러 물었다. 얘기를 들어보니 그분은 올 때마다 16번 홀 티잉 그라운드에 올라서기만 하면 절을 하셨다고 한다. 서쪽 하늘을 향해 모자를 벗고 자못 진지한 표정으로 공손히 절을 하시며 물끄러미 쳐다보시는 게 습관이란다.

캐디가 이상하게 여겨 여쭈었다.

"회원님, 왜 하늘을 보고 절을 하세요?"

대답을 하신다.

"응, 저기 내 집사람이 있어. 저 앞산에 누워 있거든. 절을 해야지."

그러고는 한참 동안 아내 무덤을 쳐다보신 후 티샷을 하신다. 다른 분의 그린피까지 부담하면서 골프 치는 이유를 짐작하게 한다. 알고 보니 늘 동반 골프를 하셨던 사모님을 먼저 떠나보내고 그리움을 달래고자 골프장을 찾으신 거다. 몸이 불편해 산은 오르지 못하시니 골프장에서 아내 무덤을 찾는 게 낙樂인 셈이다.

그분의 뜻을 알고 난 후 가능한 조인하여 골프를 치게 해 드렸다. 90세의 노인이 먼저 간 부인이 그리워 못 치는 골프에다 느린 걸음이지만 골프장에 번번이 나와 아내 묘소를 참배하는 것이다. 그분은 올 때마다 중절모에 빨간 꽃까지 꽂고 오신다. 멋으로 꽃을 꽂는 줄 알았는데 알고 보니 아내를 위한 정성이었다.

90이 지난 백발노인이 단장을 짚어가며 모자에 빨간 꽃을 꽂고 골프하는 모습이 지금도 눈에 선하다. 이미 돌아가셨겠지만 그도 아내 곁에 누워 계시리라. 아내를 사랑한 나머지 불편한 몸을 이끌고 골프장까지 와서 묘소를 참배하는 그 애틋한 망부가亡婦歌에 가슴이 뭉클해진다.

노인보다 어르신으로

"야! 주민등록증 까보자. 누가 형님인지?"

친구 사이 오가는 얘기다. 나이가 같으면 월로 따진다. 한 달이라도 앞서면 "이봐. 오뉴월 하루 뙤약볕이 어디냐? 내가 형님이네. 너 나한테 이제 말 놓지마!" 하면서 친구 사이에 나이를 내세워 서로가 형님이 되고 싶어 하고 상대보다 어른이라 우긴다.

친구 간에야 농담 삼아 하는 말이지만 아랫사람한테는 안 된다. 나이를 꺼냈다간 꼰대 소리 듣기 십상이다. 왕따 당한다. 자기보다 나이가 많아 보이면 "전 아직 어립니다"라며 겸손을 나타내거나 아니면 나이를 정직하게 밝혀도 좋다. 윗사람한테는 나이를 함부로 묻는 건 예의가 아니다. 더욱이 누가 많은지 따져 보는 듯한 태도는 절대 금물이다.

나이가 들면 품위가 있어야 한다. 체통을 지킬 줄 알아야 한다. 노인이 곧 어르신은 아니다. 자기 존중, 자신의 긍지를 갖춘 품위

있는 노인이 되어야 한다. 노인과 어르신은 확연히 구분된다. 노인은 세월이 가면 누구나 되지만 어르신은 부단한 자기 성찰에 실천이 뒤따라야 된다.

품격 있는 어르신은 우선 옷맵시부터 깔끔해야 한다. 몸을 자주 씻어 퀴퀴한 냄새가 나지 않아야 한다. 말씨는 늘 조용하고 부드러워야 한다. 표정은 온화해야 한다. 남한테는 늘 겸손과 배려가 배인 덕화만발德華滿發의 정신을 지닐 때 진짜 어르신이 될 수 있다.

음식도 시간이 갈수록 상하는 음식이 있고 발효되는 음식이 있다. 마찬가지로 나이가 들수록 노인이 되는 사람과 어르신이 되는 사람이 있다. 노인은 자기 생각과 고집을 버리지 못하지만 어르신은 이해와 아량을 베풀 줄 아는 사람이다.

지하철을 타 보면 안다. 경로석을 찾거나 자리를 찾아 두리번거리면 영락없는 노인이다. 젊은 애들 앞에 서서 시선을 밑으로 깔아 보며 자리를 비켜 달란 듯 표정을 지으면 그 또한 노인이다. 물론 거동이 불편한 탓으로 자리를 찾는 노인 입장이야 이해하지만, 그렇지 않으면 어르신 아닌 노인으로 비칠 수밖에 없다.

머리가 하얗게 센 노인이 입구에 들어서자 손잡이만 잡고 꼿꼿이 서 있으면 어르신이다. 간혹 자리를 양보하고자 일어서는 젊은이를 만나면 어깨를 누르며 괜찮다고 굳이 서 있으려는 사람은 어르신이다.

나도 어른 소릴 듣고 싶어 허리를 펴고 서 있지만 장시간 타다 보면 힘들긴 하다. 하지만 젊은이가 어쩜 더 피곤할 수도 있다. 돈 한 푼 더 벌려고 종일 신경 쓰며 일하다 보면 잠시 외출하는 나보다 더 지쳐 있을 수 있다. 젊은이 옆에 아예 가지 않는 게 옳다는 생각이 든다.

핸드폰을 봐도 그렇다. 노인은 전화만 걸고 받는 것만 안다. 다른 기능이 있다는 건 알지만 배우려고 하지 않는다. 겨우 카톡 정도만 아는 노인이 많다. 핸드폰으로 물건을 사고팔고 챗봇이나 AI 플랫폼을 다룰 줄 아는 노인은 드물다.

이 시대에 제대로 어르신다워지려면 슬기로워야 한다. SNS가 젊은이의 전유물이 아니다. 블로그도 만들어보고 채팅도 할 줄 아는 게 좋다. 솔직히 마음이 늙고 게을러 귀찮은 탓으로 배우지 않으려 한다. 골치 아픈 걸 왜 배우나 이 나이에 배워서 뭣하겠냐는 안일한 생각 때문이다.

우리 사회는 하루가 다르게 변화하고 있다. 인건비를 줄이고자 모든 게 인공지능 AI나 로봇으로 대체되고 있다. 우스갯소리로 장수시대, 재수 없으면 100세까지 그냥 산다고 했다. 80, 90 나이에 문명의 이기를 제대로 다루지 못하면 본인만 손해본다. 기차표를 모바일로 예약하지 않고 창구에서 받으면 입석뿐일 때가 많다. 70% 이상이 핸드폰으로 예약을 하니 노인은 서서 가야 하고 젊은이는 앉아 간다.

공연 티켓도 모바일 예약이라 인기 있는 문화 행사는 노인은 언감생심이다. 물건을 사도 젊은이는 갖가지 할인을 받는다. 은행도 젊은이는 안 간다. 노인은 시간을 내어 창구 앞에서 장시간 기다려야 한다. 정보 이용의 격차는 삶의 질까지 바꾼다. 손해를 안 보려면 문명의 이기를 다룰 줄 알아야 된다. 그래야 어르신 소리를 들을 수 있는 시대다.

또 어르신이 되려면 의지가 있어야 하고 말만 앞세워서도 안 된다. 요즘 시쳇말로 "그거 내가 해봐서 아는데 라떼는 말이야" 하면 젊은이가 도망간다. 그들 앞에 나이를 앞세워 호기를 부리면 꼰대라는 소릴 듣고도 남는다.

노화와도 싸우는 의지와 열정이 있어야 한다. 젊은이도 노인을 볼 때 운동하는 것을 예사롭게 보지 않는다. 90 넘은 노인이 마라톤을 완주했다는 얘기를 들은 적이 있다. 마라톤까지야 하지 못하더라도 헬스장에 가거나 가까운 학교 운동장에서라도 끊임없이 운동을 해야 한다. 노화와 싸우는 결기를 보여줄 때 노인이 아닌 존경받는 어르신이 될 수 있다.

어느 문학인은 산다는 건 밀려오는 사건을 받아들이는 수락의 여정이라 했다. 세월이 흐를수록 변화하는 세상사를 슬기롭게 수용할 지혜를 갖는 것이 노후에 필요한 생활 태도가 아닐까? 노인이 아닌 어르신이 되기 위해서는….

내 인생은 내가 산다

바람 없는 날 바람개비를 돌리려면
바람개비를 들고 앞으로 뛰쳐나가면 돌게 된다
누구나 멋있는 인생을 살고 싶어 한다
멋과 즐거움은 스스로 만들면 된다
그러면 몸과 마음이 젊어진다
멋있는 인생은 자신이 만들기에 달렸다

돌아가는 바람개비는 재미가 있다. 불지 않는 바람을 탓하지 말고 뛰쳐나가면 돈다. 대부분 사람들은 멋있는 삶, 즐거운 삶을 원하지만 그냥 흐르는 세월 따라 조용히 살아간다. 생애 끝에는 살아온 밋밋한 삶에 후회를 한다. 한 번뿐인 당신의 인생, 당신은 행복할 권리가 있다. 구하는 자 얻게 되고 문을 두드리면 열린다.

독자 여러분! 행복의 문을 두드리자.

이 글을 쓰기까지 제일 큰 도움을 준 사람은 단연 집사람이다. 둔필이다 보니 글을 갖추는 데 2년여 걸렸다. 글 쓴다는 핑계로 평창집에 혼자 머물며 집사람을 돌보지 못한 죄가 크다. 한량처럼 놀러만 다닌다고 나에게 푸념은 했지만 묵묵히 참고 기다려준 덕분에 이 책이 나오게 되었다. 미안하고 고맙기 그지없다. 나는 그간 행복했다. 이제는 집사람과 함께 행복을 찾는 길을 나설 것이다.

이 책을 내는 데 아낌없이 조언해 준 우리 가족, 형제, 친구들에게 감사하며 출판을 전폭 지원해 주신 홍정표 대표님, 김미미 이사님 등 모든 분께 진심으로 고마움을 전하며 필을 놓는다.

성 상 용

은퇴, 불량한 반란 얌전히 살기엔 인생이 너무 짧다

© 성상용, 2025

1판 1쇄 인쇄 _ 2025년 03월 20일
1판 1쇄 발행 _ 2025년 03월 30일

지은이 _ 성상용
펴낸이 _ 홍정표
펴낸곳 _ 작가와비평
　　　　등록 _ 제2018-000059호

공급처 _ (주)글로벌콘텐츠출판그룹
　　　　대표 _ 홍정표 이사 _ 김미미 편집 _ 백찬미 강민욱 남혜인 홍명지 권군오
　　　　디자인 _ 가보경 삽화 _ 조성률 기획·마케팅 _ 이종훈 홍민지
　　　　주소 _ 서울특별시 강동구 풍성로 87-6 전화 _ 02-488-3280 팩스 _ 02-488-3281
　　　　홈페이지 _ www.gcbook.co.kr 메일 _ edit@gcbook.co.kr

값 17,000원
ISBN 979-11-5592-352-8 03810